致青春 015

隔壁那個飯桶

（上）

酒小七　著

高寶書版集團

目錄
CONTENTS

第一章

清明節過後，北方的天空剛被一場小雨洗刷過，天空此刻藍得乾淨透澈，像是馬爾地夫蔚藍清澈的海水。

週末正是和朋友出門鬼混的好日子。

藍衫走出地鐵，本來想叫計程車，想一想還是算了。今天展覽中心絕對火爆，按照北京交通那副德性，等一下肯定塞得哭爹喊娘呢。

於是她決定靠著她那雙修長性感的美腿跋涉過去。

果然不出她所料，這一路走來，馬路上的車像是湯鍋裡煮熟的餃子，膨脹、漂浮，密密麻麻地擁擠在一起，個個動彈不得。偶爾出現插隊加塞的情況，便引來周圍一片喇叭聲，伴隨著陣陣國罵，雖然語氣暴躁，卻又透著那麼點孤獨寂寞又幽怨的味道。

可憐哪！藍衫同情地感嘆，腳步卻不停留。

塞在路邊的司機看到美女路過，一個個狂按喇叭。

藍衫並不知道他們是為她按的，她就覺得這幫人閒得蛋疼[1]。

一個理著飛機頭的小夥子搖下車窗，笑嘻嘻地看著藍衫，「美女，約嗎？」

藍衫翻了個白眼，「約你大爺[2]！」

小夥子被罵了也不生氣，反而像是得了什麼巨大的榮耀，他嘿嘿一笑，「我大爺老了，約不動，不然妳試試我？」

藍衫不答，彎腰撿起樹下的一顆小石頭，揚手一丟。

「哎喲！」小夥子摀著腦袋痛叫。

藍衫拍拍手，得意地一甩頭髮，走了。

小油菜站在國際展覽中心外，向著遠處洶湧而來的人流張望。

「小油菜」這個外號是藍衫幫她取的，藍衫說她太有才，只好叫她小油菜。

距離還遠，小油菜一眼就看到了藍衫——太好認了，這年頭身高能長到一百七十公分的女孩並不多見。

1 閒得蛋疼：因為太過無聊而做出不合乎常理的事。

2 你大爺：北京話，原指有權有勢的人，此處引申為傲慢無禮的人。

藍衫今天穿得很休閒——瓜紅色印花針織衫很襯膚色，天藍色牛仔長褲包裹著筆直修長的雙腿，豆綠色平底鞋加同色系的手提包，身上沒戴配飾。

總之，美女嘛，就是隨便穿穿都好看。

她烏黑濃密的頭髮燙著大波浪，此刻披在肩上，春天的風像個小流氓，徐徐吹過，不停地掀起她的秀髮。

藍衫駐足，四下張望，想在茫茫人海中找到小油菜。

人太多了，找不到……

看到藍衫掏出手機想打電話，小油菜只好自己走過去，「藍衫，妳又沒看到我！」

藍衫收起手機，摸了摸她的頭，「乖。」

乖你個頭啊……

小油菜拍開她的手，「走吧，姊帶妳去見世面。」

展覽中心當然是辦展覽的，展覽自然會讓人增長見識，不過今天這個展覽……

全稱：北京性文化藝術節。

藍衫起先聽小油菜說要來參觀時還挺不好意思的，後來又覺得無聊。性文化嘛，不就是圈圈叉叉那點事，還需要辦個文化藝術節？

小油菜嚴肅認真地批評了她的偏見，羅列了前幾次性文化藝術節的火爆程度，最後表示：我們的目的是純潔的，就是為了去開眼界。

好吧，開眼界。

於是藍衫就來了。

進到展覽中心逛了幾圈，她發現其實還真的挺長知識的。各種衛生保健知識啦、補腎廣告啦、情趣用品啦等等，還有模特兒走秀和交流活動，據說還請了幾個在業界頗具盛名的豔星。

展覽中心分成好幾個館，其中D館是情趣用品展覽區，偌大的展區又細分成幾小區，藍衫和小油菜一邊看一邊嘖嘖稱奇，感嘆人類的創造力果然沒有下限。大雞雞什麼的都弱爆了，有一些東西她們兩個都不認識，得湊在一起腦力激盪，才能猜出是幹什麼用的。

走著走著，走到了充氣娃娃展區。

嗯，這些倒是都認識。

不過令藍衫意外的是，原來除了充氣的娃娃，還有不充氣的娃娃，不充氣的比充氣的貴很多。

哦、又長見識了。

有一些號稱超模擬的充氣娃娃做得確實很真，足以以假亂真了。

小油菜指著轉角處一個搔首弄姿的娃娃怒道，「藍衫妳看，這個東西要九萬九千八！要是有錢，誰還買這個呀？」

呃，這話好像也有道理……

藍衫走過去，戳了一下那個娃娃的咪咪，接著她餘光一瞥，掃到角落裡另一個超模擬娃娃。

雖然地方放得偏僻，但那個娃娃一下子就吸引了她的目光。

它坐在一把椅子上，穿著白襯衫、棕色長褲，頭髮剪得很短，整潔乾淨。

它正微微垂著眼睛，像是在思考，眉目如畫，眼底一片乾淨。

太逼真了。要不是因為它眼神呆滯，藍衫還以為它是真人呢。

不過，真人肯定也沒辦法長得這麼好看。

小油菜也發現了它，她扯著藍衫的手臂無比亢奮，「那個是男的！這裡還有男充氣娃娃？哎呀呀呀……」說著就拉著藍衫跑過去看。

藍衫也有點激動。

剛才在不遠處驚鴻一瞥已經覺得不錯了，走近之後，更是驚為天人。

膚色很白，但也不是慘白，而是透著正常人類應有的光澤和氣色；臉部線條相對較柔和，五官十分精緻，但又不是娘娘腔的那種漂亮，精緻而不失俊朗，像是由一代代美人基因堆疊出來的貴族少年。它鼻梁高挺、眉色鴉黑、睫毛濃長、雙眸玄黑，坐在暗處，整個像是一幅靜態的素描——由畫家千辛萬苦，一筆一畫，用鉛色線條細心勾勒出光與影，每一個細節都力求完美。

不過嘛，再怎麼好看，也都是假的，就像動漫裡那些帥哥一樣。想到這裡，藍衫倒是沒那麼激動了，摸著下巴靜靜地欣賞它。

「藍衫妳說，它到底是不是男的呀？」小油菜有點疑惑，這裡的娃娃都是美女，怎麼突然就冒出來一個帥哥呢？難道是專為重口味用戶設計的女漢子？想到這裡，她再打量它，愈看愈覺得可能。

藍衫也不知道自己是哪根筋不對，她突然在那個帥哥的下巴摸了一把，色瞇瞇地笑，「長得這麼好看，一定是男孩子！」

「男孩子」的眼珠微微動了一下，不過藍衫和小油菜正在說話，並沒有發現。

而此刻，小油菜正在往它的腿間瞄，試圖尋找更有說服力的證據，以確定此娃娃的性別。

可惜它穿的褲子比較寬鬆，襯衫下擺又足夠長，坐下來剛好遮住了重點部位——總之就是看不到。

藍衫摸了它的下巴之後，覺得手感不錯，又去拍它的臉，一邊拍一邊說，「我說小油菜，現在科技真是愈來愈發達了，這臉還是溫的呢。妳不如買一個回去，夜夜笙歌到天明，怎麼樣？」

小油菜還在研究，「我得先確定它有把、沒把呀，別到時候買個女漢子回去。」

藍衫就說，「那好辦，妳把它的褲子脫了看看，不就知道了。」

小油菜也不是沒想過脫褲子，可是大庭廣眾之下脫人家褲子多不好呀，雖然只是個模擬娃娃，但娃娃也是有尊嚴的……她抬頭四下張望了一下，這附近連個工作人員都沒有。

本來是有的，但是豔星來了，好多工作人員都跑去看她們了。

小油菜有些忿忿，正糾結著要不要脫褲子，突然聽到頭頂一個男聲說道，「妳怎麼能太不敬業了！小油菜有些忿忿，

小油菜很興奮，「藍衫妳看它還會嬌嗔呢！哈哈哈、會不會嬌喘呀……」

藍衫已經震驚得說不出話來了，小油菜只聽到它「嬌嗔」，但是她明明看到它動了，而且在偏頭躲她的手！

還有它的眼神，一下子像是回了神，此刻正皺著眉，譴責地看著她。

現在的科技再發達，也不可能把如此細微的表情都做到如此逼真。

我操，這到底是何方妖孽啊……

小油菜終於痛下決心，「藍衫、我決定了，由妳來執行這項光榮的任務，過來脫它褲子！」

藍衫現在只想跑。

她還沒實施撤退戰略，只見它，啊不、應該是「他」……他突然站起身，因為動作太大，小腿撞到椅子，那椅子被迫向後移動了幾公分，偌大的展區響起刺耳的摩擦撞擊聲。

小油菜嚇得跌坐在地上，滿臉驚恐地看著他。

他的臉色很不好看，烏沉沉如一團鉛雲。

藍衫把小油菜扶起來，對著他抱歉道，「對不起、對不起，打擾您了，您……慢慢挑，嘿嘿嘿嘿、慢慢挑……」說完，拉著小油菜落荒而逃。

直到走出D館，小油菜的表情還有些不真實，她神情恍惚道，「藍衫，那個充氣娃娃是不是成精了？」

藍衫哭笑不得，伸手巴了一下她的腦袋，「那是活人！」

第一章

喬風沒想到會遇到如此喪心病狂的女流氓。

光天化日，朗朗乾坤，膽子也太大了，這裡是人頭攢動的國際展覽中心。

他四處張望了一下，然後才發現，他好像是闖入了無人區。

……人呢？

沒有真人，假人倒是一大堆，一個個身材火爆，衣著性感。

他莫名其妙，怎麼走到這裡來的？

記憶慢慢往前倒。

他今天是來相親的，對方是一個有藝術專長的女孩子，和他約在這裡見面。他先來的，女孩路上塞車遲到了，他等了一會兒覺得無聊，就自己進來逛逛。

走了一會兒突然想到一個有意思的命題，一邊走一邊思考，最後看到一把空椅子，就不自覺地坐下了。

然後就老僧入定了。

哦、忘了說，他是一個副教授，研究方向為量子物理學。

再然後他就被調戲了，對方不光摸他臉，還想脫他的褲子……

如此流氓的行徑刷新了喬風對這個世界的認知，那個女人還說讓他「慢慢挑」，至於挑什麼，顯而易見。

想到這裡，再看看周圍那些模擬玩具，那些原本呆滯的大眼睛此刻充滿挑逗的目光，他有些不自在，趕緊離開了。

整個展區並非空無一人，只不過剛才他待的那個地方人少而已。工作人員看到這樣高品質的帥哥難免多看兩眼，但又覺得豔星都來了，這個帥哥一點也不急著去看，是不是對女人不感興趣呀……

相親的女孩總算來了，兩人先去吃了午餐。

飯桌上，女孩少不了要對喬風進行一番盤問。父母是做什麼的、家裡還有沒有兄弟姊妹、有車嗎？有房嗎？房子是全款繳清嗎？

喬風的回答簡明扼要，對方問什麼，他答什麼：父母都是高中教師、有一個哥哥、沒車、有房、房子全款繳清。

女孩點了點頭，又問，「你條件蠻好的，房子肯定是早就買了吧？是在市中心嗎？」這很重要。

喬風的房子在北四環，離他上班的地方近，北四環在他看來不算市中心，於是他搖頭，「不在。」

啊、那就是在郊區了？女孩有點失望，過了一會兒又問，「那你名下的固定資產有多少呢？」

喬風對自己財產狀況的認知永遠不像普朗克常數那樣清晰和精確，他又搖了搖頭，「我也不太清楚。」

女孩自動把這句話翻譯成：我除了一套房子，沒什麼其他的固定財產。

一番談話下來，女孩在心中幫喬風各方面都打了分數——其他條件馬馬虎虎及格，就是這個外貌，分數太高，在某種程度上拉高了平均分數，總之是可以繼續觀察下去的。

吃過午餐，兩人一同去看展覽。女孩把喬風約在這裡有她的考量——看看他在面對展臺上那些衣著暴露的模特兒時會有什麼反應，大致上就可以判斷得出來這個人的好色程度。

喬風基本上沒有去看那些模特兒——她們穿得太少，他盯著人家看是很失禮的，因此他一直目視前方，或者看看地面，和她交談時則看著她的眼睛。

女孩對這一點很滿意。他的眼睛很漂亮，黑白分明、乾乾淨淨，他注視著她時，她覺得自己像是被澄澈的水包覆住了。

他們邊走邊聊，女孩講到了自己的藝術理論，和他聊傅柯、聊德希達。喬風安靜地聽著，女孩以為他聽不懂，於是有那麼一點點得意。

她不好意思地笑了笑，嬌俏地別過臉問道，「我說這些你是不是覺得很無聊呀？」

「不，」喬風搖頭，「還蠻有意思的，妳可以再說說利奧塔、哈伯馬斯、費耶阿本德，我蠻想聽的。」

「……」這位帥哥你真的只是物理老師這麼簡單嗎……女孩的面子有些掛不住，說話的底氣都不像剛才那麼足了。

喬風見她臉色不好，以為自己說錯了話，於是轉移話題，「其實我不太瞭解後現代藝術，我們聊聊文藝復興吧？」

接下來，女孩的話愈來愈少。

莫名其妙地冷了場，喬風也不知道是怎麼回事，不過他冷過的場多了，現在已經鍛鍊許久，能夠泰然處之了。

兩人閒晃到了藏品展覽區，這裡的東西五花八門，集中展現了古今中外人們的淫蕩程度，其中有一些陶瓷和畫作，是很珍貴的古董。

這些東西喬風倒是能認真看下去，並不覺得難為情，反倒是那個女孩，跟在他身邊一陣臉紅，眼神亂飄。

離開藏品展覽區之後又要經過大廳，喬風不經意間往角落裡掃了一眼，看到兩個眼熟的身影。

藍衫覺得很奇妙，要是在別的場合看到今天這些東西，她一定相當難為情，但現在她在這重口味的海洋裡遨遊半天，突然就有一種見怪不怪的平靜。

仔細一想，男歡女愛本來就是很稀鬆平常的事，其實沒必要太避諱。

大廳裡有廣告商在發放免費模型，藍衫和小油菜一人領了一根用保麗龍做的大雞雞。因為模型太長了，簡直可以當兵器用，也不知是誰開的頭，總之兩個人開始用模型互毆。

反正保麗龍打在身上也不疼，她們兩個玩得不亦樂乎。

喬風停下了腳步，這就是那兩個想要脫他褲子的人。

走在他身邊的相親女孩順著他的視線看過去，頓時笑了起來，笑容矜持，略帶著些許不贊同。

喬風的目光在藍衫頭頂斜上方的監視器上停了一下，他默默地拿出手機。

一分三十秒之後，喬風掃了一眼大螢幕。

相親女孩小聲說道，「你怎麼不理我？」

「嗯？抱歉我沒聽清楚，妳說什麼？」

「我說，他們膽子真大呀！」

喬風附和，「是挺大的。」

大廳裡已經有人察覺到不對勁，對著大螢幕指指點點、說說笑笑。相親女孩也看到了，她驚訝地摀了一下嘴，「怎麼回事，你快看！」

喬風把手機一收，「我們走吧。」

深藏功與名。

愈來愈多人發現了大螢幕的改變，先前的廣告影片不見了，變成了顏色雜亂的畫面，畫面的背景幾乎是靜止不動的，只有兩個女人在……

小油菜正玩得開心，不小心掃了一眼大螢幕，於是尖叫道，「藍衫妳快看，大螢幕上有兩個二百五在拿雞雞互抽呢！」

藍衫：「……」

她扭頭看向大螢幕，螢幕上的女人只能看到背影，穿著打扮和她們兩個一模一樣。她不甘心地抬了一下手，螢幕上的高個子女人也抬了一下。

她再定睛看周圍，嗯、不少人的目光朝著她們兩個看。

小油菜也傻了，她仰頭尋找附近是否有監視器。

然後，藍衫看到了螢幕上小油菜的正臉。

來不及思考這是怎麼回事，藍衫現在滿腦子只有一個念頭——

「跑！」

藍衫一聲令下，兩個人扔了模型拔腿就跑。

跑出去有十幾步了，藍衫踩到一張廢棄的傳單，傳單的紙面本身就光滑，再與光滑的地面接觸，奔跑著踩在上面就像是踩到了滑板。

她腳下大大地滑開，眼看著要跌倒。

小油菜拉了她一把，不過沒拉住，只拉著她轉了半個身體，於是她側著倒了下去，肩膀先著地，頭偏著墜了一下，緊接著脖子「咔」的一聲輕響。

藍衫歪著個脖子從國際展覽中心走出來，女孩的造型太另類，一路吸引無數人側目。

小油菜攔了輛計程車，把藍衫扶了進去。藍衫被迫側著頭，黑髮蓋了半張臉，她也懶得去整理，狼狽地靠在座椅上。

司機見她行動不便，問道，「小姐這是怎麼了？」

小油菜答，「別提了！司機麻煩你帶我們去醫院。」

「好，」司機應了一聲，又道，「現在路況好一點了，今天上午簡直塞到不行。」

小油菜從後照鏡裡打量司機，看起來是挺年輕的小夥子，臉很白淨，奇怪的是額頭上青了一塊，她訝異，「司機，你自己能看到自己的印堂嗎？那個……很像印堂發青啊。」青得都快長綠葉子了。

師傅「噗」的一聲笑出來，「妳放心，我這不是被什麼妖魔鬼怪給纏上了，純粹是撞上瘟神了。今天遇到一個漂亮女孩，條兒那個順、盤兒那個亮[3]，我跟她說了兩句，結果女孩子脾氣大，拿小石頭砸我。」

小油菜一咧嘴，「哪個女孩子下手這麼狠呀？」

「誰知道呢……其實沒什麼大不了的，就是不好看，影響生意。今天好幾個人一拉開車門看到我印堂發青，直接掉頭就走。」

小油菜被司機說得這下更樂了。

司機又說，那女孩要是敢坐他的車，他一定把人直接載到延慶區去，扔在長城下讓她自己走回來。

小油菜問道，「她要是遇到壞人怎麼辦呀？」

「沒事啦，我在旁邊開車跟著她。」

說著，兩人都哈哈笑了起來。

藍衫一手扶著脖子，一手扯了扯頭髮，試圖把整張臉都蓋起來，與此同時內心默默流下苦逼的淚水，這一整天下來都是什麼鬼啊！

她靠在車裡，回想剛才大廳裡發生的事情，愈想愈覺蹊蹺。一定是有人在她們背後耍小聰明陷害他們，也不知是什麼東西，要是被她抓住，一定要把那傢伙先姦後殺哼哼……

3 條兒那個順、盤兒那個亮：身材姣好、臉蛋漂亮。

第三章

藍衫到了醫院，拍了一張X光，幸好骨頭沒受傷。醫生幫她做了矯正，貼了膏藥還開了別的藥，讓她回家好好休息，近期不要亂動脖子。

受傷有受傷的好處，比如說……她可以請病假了。

她頂頭上司叫老王，是個離異帶娃的中年男人。老王聽說藍衫要請一個星期的病假，他隔著手機怒吼，恨不得把她抓回去扔進煉丹爐火化。

藍衫被他吵得直皺眉，她把手機拿開一些，平靜答道，「好，那我明天就上班。不過我把話說在前頭，我現在貼著香、氣、撲、鼻的藥膏，脖子還不靈活，您要是不怕客戶擔心我們公司請的都是體弱多病、愣頭愣腦的人，我立刻回去給您鞍前馬後、任勞任怨。」

老王又抱怨了幾句，只好答應了她的要求。

一個星期之後，藍衫痊癒，光榮回歸。

同事和下屬見到她都很熱情，高興地打招呼、慰問。不管是真情還是假意，藍衫照單全收，笑得嘴角的肌肉都僵了。

她先去人事部銷了假，人事專員小劉看到藍衫，笑道，「喲、藍姊，您可總算來了。」

藍衫一樂，「怎麼，想我啦？」

「那是一定要的，」小劉是東北人，說話不自覺帶了家鄉口音，頗詼諧，「不只是我想，全公司誰不想您呢。看看王總，您不來，他跟掉了手臂似的。」

藍衫知道小劉在恭維她是王總的左膀右臂，她學著小劉的口音說道，「你別嘲笑我，我可笨了。」

小劉笑道，「您可過謙了。誰不知道以您的才華，別說做行銷，就算是做傳銷那也是妥妥的。」

「以你的才華，你該去說相聲。」

跟小劉耍了一會兒嘴皮，藍衫滾回了銷售部。她所在的公司是某品牌汽車4S店[4]，規模中等。銷售部的負責人是老王，底下兩個主管，其中之一就是藍衫，兩個主管分別帶一個銷售團隊，一個團隊在展示廳值班接待客戶，另一個團隊就在外面開發客戶，兩個小組輪流值班。

這一週輪到藍衫她們組負責接待，藍衫來到展示廳時，看到幾個銷售顧問正湊在前檯聊天。她一週沒來，他們明顯鬆懈了不少，藍衫讓他們回到工作崗位上，於是他們也不聊天了，開始各自低頭玩著手機。

藍衫也不好管得太嚴厲，容易招致埋怨。反正今天是工作日，現在還沒有客人呢。

她泡杯咖啡坐下來，摸了摸脖子，很靈活、很好，又用力地聞了聞，不錯，一絲藥膏味都沒殘留。

過了一會兒，陸續有客戶上門，幾個銷售顧問便忙起來熱情地招待，打聽他們的購買意願，帶著人參觀、看車。

4 4S店：中國大陸指汽車銷售、維修、裝配零件、售後服務的銷售店面。

賣車不像賣白菜，好幾十萬的交易往往不是一時半會就能完成的。銷售顧問們送走了三波客戶卻一單也沒有定下，只留下了個人資料等待後續追蹤。

藍衫怕他們失落，跟他們東扯西扯瞎聊。

又一個人推門走了進來，展示廳裡的人聽到動靜抬頭看，都跟見鬼似的看著來人。

他身材高大，穿著工人們身上常見的劣質迷彩服，裸露在外的皮膚呈現古銅色，一看就是經常勞動；鼻梁上架個大墨鏡，手裡夾根燒了一半的菸。

他衣服髒兮兮的，也不知在哪裡沾到了白灰。

這樣的一個人，走進了明亮乾淨的高檔汽車銷售展示廳，銷售顧問們面面相覷，誰也沒打算動身迎接他。

幹他們這行就是見人下菜碟——我們的車只賣給有錢人，你拿不出錢，我們就不會在你身上白費力氣。

一個新來的銷售顧問不知輕重，對著他說，「哥們，我們這裡不賣曳引機。」

他並不生氣，咧嘴一笑，露出一口白燦燦的整齊牙齒，「看看也不行嗎？」

藍衫瞪了一眼嘴賤的下屬，她走過去，朝他禮貌地笑了笑，看一眼他手中的菸，「這位先生，我們這裡是禁菸區，請您先把菸滅了。」

「不好意思。」他說著，順手把菸按滅在菸灰缸裡。

藍衫抬手做了個「請」的姿勢，「這邊請，我們坐下來談。」

他有些意外，不過很快跟著藍衫走到接待區。藍衫問他想喝什麼，他回答說茶，於是藍衫親自替他泡了杯茶。

展示廳裡的人不解地看著他們，藍衫渾然不覺，只是微笑著與他攀談。

這位先生姓吳，這次來是幫他弟弟看車的。他弟這個人，有點悶，還有點固執。

「非要自己搖號[5]。」他抱怨道。

藍衫心裡已經有了判斷，這句話透露出來的資訊就是——就算不抽籤，他也有別的管道。

不是靠權，就是靠錢。

藍衫不動聲色，又問，「那您弟弟有相中的車型嗎？或者他有什麼偏好？」

「他呀、喜歡低調，不愛招搖。」

藍衫笑，語氣輕快，「那您可選對了，我們這個品牌，就是典型的低調奢華有內涵。」

他把墨鏡摘下來，用墨鏡點了點她，眉目帶笑，「真上道，我喜歡。」

藍衫一看到他的臉，有些愣。這人還挺帥的，五官硬朗深邃，很陽剛，又不似一般陽剛男人的那種粗獷。

良好的職業素養使藍衫很快回過神，她推薦了一個性價比不錯的車型，「A4怎麼樣？是我們這裡挺熱銷的一款。」

他卻問道，「美女、妳不怕我是工地來的，買不起妳的車？」

藍衫笑答，「您怎麼這麼說，就算您是工地來的，那也是工地王子。」

5 搖號：在北京稱為「購車搖號」，鑒於北京市人數眾多，道路時常塞車，因此用排隊抽籤的方式限制人民購買車輛。

他被逗樂了，「妳還蠻有趣的。」

藍衫心想，姊要是真的把你當一般工人，這些年也就白混了。眼睛不毒幹不了銷售，根據一個人的穿著打扮來判斷其社會地位也沒錯，但這不是金科玉律。真正能反應一個人身分的，是他的談吐和氣質。

這人進門之後一點也不局促，存在感和氣場都很強，可見並非久居人下；被人奚落之後沒有自慚形穢也沒有急躁地反駁，而是從容不迫，可見其自信和從容；被要求把菸弄熄時能夠道歉並且順從，可見其教養不錯……總之，她不可能看走眼。

他喝了口茶，放下茶杯之後說道，「我不看A系列的，你們這裡有R8嗎？」

即使已經知道這個人不窮，但聽到這句話，藍衫的心跳還是加快了一些——新款R8光裸車就要人民幣二百多萬。

藍衫懷著敬畏的心情帶他去試車了。

試駕結果非常滿意，他想要白色的，這個顏色剛好有現貨。藍衫正想催促他今天就把合約簽訂，沒想到他先一步說，「還不錯、就要這個吧。我今天給妳訂金，過幾天來取車。」

……爽快！

藍衫帶著他去填資料，她看到他在聯絡電話那一欄裡寫了兩個手機號碼。

「一個是我的，一個是我弟的。」他解釋。

接下來就是簽合約、交訂金，各種流程走下來，藍衫領著下屬熱情歡送他。

再回到展示廳時，幾個下屬看向藍衫的眼神都充滿了佩服。

直到下班回家，藍衫心情還有些激動。她不是沒出過好車，但像今天這位土豪這麼乾脆，連討價還價都不討的，還真的很少見。

汽車銷售的抽成是分梯次的，每一臺車、每一個銷售員的讓利空間都不同，公司只規定了某臺車最低可以承受的底價，具體的價格由銷售人員自己掌握。超出底價的那一部分，她可以拿到百分之三十五的抽成，再算上底價以下的抽成，這筆錢相當可觀。而且，她這個月還能拿到額外的獎金……

愈想愈高興，她於是打了個電話給小油菜，想炫耀一下。

小油菜接起電話，不等她開口，當先叫道，「藍衫、我今天看到一個牲口[6]！」

「是騾還是馬啊？妳這個沒見過世面的，有需要興奮成這樣？」

「是人！我靠、妳不知道他有多可惡！人家十五歲上大學，上的還是國內的頂尖大學，今年才二十五歲，已經是副教授啦！」

啊、原來是遇到一個精英怪，藍衫平靜回道，「牛人多得是……妳怎麼認識他的？」

「我不認識他呀，我只是看到他的資料。我們公司最近在策劃一個大專案，想請個資深顧問，我們主管很重視這件事，讓我們部門的大姊頭不管是求爺爺、告奶奶還是出賣色相，總之一定要把他弄到手。妳不知道，這牲口已經被我們的競爭對手盯上了……」

6 牲口：牲畜的俗稱，形容某些人在某方面能力超乎普通人，近似牛逼。

藍衫覺得她有些誇張，「有那麼神嗎？」

「有、真的有，這牲口，妳知道最邪惡的是什麼嗎？他其實就是一個教物理的，對我們這行純粹就是玩票性質，媽蛋[7]！人家玩票都能玩成這樣，還讓我們凡人怎麼混呀！」

藍衫也覺得這種事確實有點打臉，她安慰她，「妳又不是做研發的。」

「幸虧我不是做研發的，妳不知道我們研發部老大今天看那牲口的資料時，那個表情有多精彩，要不是有人在場，他一定會跪著看的！不過可惜了，資料上沒有照片，我們不能一睹大神的芳容。」

藍衫說道，「肯定長得不好看，人都逆天成這樣了，臉要是再好看，他還留活路給別人嗎？他肯定自己也沒活路啊，早就被室友投毒一百零八遍了。」

小油菜深以為然。

和小油菜聊了一會兒變態大神，藍衫跟她說了自己今天接的大單子，小油菜也很高興——又可以宰藍衫了！

剛掛斷電話，就有人按門鈴，是藍衫叫的外送到了。她講電話講得太激動，現在一點也不餓了，看了一眼飯菜覺得沒胃口，於是推到一邊不吃了。

當天晚上，藍衫做了一個夢，夢到自己睡在了人民幣上。

7 媽蛋：原意為Madman（瘋子），後來引申為粗話，或是用來表達強烈情感與吐槽之用，意思近似於操你媽。

第四章

中午，喬風剛把飯菜擺好，他哥哥就來了。

他哥哥叫吳文，他們兄弟倆一個隨父姓、一個隨母姓。

他們家有一個傳統，那就是不管多忙，每週總要抽出時間和家人一起吃飯，不過現在他們的父母都不在北京。

父親吳教授任職於A大的土木工程系，目前作為知名學者去日本當客座教授了，要在日本留一段時間；母親喬教授任職於B大的民間文學系，現在帶著學生去了廣西少數民族地區搜集民歌，行話叫「田野作業」。

不能見面，還可以視訊。喬教授那裡通訊不便，沒辦法上網，因此喬風只連上了吳教授。

中國和日本的時差只有一個小時，他們兩邊分別提前和延後半個小時共進午餐。

兄弟倆坐在飯桌旁，喬風按了一下電視遙控器，吳教授的臉出現在液晶螢幕上。

吳教授很激動，「兒砸、好久不見！」

喬風糾正他，「爸、我們上週末才見過。」

吳文說道，「老頭兒，你才去小日本沒多久，怎麼說話口音都變了。」

「你懂什麼，這是網路流行語……讓我看看你們在吃什麼？」

喬風又拿起另一個小一點的遙控器按了按，貼著電視機上方安裝的視訊鏡頭低了低，搖頭晃腦，像眼睛一樣，視線在飯桌上逡巡。吳文看到電視螢幕的右下角出現一個切換畫面，畫面上都是他們自己飯桌上的菜：涼拌菜心、菠菜炒蛋、水晶蝦仁、糖醋排骨，還有一個鯽魚豆腐湯。

吳文夾了塊排骨，不大的排骨表面裹著琥珀色的醬汁，零星沾著幾粒芝麻，散發著陣陣香氣，令人食指大動。他問道，「鏡頭不錯，新買的？」說著，低頭咬了一口排骨，甜酸醇厚，香而不膩。

喬風眼睛盯著電視螢幕答道，「不、是我自己改造的。」

「你就是閒得蛋疼。」

把菜色照了一遍，鏡頭的角度又恢復如初。

吳教授在電視裡哀號，「都是我愛吃的，你們太殘忍了！」

吳文有些高興，故意誇張地嚼著，嚥下口中食物，他問道，「老頭，你在吃什麼，看看？」

電視機中出現了一些壽司，還有水果和湯。

吳文發出「嗤」的一聲輕笑。

吳教授很悲憤，「你等著！」

這種話毫無威脅性，吳文繼續大快朵頤。父子三人一邊吃一邊聊天，吳教授問起了他們最近的相親活動，吳文告訴吳教授，喬風最近相親相得很頻繁。

喬風平靜地全盤托出，「我不僅要相自己的，還要幫哥哥相。」

吳教授罵了吳文，揚言要告訴喬教授，吳文這才收斂了一點。

「什麼時候回來？」吳文問他爸。

吳教授答道，「暑假。」

吳文點頭，「帶點日本名產回來。」

吳教授的目光突然變得意味深長起來，他用一種只有男人才懂的眼神注視著鏡頭，隔了好一會兒才答道，「好。」

「……」吳文覺得他一定是想歪了。

用完午餐，要告別時，吳教授免不了嘮叨一頓，「老大、看好老二，別讓他被人欺負。」

「放心吧。」

「老二、看好老大，別讓他欺負別人。」

「……好。」

跟父親結束視訊之後，吳文敲了敲喬風的飯碗，「我讓你相親，你有意見啊？」

「沒有。」喬風這麼說並不是因為他喜歡相親。他最近發明了一套軟體，把從各個管道搜集到關於相親對象的資訊輸入進去，軟體就能自行分析出這個人的性格和偏好，還能進行配對。有了這個軟體，以後相親就不用出門了，可以省去很多麻煩，他這些天頻繁地相親，也是為了進行軟體測試，獲取樣本資料。

喬風把這個想法跟他哥說了，吳文氣得直敲他腦袋，恨他不爭氣。之前喬風那麼積極地相親，他還以為臭小子開竅了呢。

這時吳文突然想起一件事，他翻出一張名片放到桌上，「我幫你看了一臺車，本來打算這幾天就去拿的，但我臨時有事得去外地一趟。你要是閒得蛋疼呢，就自己去拿；蛋要是不疼，等我回來我幫你拿。這是那個人的名片，是還蠻不錯的一個人。」

喬風視線微微一斜，不經意間掃了一眼那名片。

明黃色的硬紙片上，兩個黑色加粗楷體字的名字格外醒目——藍衫。

藍衫再次打發走了一個神奇的客戶，她有點累，躲在角落裡打電話給小油菜。

高檔汽車銷售是一個奇葩的職業，為了品牌形象，找銷售人員的時候多少都會有些以貌取人，形象、氣質上希望有一定的水準。這就產生了一個後果，那些漂亮的男孩、女孩們，說不定什麼時候就被客戶領走了。

相對來說，藍衫她們這個品牌比較低調，不是暴發戶們的最愛，因此這樣的情況不算特別嚴重。據說某友商的4S店，每隔幾個月就得重新招聘一批銷售人員。

不過嘛，不多不代表沒有，今天藍衫遇到的這個客戶就有點過分。他也不是動手動腳，就是嘴賤一直撩人，藍衫還不能發火，只能賠笑臉，想辦法四兩撥千斤給他撥回去。

等他走了，藍衫只好在電話裡開啟嘲諷模式，「妳說他要是長得跟吳彥祖差不多等級的，姊我吃點虧也就算了，就當是為了世界和平作出貢獻……可是現在給我來一個吳孟達，還是加肥、加大版的，這讓我怎麼吃得下去？心有餘而力不足啊！」

小油菜在電話那頭安慰藍衫，咒罵那個傳說中的老色鬼。小油菜本身聲音脆脆的，語速一快就跟放小鞭炮似的劈哩啪啦，炸得人精神振奮，頗有提神解乏的功效。

藍衫在這一連串小鞭炮的炸響中，突然聽到一聲若有若無的輕哼。

她立刻一頓，摀住話筒抬頭戒備地四下一望，沒人啊！

這大白天的，也不可能是鬼，難道是她太激動，幻聽了？

藍衫便繼續和小油菜講電話。

與此同時，站在藍衫身後不遠處的男子發現自己竟然被無視了，他微微皺了一下眉，接著輕輕咳了一聲。

藍衫很確定自己這次沒有聽錯，她有些惱火，「到底是什麼鬼，還不給老娘滾出來！」

他有些無奈，「我在妳身後。」

藍衫轉身時，他已經走得極近，超過了陌生人之間的安全距離。面前突然出現一個大活人，藍衫「啊」地一聲驚叫，嚇得把手機甩了出去。

「抱抱抱抱歉！」她為自己的失態而感到尷尬，連忙彎腰拿起手機。手機被摔得螢幕黑掉了，而且已經自動掛斷電話。

「該說抱歉的是我，我並非有意偷聽妳講電話。」

「先生您太客氣了。」藍衫直起腰看他，這才發現此人長得不是普通帥，五官清俊，就是眉峰凌厲了一些，看起來有點狠，而且氣質冷冷的。

他穿著黑色絲綢亮面襯衫、黑色西裝，沒打領帶。西裝看不出牌子，但用料考究，應該價格不低，很有可能是手工訂製的；西裝在腰部做了修身設計，流暢的線條微凹，襯托出挺直寬闊的肩背以及窄腰和長腿。

藍衫有些奇怪，她最近是在走什麼樣的狗屎運，怎麼老是遇到極品帥哥。

不過更奇怪的是……他誰呀？

她有些擔心，不知道他聽到了多少。萬一把她對客戶的吐槽全聽了還傳出去……圈子就這麼大，她的業績全靠客戶人脈維護，不能敗壞名聲。

心裡是這樣想，表面卻不動聲色。她把手機一收，很快調整好情緒，朝他微笑道，「這位先生，您是想買汽車嗎？」

他被她的笑容晃了一下，有那麼一瞬間愣神，隨即他答道，「我可以先看看。」

真有意思，她在辦公區的走廊裡撿到一個潛在客戶。藍衫有點困窘，帶著他回展示廳接待區，一邊走，兩人一邊聊了幾句，藍衫知道了他叫宋子誠，是幫自己買車的，問他偏好，他回答說看心情。

……這都什麼跟什麼呀。

至於為什麼如此優質的客戶在展示廳沒有受到接待從而迷路到辦公區……這暫時是個謎。

藍衫帶宋子誠看了幾款車，他問了很多問題，有些問題堪稱刁鑽，藍衫一一耐心解答。說實話，雖然宋子誠看起來有點兇，但她比較喜歡這樣的客戶，他問的問題很專業，這讓她回答的時候很有成就感，覺得自己特別專業。

而且他一直關注這樣有深度的問題，肯定是一個非常有深度的人，這樣的人不會對傳播八卦消息感興趣，所以她的名聲可以保住了。

看得出來，宋子誠對她的回答也算滿意，他們倆人不像是在買賣汽車，倒像是在進行訪談。

訪談到最後，他也沒有明確地說買還是不買，藍衫並未表現出半分急躁，反正她這個月的任務已經超額了，還簽了二百多萬的大單，現在不值得為了五斗米折腰。

宋子誠要了藍衫的名片，在她的歡送中離開了。他叫了一輛計程車，繞了一圈又轉回來，去了4S店附近的一個停車場。

剛坐到車上，手機就響了，宋子誠接起電話。

「親愛的、裙子收到了，謝謝親愛的！」手機那頭的聲音溫和恬淡，像是柔軟的絲綢。

宋子誠把玩著手裡的名片，明黃色的小卡片不停地在他指間跳轉翻飛，白皙修長的手指靈活而優雅，連帶著那普普通通的顏色也像是突然被喚起高貴的血統，似是古老皇族一般沉靜而華麗。

聽到她隱含喜悅的致謝，他面無表情地應了一聲，「嗯。」

她又問道，「你今晚回來嗎？」

「不。」

她沒有再繼續問下去，再跟他說了幾句便掛了電話。

真是個識趣的人。

不過嘛，她在他這裡剩下的，也只有識趣了。

第五章

送走了宋子誠，藍衫回到展示廳，問了幾個下屬這到底是怎麼回事。前面那麼多人值班，為什麼會把客戶放進辦公區。

幾個下屬有點無辜，前檯的女孩幫忙解釋道，「藍姊，剛才那位宋先生是來找總經理的。」

……難怪會出現在辦公區。

可是這樣也不對勁，找總經理就找總經理，怎麼又跑出來看車了？就算他來頭大，買車可以直接找總經理，但是總經理為什麼不陪他出來看車？而且也不跟前面接待人員打個招呼？

只有一個解釋了，那人多半是辦完正事，出來順便逗她玩的。

藍衫有點無語，怪不得她費了好大的力氣也不見他鬆口，敢情人家就是拿她解悶的。

她向來看得開，在心裡鄙視了宋子誠一會兒，也就把此事拋開了。

她把手機拿出來檢查了一下，試圖開機，無果，看樣子壞得很徹底。

她有點心疼，好幾千塊錢呢，才用了一個多月，結果摔了一下就沒了，這年頭電子產品的品質真是令人心碎。

藍衫去了人事部，找小劉借了支備用手機。做銷售嘛，不知道客戶會什麼時候打電話過來，半點都不能鬆懈。

果不其然，她剛開機，就有電話打來了。

是那個土豪吳先生打來的，說自己最近幾天沒辦法拿車，如果他弟來拿，就讓他弟直接領走。

要說這位吳先生，人真的不錯，一點架子也沒有。

藍衫記下了，也沒太放在心上，反正合約簽了、訂金也交了，早一天、晚一天都一樣。

晚上下班回到家，藍衫把高跟鞋一甩，窩在沙發裡一動不動。

白天嘴皮子磨得太勤快，導致她下班後總是異常沉默。

感覺到肚子有點寂寞，她從茶几下拿出一疊外送傳單一張一張地翻著，翻了一遍覺得哪一個都不好，然後她閉眼抽了一張出來。

最後她打電話訂了一份披薩。

送餐倒是挺快，可惜披薩的起司放太多，吃起來有點膩，她吃了一塊就吃不下去了，喝了兩杯水也飽了。

她看著剩下的五塊披薩發愁，覺得浪費真可恥啊、真可恥。

正進行著深刻的自我批評，小油菜的電話來了。

「藍衫、救命！」小油菜發出殺豬一般的嚎叫。

藍衫嚇出一身冷汗，正想著要怎麼報警呢，接下來小油菜說道，「妳知道嗎，那個大神他其實是充氣娃娃！」

藍衫一頭霧水，她覺得不用打一一〇了，當務之急是要先連絡精神病院。

「親愛的小油菜同學，麻煩妳把剛才那句話擴寫成一篇不少於五百字的作文，立刻、馬上。」

小油菜於是開始傾訴她今天離奇而又淒慘的遭遇。

事情是這樣的，她們公司不是正打算把某個業界大神據為己有嗎？她們部門的大姊頭已經在主管面前立下軍令狀，大姊頭想得周到，怕自己和小年輕之間缺乏共同語言，又考慮到小油菜此人雖然蠢但一向能活躍氣氛，於是批准小油菜加入瞻仰大神的行列之中。

今天小油菜跟著大姊頭去見了大神，結果……媽蛋，那個大神就是她和藍衫在國際展覽中心遇到的「充氣娃娃」。

小油菜當場就嚇死了，一直緊張兮兮地盯著大神，弄得好像大神要非禮她一樣。

具體大姊頭跟大神都談了些什麼，小油菜因為太緊張已經記不得了，她只知道最後事情沒談成。

哦、這不是重點，重點是大姊頭把沒談成的原因歸咎到她身上，原因是她「一直色瞇瞇地盯著人家看」！

於是大姊頭決定，把這個不光榮但很艱巨的任務轉移到小油菜頭上，讓她務必把人給請來，否則……呵呵呵呵呵。

小油菜欲哭無淚，「藍衫，我要怎麼辦呀？」

藍衫說了一個非常有建設性的提議，「辭職？」

「辭妳個頭啊，這年頭工作那麼難找，妳讓我辭職喝西北風嗎？妳太殘忍了！」

藍衫抓了抓頭髮，「那妳想怎麼辦？色誘行嗎？」

「不行，妳又不是不知道他長得多好看，背景還那麼狂……總之我們兩個不是同一個level的，我力不從心啊……藍衫，不然妳幫我色誘他吧？」

「等等、我跟他也不是同一個level的，謝謝。」

小油菜終於道出了她的真實目的，「那……不然妳跟我一起和他道個歉？我看他也不像是個小心眼的人。」

「如果他不是小心眼的人，說明他拒絕合作的原因不在於妳。」如果他是小心眼的……

「我不管，總之妳要陪我道歉，妳摸了他的臉了呢！」

「妳還想脫他褲子呢。」

「妳不想嗎？」

「我只是想看著妳脫。」

小油菜氣得嗷嗷亂叫，最後以「不幫藍衫搬家」作為威脅，使藍衫折服在她的淫威之下。

小油菜的思維一向跳脫，想到哪裡就說哪裡，說到哪裡也就想到哪裡，於是話題就被她帶到了「搬家」這件事上。

藍衫要搬家了，她現在住的房子很老，社區建設設備不完善，離地鐵也遠，上下班不是很方便……總之她有點嫌棄，想搬到一個條件好一些的地方。

房子已經找好了，在北四環的一個社區，雖然房租偏高，但一分錢、一分貨，那個社區就在地鐵旁邊，環境也很好，綠化做得不錯，保全系統也很先進。

藍衫很幸運，她談的那個房東要出國了，本來合約簽的是押一付三，不過房東說如果藍衫一次付一整年，他可以打八五折。

這麼爽快大方的房東簡直千年難遇，藍衫哪能不樂意呢，一下子省了好幾千塊錢。

藍衫和小油菜商量了一下搬家的時間，接著初步確定了道歉方案。小油菜約不到高冷的大神，只好決定去他的課堂堵他，她已經把課表查清楚了。

藍衫有點納悶，「妳不能去辦公室堵嗎？」

「這妳就不知道了吧？許多大學教授不用坐班，更何況是他這種純動腦的。他老人家就算有什麼項目研究，在家裡打坐就夠了，根本不用去辦公室。」

藍衫由衷讚道，「我發現妳也不笨。」

第六章

一大早，老王把藍衫叫進了辦公室，他一直長吁短嘆，把藍衫給嚇到了。

「王總您是不是生理期到了？」

「藍衫！」老王氣得直拍桌子，末了用手指點她，恨鐵不成鋼地搖頭，「妳呀妳，妳讓我該說妳什麼才好。」

藍衫很驚奇，「我怎麼了？」

「妳說妳長得又不難看，也不少人追吧？幹嘛一定要騷擾別人呢？他是妳的客戶，妳要把他當上帝對待，妳見過對上帝性騷擾的嗎？」

「您稍等一下，」藍衫被他說得一頭霧水，「我，性騷擾？」

老王兀自嘆氣，語重心長，「我知道，現在的女孩子觀念開放，相當飢渴難耐，不過妳也不能饑不擇食啊！」說著，他一咬牙，視死如歸，「妳有什麼事衝著我來，不要對客戶下手！」

藍衫幽幽地把老王上下打量了一下，人到中年，他身材微微發福，頭髮掉了不少，剩下的剛剛好能蓋住腦袋。因為太生氣，他的鼻翼一直在翕動，像是兩個即將甦醒的繭。

藍衫笑道，「您這樣的我怕消化不良，」看到老王憤怒地瞪眼，她連忙把話題繞回來，「我說王總，您這是從哪聽來的呀？我騷擾別人？您看看，我這臉、這腰、這腿……您說我有需要去騷擾別人嗎？」

「妳還不承認，這件事人家都投訴到客服部去了，客服部報到我這裡，我是看妳平常表現好，現在壓著沒往上報，妳可別逼我。」

藍衫看他不像是開玩笑，她也不敢開玩笑了，「王總，此話當真？」

「廢話，妳自己看。」老王說著，把投訴單推給她。

藍衫一看，還真是。她特別好奇這是哪個吃飽撐著沒事幹的傢伙惡意誹謗……往姓名欄一看，啊、吳文？不就是那個買R8的土豪嗎……

藍衫覺得非常不可思議，那個吳文看起來精神狀況很正常，不像是無理取鬧的，怎麼會突然搞這種邪招呢？

老王見她不言語，以為她是心虛了，他哼了一聲，「妳呀，趕快跟客戶道個歉吧。雖然單子是做不成了，不過現在這個投訴還來得及撤。要是捅到總經理那裡……他可沒我這麼好說話，妳還性騷擾，真有妳的！」

藍衫怎麼也想不通吳文汙衊她的動機是什麼，如果只是為了解約，他打個電話就行，何必把事情搞這麼僵？商場上混的人，要是每天都這樣招貓鬥狗得罪人，他也只能去工地搬磚了。

此事必有蹊蹺。

藍衫決定先找客服部的人問個清楚。中午，她和客服部的小張一起吃飯，小張跟藍衫一向關係不錯，而且這個投訴恰好是小張接的，於是小張一五一十地跟她解釋了。

客服部經常會對新產生的訂單進行回訪，回訪結果記入相關員工的工作表現，影響績效和獎金，這一點藍衫自然知道。昨天小張回訪時，R8訂單的客戶表示曾經遭受過藍衫小姐的性騷擾，同時提出解除購買合約。

性騷擾，還鬧得要解約，這已經不是簡單的回訪了，得轉成投訴。小張她們主管覺得事情大條了，趕緊報給了藍衫的直屬上司。

一般情況下，回訪的細節是不能向其他員工透露的，不過這個已經轉成投訴了，所以小張講給藍衫聽也不算違反規定。

聽完小張的解釋，藍衫更摸不著頭緒了。她總覺得有什麼東西扭曲了，有些細節被她忽略了，可是左想右想也想不明白問題到底出在哪裡。

無奈，她只好心情忐忑地打了個電話給吳文。

「喂？藍衫……對、剛回北京……什麼？回訪？我沒接到過回訪電話，昨天下午三點多我在飛機上呢。可能是我弟接的，我當時留電話號碼不是留了兩個嗎？」

藍衫覺得自己的天靈蓋像是被猛地拍了一下，她好像發現問題所在了，「吳先生，我們客服對您弟弟進行回訪時，您弟弟說……嗯，說我性騷擾了他……」說到最後，藍衫都不知道自己是該哭還是該笑了。

手機那端一陣沉默，吳文也被雷得不輕。雖然他經常說他弟鬧得蛋疼，但總不至於真蛋疼到這種地步吧？吳文想了想說道，「這裡面是不是有什麼誤會？妳認識我弟嗎？他叫喬風。」

「我就知道有個練降龍十八掌的叫喬峰。」

「不是那個『峰』，是雷厲風行的『風』，不過他跟這個成語沒有半點關係。」

藍衫很確定自己不認識什麼喬風、喬雨的，她覺得這喬風多半是個精神病或者智障，媽的，這種人就該好好關起來，不能放出來來危害社會安全。還買車呢，智障也能考駕照嗎？哼哼……

她心中腹誹著，嘴上客氣說道，「可能是您弟弟認錯了人，吳先生、您能幫忙撤一下投訴嗎？我們主管今天已經罵了我一頓了，還說這件事沒完……」

吳文答應下午打個電話，藍衫便放下心來。

掛了藍衫的電話，吳文立刻撥電話給喬風。

電話一通，喬風先說道，「正好，我有一件事情想不通。」

吳文覺得挺新鮮，「是嗎，這世界上還有你想不通的事？說來聽聽。」

「之前做的那個相親軟體，根據樣本統計結果來看，每一個和我相親的女孩子都打電話約我，也就是說，我的性格屬於萬人迷的類型。」

「我操！」吳文嗤笑，「你也太厚臉皮了吧？就你這臭脾氣還萬人迷？」

喬風沉默了一下，「所以這個實驗有問題。」但他不知道問題出在哪裡，實驗系統是基於心理學設計的，資訊也經過了仔細篩選，就算有偏差，也不至於這麼大。

吳文說道，「你把你那個外貌影響係數後面加兩個零再試試，保證百試百靈。」

「這樣外貌就可以視為唯一的影響因素了，這不科學。」

「相信我，對你來說這是唯一的科學。」

吳文不想跟他弟弟討論這種無聊的東西，他把話題拉回來，「喬風，你認識藍衫嗎？」

喬風想也不想答道，「不認識。」

「我說喬風你是不是有被害妄想症呀？不認識她你說人家性騷擾你？」吳文才發現原來他弟弟可以這麼不正經，「我知道您小少爺長得俊俏，天天被人調戲，你見識過的流氓多了去了，排起來可以在天安門廣場畫一個大SB[8]。可是你也不能顛倒是非呀，人家好好的一個女孩子又沒得罪你，你怎麼開口就說她性騷擾呢？還投訴？」

「我沒有投訴她。」只是接了一個電話，陳述了一點事實，順便讓那個客服幫忙轉達解約意願。

「意思是你確實說她騷擾你了？」

喬風沉默。

吳文想不通，「我就問一句，你圖什麼呀？」

喬風不想繼續這個話題，他說道，「總之我不會買她的車。」

吳文也是個人精，從這一句話就聽出苗頭不對，「喬風，你有事瞞著我。你認識藍衫對不對？你小子該不會故意用這種方式吸引美女的注意力吧？幼稚！」

喬風平靜地勸他，「不要想了，以你的智力和想像力，暫時猜不出個中因由。」

「操、智商高了不起嗎？你就一個白癡！」

「哦。」

「……」

---

8 SB：粗話，傻逼的拼音開頭縮寫，意指罵人白癡。

吳文不愛跟喬風鬥嘴，臭小子罵人時永遠像論文答辯一樣既老氣橫秋又冷靜客觀，讓你無法反駁。你罵他兩句吧，人家也不介意，風過不留痕，該幹嘛就幹嘛……總之一點吵架的樂趣都沒有！

於是吳文現在也沒脾氣了，「那你到底想怎樣？」

「你的好意我心領了。」

「你少給我來這一套！」

「嗯、我不買車，你也不用幫我買。」

「不買車你搖號幹嘛？」

「試手氣。」

吳文一手握著手機，另一手砰砰砰地捶桌子。

人呀，人怎麼能無恥成這樣呢？那麼多人排隊搖號，競爭比高考都還激烈，結果這傢伙就是為了試手氣。最可惡的是，他手氣太好了，才搖一次就中了！

吳文非要跟他講理，「不行，反正我一定要買這輛車。」

「車牌號在我手裡。」

「……」

吳文最終還是拗不過喬風。

他弟這個人，平時個性軟，看起來挺好說話的，可是一旦下定決心，沒有人能撼動。

吳文打了個電話給藍衫，解釋一下這件事的始末。好吧，其實他也不知道怎麼解釋，最後他很抱歉地告訴她，他弟的牛脾氣上來了，死活不願意買車。吳文對藍衫抱著歉意，不想把話說死，反正車牌號可以保留半年，所以他決定合約暫不作廢，訂金也暫時不收回，給藍衫半年的時間來點化他弟。

雖然成功的機率不大，但至少給人留點希望。

藍衫一一答應著，心想，我祝您弟弟早日康復。

第七章

為了幫藍衫搬家，小油菜特地請了一天假。

藍衫她們是服務業，休假方式和普通上班族錯開，想調週末的休息日並不容易。她之前和小油菜逛展覽時已經浪費了一次機會，後來又請了一週的病假，再然後還被投訴……總之現在是沒臉跟老王要週末了。作為她的死黨閨蜜，小油菜要義不容辭地妥協，找大姊頭請假。

搬運的事歸搬家公司，她們兩個要做的就是把東西整理好，打包、拆封、整理。

新社區大樓裡的戶型是混合的，有一戶也有兩、三戶。藍衫租的是一戶，十五多坪，一室一廳，功能齊全，雖然不算寬敞，但足夠她一個人住。

在北京這種寸土寸金的地方，這已經算很不錯了。殊不知現在六環外的房價都敢飆到人民幣八、九萬一坪，更何況這個社區交通便利，還緊鄰兩個全國知名學府，那個房價別說買了，藍衫就是看看，都覺得心驚膽戰。

要不是圖個上班省事，每天可以晚起床半個多小時，她也不會選這裡租。她每天全心全意裝孫子，賺錢多不容易呀，花錢的時候別提多心疼了。

嗯，幸好遇到一個大方的房東。

小油菜很羨慕藍衫，可以一個人在外面住，條件也挺好，多自在呀。她現在還跟父母合住呢，天天聽他們嘮叨，聽得內分泌失調。

藍衫搖頭苦笑，小油菜羨慕她，她又何嘗不羨慕小油菜呢！下班有人幫妳做熱呼呼的飯，天氣冷了有人逼妳多穿衣服，有人管妳不准妳睡太晚，不用管在外面受到多大的委屈，回到家一看到爸媽，就覺得自己有了靠山，一顆心也能安安穩穩的。就算他們不能給予實際的幫忙，但妳跟他們撒撒嬌，一轉頭就什麼都不怕了。

想著想著，藍衫有點心酸。人哪，不在外頭漂一漂，就永遠不能體會到父母在身邊的好處，小油菜簡直是身在福中不知福。

小油菜幫藍衫搬完了家，藍衫也該履行對小油菜的承諾了。

喬風在週二晚上有一堂校共同選修課。

藍衫聽到小油菜一口一個「喬教授」地稱呼那位大神，她不禁想起一些痛苦的回憶，「我說，他也姓喬呀？我之前跟妳說的那個亂找麻煩的神經病也姓喬。」

「是嘛，同樣是姓喬，做人的差距太大了，簡直一個天上、一個地下。」

藍衫點頭表示贊同，又把那個智障腹誹了一遍。

為了表示誠意，兩人決定認真聽一堂喬教授的授課，然後跟他溝通時也比較有話聊。而且根據藍衫的經驗，如果對方是某一個領域的專家或者權威，你主動跟他請教專業知識，他往往會認真解答，不會立刻拒絕你。

兩人提前十五分鐘來到教室，本來還在討論到底是坐前排有誠意一點還是坐中間好，結果到了一看，好嘛，都快坐滿了。

她們兩個只好見縫插針，坐在最後一排。

小油菜禁不住感嘆，「不愧是B大呀，上選修課都這麼積極，想當年我可是選修課必逃，必修課選逃。」

藍衫也沒見過這陣仗，這門課叫什麼來著？量子物理學？很有意思嗎？光聽名字就很沒意思好嘛……怎麼會這麼多人聽？

放眼望去，多半是女生。

B大的女孩子都好強悍，簡直太可怕了。

來自普通學校的娃對這種高等學府總有一種無法控制的虔誠膜拜，藍衫和小油菜就是這種心態。兩人現在感覺自己像是豬，混在熊貓的隊伍中。

剛一坐下，就聽到周圍女生在小聲討論。

「喬教授怎麼還不來？」

「安啦、安啦，馬上就來了，急什麼。」

「人家激動嘛，今天是推了和男朋友的約會來的。」

「我是翹了專業選修課，就為了一睹教授的芳容。」

嘰嘰喳喳……

藍衫和小油菜「囧囧有神」地對視一眼，原來這麼熱門的上課場面，全是靠美色製造出來的？這也太扯了吧！

藍衫搖頭，「我要對這個看臉的世界絕望了。」

小油菜捏她下巴，「他媽的，妳能不能先毀容再說這種話？」

她們倆說著話，一個男生走進來，坐在藍衫身邊，那大概是整個教室裡最後一個空座位了。

男生慶幸地自言自語，「還好還有位置，不然又要站著聽了。」

可憐的孩子，藍衫同情地搖頭。

男生看到藍衫，頓時眼睛一亮，是美女！

藍衫雖然早就已經不是大學生了，不過年齡也不算大，保養得又好，所以臉蛋依然青春亮麗；小油菜是天生長著一張稚嫩的臉，隨便換身打扮就能出門裝蘿莉。她們兩個再穿得休閒一些，坐在這裡便毫無違和感。

男生眼神熱烈地看著藍衫，藍衫有些彆扭，扭過頭和小油菜說話。

十八、九歲的年輕人都是情種，尤其是那些沒女朋友的。他們渾身上下流淌著洶湧澎湃的荷爾蒙，看到一個稍微有點姿色的女孩都能想入非非，更何況是眼前這種等級的。

男生覺得自己又要一見鍾情了，雖然藍衫明確表現出不想和他說話的意思，但他還是害羞地往她身邊湊近了一些。

藍衫不自在地往小油菜那邊躲。

這時，教室裡一陣騷動，伴隨著女生們壓抑的低呼，喬教授在萬眾矚目之下走進了教室，登上了講臺。

藍衫覺得這種氣氛不像是上課，倒像是明星開演唱會，這個喬教授要是每次上課都這樣，那他的壓力也夠大的。

喬風今天依然穿了件白襯衫，為了營造自己比較有親和力的人民教師形象，襯衫的第一個扣子沒有扣，熨燙妥貼的衣領敞開一個恰當的角度，隨意地覆在鎖骨之上，像是白鴿舒展開兩扇輕盈又乾淨的翅膀。

愈是簡單的衣服，愈是挑人。比如白襯衫，身材氣質跟不上的人穿上它，就只能淪為賣保險的。

喬風站在講桌前，把課程簡報複製到電腦桌面上，打開。

坐在藍衫身旁的男生堅持不懈地想要跟她搭訕，他沒話找話，「美女，妳是什麼科系的？」

藍衫側過頭朝他邪魅一笑，「進口挖土機修理。」

「……」

也就是跟這個男生說話的空檔，喬風已經把簡報跳轉到上次授課結束的那一頁，藍衫也沒看到簡報首頁上授課教師的姓名。

上課鈴響，喬風清了清嗓子，「好了，同學們，我們開始上課。」

竊竊私語的聲音立刻停止，喬風習慣在開始上課前掃一眼全體同學，觀察一下大家的精神面貌。以前他也不會去注意誰，不過這一次，他一下就看到了坐在最後排的藍衫以及她的同夥。

喬風覺得她們也許是來尋仇的，之前買車那件事，他其實本意並非投訴藍衫——他沒那麼無聊，不過反正最後的結果都一樣，她要是真的來尋仇，他也無從辯駁。

這些都不重要，先上課要緊。

簡單幾句話總結了一下上一堂課的內容，喬風開始講這一堂課。他的聲音很好聽，如玉般溫潤、如泉般清澈、如荷風送香、如竹露滴響。雖然他說的話藍衫一個字都聽不懂，不過光是這個聲音，已然令人十分陶醉。

嘖嘖嘖，真乃極品也。

藍衫托著下巴，認真地看著他。這表情、這動作，和其他女生毫無區別，不過在喬風眼中，她就是顯得更醒目一些，大概是由於她對他造成的心理陰影比較大。

幸好喬教授心理素質好，頂著壓力把這堂課上完了。

藍衫發誓，她真的已經盡力了。她是文科生，在物理方面的巔峰時代是高二那年會考，她考了個B就已經欣喜若狂。現在讓她聽這麼高大上的東西，還是從半途開始聽，能聽懂就有鬼了。這堂課在她看來跟佛經相差不遠，多虧念經的人聲音不錯，讓她留下一點樂趣。

下課之後，藍衫和小油菜去講臺上堵喬風。

嗯，該來的總是要來，喬風平靜地整理好單肩背包說道，「我們出去說吧。」

他不想在教室裡鬧。

三人行走在夜晚中的校園，明亮的路燈把人的身影拉長縮短又拉長，路兩旁有早醒的桃花悄悄綻放，微風吹過，花影幢幢。學生們或是騎單車緩慢地路過，或是三五成群邊走邊說說笑笑。

藍衫恍惚又找回了那沒心沒肺沒煩惱的大學時光。

喬教授在這所學校的知名度顯而易見，一路上遇到許多學生向他問好，藍衫知道這樣的學校裡大牛、小牛層出不窮，之所以大家都認識喬教授，多半還是因為臉。

三人之間一陣沉默，喬風是能不用說話就不會說話的人，小油菜不敢說話，這個時候只能靠藍衫活躍氣氛了。

「喬教授，『量子』到底是什麼東西？」藍衫問道，她確實挺好奇。

喬風儘量解釋得簡單易懂，「這個概念一開始是普朗克提出的。在微觀的世界裡，能量並不是連續的，而是一份一份的，它有一個最小單位，不能繼續分割，這個最小單位就叫做『能量子』，簡稱為『量子』。後來的研究發現，不光是能量，其他物理量也呈現量子化，這和牛頓的經典力學體系背道而馳。」

藍衫竟然聽懂了一部分，她恍然，「啊、就和錢一樣，最小的是一分的，你想花半分錢買東西，就會被人家打出來。」

喬風點了點頭。

藍衫摸了摸下巴，「我一開始以為量子是一種粒子。」

小油菜說道，「比我強，我一開始以為它是個日本女人。」

喬風有些不確定，「妳現在是在講笑話嗎？」他總是摸不清正常人的笑點，那麼現在出於禮貌考慮，是不是該配合著笑一下？

小油菜覺得她應該是被大神鄙視了。

藍衫看現在熱場熱得差不多了，她說道，「喬教授，我們兩個這次來，是想鄭重地跟您道歉，之前那件事真的是個誤會。」這個誤會還沒辦法解釋，總不能直接告訴他我們把您當成充氣娃娃了吧？一定會被揍的……

喬風是個吃軟不吃硬的人，現在對方拉下臉來道歉，他就覺得其實她們人也不錯。為了回應對方的友好，他提出請她們去他辦公室喝杯茶。

這是願意講和的節奏，小油菜很高興，有希望！

兩人腳步輕快地跟著喬風去了他的辦公室。喬風雖然年輕，但職稱是副教授，已經有了自己的獨立辦公室，辦公室的門口掛著名牌，上面有他的職稱和名字。

看到「喬風」兩個字，藍衫猛地一顫，一瞬間醍醐灌頂，懂了。

她陰氣森森地看著他，「你是喬風？」

「對。」

「吳文是你哥？」

「是。」

砰！

小油菜看得目瞪口呆，我靠這是什麼情況，藍衫打了喬教授！

藍衫打完了人，轉身就走。

小油菜在「工作」和「閨蜜」之間搖擺了一下，果斷噔噔噔跑過去跟上藍衫。

「藍衫，到底是怎麼回事嘛！」

走出這棟辦公大樓，被外面的夜風一吹，藍衫的情緒漸漸冷卻下來。

藍衫扶額搖了搖頭，「小油菜呀，對不起，姊一時沒忍住。」她本來就是個急性子，也就是跟客戶裝孫子的時候能壓抑住，其他時候……呵呵。

小油菜輕輕地扯她的衣角，「藍衫，到底怎麼了？」

「就他，投訴我的那個神經病。」

小油菜明白過來，「是這樣？那打得好，背後陰人，壞蛋！」

「妳說他哪怕當面打我一頓我也認，幹嘛一定要公報私仇搞這種報復手段呢？」藍衫說著，又有點後悔，「今天本來是要幫妳的，結果鬧成這樣。」

「沒事、沒事，」小油菜擺手，很想得開，「大姊頭都搞不定的事，我本來也不抱希望的，反正她不會真的開除我。」

藍衫忍不住摸了摸她的腦袋，「那好，這次是我不好，下次有赴湯蹈火的機會一定先留給我。」

「矜持！」

藍衫回到家時，心情依然有點煩躁。

人一旦煩躁了，幹什麼都不順，連開個鎖都嫌麻煩。

她握著鑰匙用力往鑰匙孔裡面插，但是怎麼插也插不進去。奇怪了，出門的時候還好好的！

正奮力地插插插，藍衫突然聽到身後一個溫潤的聲音說道，「我要報警了。」

藍衫嚇得轉身。她看到喬風站在不遠處，一手扶著單肩包，另一手放在口袋裡。橘色的廊燈下，他神色平靜，甚至有那麼點閒散，彷彿眼眶上那片烏青只不過是一塊胎記。

聽著他雲淡風輕的警告，藍衫心頭火氣直冒，「你這人是不是有病呀？你追我這一路就為了跟我說這句話？你到底懂不懂怎麼威脅人呀？憋這麼久才想起來要報警？你反應真的是有夠慢的！」

「我的反應不慢。」

藍衫氣得直抓頭髮，「這哪來的神經病啊？我說你大晚上的不回家你跟著我幹嘛呀？」說到這裡，藍衫突然警覺。

這變態根本就是在尾隨她！他想記住她家住址，然後展開長久的報復！

想到這裡藍衫有點害怕了，她再怎麼囂張也是個女孩，要是真的被一個腦子有病的男人纏上，那後果她簡直不敢想。

藍衫靠著門，故作輕鬆地一扯嘴角笑道，「你是不是覺得已經跟我到家了呀？我告訴你，你猜錯了，這根本不是我家唷。」一邊說著，還一邊搖了搖手指，表情那是相當的自信。

「我知道，」喬風抿了抿嘴，「這是我家。」

第八章

藍衫眼睜睜地看著喬風掏鑰匙，開鎖、進門，動作堪稱流暢。

她有點無地自容，恨恨地撓牆。她剛才認錯了門，明明住三〇四卻一直按著三〇三的門開，能打開就有鬼了！

啊、不，這不是重點，重點是他怎麼會住三〇三？

……她才不要跟這種怪胎當鄰居！

可是沒辦法，她一整年的房租都交出去了，現在後悔？等到黃花菜都涼了！

藍衫又撓了一會兒牆，終於心不甘、情不願地滾回自己的房子。

她有點疲憊，甚至不想跟小油菜通電話吐槽這件事，洗完澡便躺在床上玩手機。

ＱＱ、微博和微信是手機三寶，每天必刷。藍衫把這三樣分得很清楚，ＱＱ裡都是朋友，不管是現實中的朋友還是網友；微博的作用是每天的吐槽，是私人領地；微信則主要用於和客戶聯繫。

退出ＱＱ，她上了微博。她的微博名很文藝，叫「燈火闌珊」，微博的內容卻很不文藝。比如現在這一條：『怎麼辦，我的鄰居是個智障！好害怕！！！』

底下配圖是一個翻白眼流口水的哈士奇。

發完這條微博，藍衫有種說不清、道不明的得意，好像她這樣背地裡罵兩句，喬風就真的變成了流口水的智障，這是祖傳的精神勝利法。

退出微博，藍衫又點開了微信。嗯、有一個好友申請，名字是一串英文。

雖然不知道他是誰，但藍衫毫不猶豫地點了接受，反正她這個微信帳號就是用來賣車的。

藍衫正尋思著怎麼跟這人打個招呼，那邊倒先說話了。

Arlen：『還沒睡？』

藍衫無言，我跟你很熟嗎？

根據藍衫的經驗，這種名字奇怪、頭像奇怪、資料不全，且大晚上加你然後一上來就問睡了沒的，多半是寂寞的猥瑣男。她想也不想回覆：『帥哥，我們只約車不約炮喲。』

『……』那邊回了一串刪節號。

藍衫以為交談到此為止，哪知他又發來一則訊息。

Arlen：『我是宋子誠。』

宋子誠？宋子誠！就是那個跟總經理認識然後不想買車還逗她玩的宋子誠？

真的好想封鎖呀……

不管怎麼說，這個人認識總經理，藍衫不敢怠慢，回了一串笑臉。她真的沒想到宋子誠會主動加她微信，她可是連他的手機號碼都沒有存。

宋子誠幽幽地回覆了一句：『妳挺有職業道德的。』

藍衫有點不好意思，她剛才發出去的那句話好像略微剽悍了一點？有些話對著一個陌生的猥瑣男說那是毫無壓力，但跟認識的人就……不過話說回來，反正他們倆也不算熟。

藍衫跟他聊了一會兒，就說睏了，互道晚安。

宋子誠沒提看車的事，但是藍衫尋思著，他加她微信的唯一動機也只有看車，所以她也不急，慢慢看著唄。

第二天上班，銷售內勤照例把當天過生日的客戶統計出來，由各個相關的銷售人員認領，發送生日祝福簡訊。這是一個慣例，體現了本公司對客戶的貼心關懷。

藍衫在生日表格裡看到宋子誠的名字，她在微信裡跟他說了句生日快樂，還發了個大蛋糕的圖片。多有誠意呀，藍衫忍不住給自己按個讚。

宋子誠沒有回覆她，藍衫也不以為意，收了手機出門去開發客戶了。她在這個行業待的時間夠長，積累了一些客戶資源，因此挖掘新客戶的壓力並不像初入行的新人那麼大。

下午四點多，藍衫剛跟人談完事情，正在外頭閒晃呢，突然接到一個電話，是個陌生的號碼。

「喂？」

「謝謝。」

藍衫：「……」

莫名其妙，一定是打錯了，藍衫客客氣氣說道，「先生，您打錯電話了。」等了兩秒鐘，那邊沒有回音，藍衫就把電話掛了。

過了一會兒，那個號碼竟然又打來了，藍衫有點不耐煩，但還是接了，「喂？」

「是我。」

……你誰呀！

藍衫覺得這個人要麼是個自戀狂覺得全世界都該認識他，要麼就是個別有用心的電話詐騙份子，她心內不屑地哼了一聲，客氣問道，「請問您是哪位？」

他又沉默了。手機話筒一陣安靜，隱約有微弱而規律的空氣流動聲，應該是他的呼吸。藍衫隔著手機聽那淡淡的聲音，覺得它像是遠在天邊的海浪，一陣陣地衝擊，拍打著她的耳膜。

明明只是一點若有若無的聲音，她卻彷彿感受到那撲面而來的不滿，於是藍衫覺得不大對勁。

「我是宋子誠。」他的聲音緊繃，像是咬著牙說的。

藍衫尷尬得要死，她又再次沒認出宋子誠來，這太不應該了。可是這也不能怪她呀，之前覺得他買車意願不強烈，她一直沒存他的手機號碼。

「宋總呀，」藍衫儘量使自己的聲音顯得歡喜而輕快，「抱歉、抱歉，之前手機壞了，就沒存您的號碼，太不應該了。嗯、今天是您生日，生日快樂！」

她終於明白那一開始的「謝謝」是什麼意思了。

宋子誠沒被她糊弄過去，他似笑非笑地質問，「藍衫，我這是第幾次被妳無視？」

「宋總我冤枉！我哪敢無視您呀，這不是事出有因嘛。您大人不記小人過，別跟我一般見識，嘿嘿嘿嘿。」

做銷售的臉皮都厚，做小伏低裝孫子那是看家本領，宋子誠認識她們總經理，還是她的客戶，藍衫捧著他一些也無不妥。

宋子誠突然問道，「妳在哪裡？」

藍衫想也不想回答，「我在三元橋。」

「我也在三元橋。」

今天有幾個朋友幫宋子誠過生日，幾人吃吃喝喝夠了，又跑到三元橋附近的一家KTV唱歌，宋子誠問藍衫想不想過來坐一坐。

以藍衫對宋子誠的印象，這個人性格冷、話不多，也不喜歡客套，他問她想不想過去，這就是一種變相的邀請。

藍衫當然不想過去……

可是不想去也得去呀，他都開口了，總不好拂他面子。人家過生日，她親自過去略表一下心意，也好順便提升一下好感度，把他哄好了，說不定就買她的車了呢。

時間比較趕，藍衫來不及準備禮物。如果隨隨便便買一件那還不如不買，於是她乾脆空手去了。

宋子誠從洗手間出來之後回到包廂，他把坐在他身邊的兩人趕到一邊去。一個包廂十來個人，除了兩個女孩，基本都是他從小就認識的。他前不久回國，這是他回國過後的第一個生日，大夥玩得都有點嗨。

一個細長眼睛的男人被趕走之後，又坐回到他身邊，攬著他肩膀笑瞇瞇地問，「誠哥，跟兄弟說實話，你為什麼不要落落了？你、是不是，嗝……」他打了個酒嗝，繼續說道，「是不是看上什麼更好的貨了？」

宋子誠眉頭一挑，說話直截了當，「鏤子，分了就是分了。你要是不介意那是我用過的，你想怎麼追她都行，我絕對不多想。」

鏤子舉著一根手指在半空中晃，嘆道，「真無情、真絕情！」他的手突然落下來，聲音也落下去幾分，「她……眼高於頂，哪看得上我呀。」

宋子誠拍了拍他的肩膀，補一刀，「你至少有資格當個備胎。」

藍衫推開包廂的門，一眼就看到坐在沙發中央的宋子誠。他今天是壽星，雖然不唱歌，但也占據了最中心的位置。

包廂裡的人都在看藍衫。

她是穿著工作制服出來的，外套拿在手裡沒穿。酒紅色雪紡襯衫加黑色長褲以及五公分黑色漆皮高跟鞋，一身搭配簡單幹練，襯衫的顏色突顯出女性的嫵媚氣質，鞋跟的高度適中，既能突顯修長筆直的雙腿，又不至於給人太大壓力。

看到大家都在看她，藍衫大大方方地笑了笑，走到宋子誠身邊坐下。

從她走進來到坐下，鏤子的眼睛一直沒離開過藍衫。他恍然對宋子誠說道，「怪不得你一回來就要跟落落分手，我就說嘛，原來已經——」

宋子誠斜了他一眼。

鐒子立刻閉嘴，嘿嘿地笑。

藍衫聽出不對勁來，她覺得自己有必要解釋一下，「這位先生您誤會了，我是汽車公司的金牌銷售顧問，宋總是我們的客戶。」說著，掏出名片遞過去。

從這一屋子人的穿著打扮和他們喝的酒，藍衫也看出來了，這裡都是有錢人，正好可以見縫插針推銷一下自己，說不定就撈到一、兩個客戶呢。

鐒子狐疑地看著宋子誠，「扯！你還買車，你自己不就……」他突然停下來，低頭看了一眼藍衫的名片，然後像是發現了新大陸，「哎哎哎，誠哥這個是——」

宋子誠拿過一瓶開了的啤酒，重重往桌上一放。

「砰」的一聲，離得最近的鐒子嚇了一跳，果斷住口。

宋子誠掃了一眼鐒子，「你自己喝還是我灌你？」

鐒子自知言多語失，乖乖抄起酒瓶喝了起來，藍衫在一旁拍手幫他加油助威。

一小瓶啤酒二百多毫升，也就一杯的量，鐒子很快喝完了。他喝完之後朝藍衫笑，「美女，不來一瓶？」

藍衫酒量不錯，但她不愛跟客戶喝酒，不過宋子誠這一杯是免不了的。她拿起一瓶剛開的啤酒，「宋總生日快樂！我祝您風生水起步步高，年年歲歲有今朝！」

宋子誠看樣子挺滿意，他點頭，和她碰了一下酒瓶。

藍衫頗有誠意，「宋總、我乾了，您隨意。」說著，抄起酒瓶微微仰起脖子，咕嚕咕嚕像喝礦泉水一樣喝了起來。

鏤子帶頭鼓掌叫好，整個包廂的人也跟著起鬨。

宋子誠握著酒瓶，一直在瞇眼看著藍衫。

包廂裡的光線有些晦暗，照在她臉上平添了一種神祕感。隨著瓶中酒液減少，她仰頭的幅度逐漸變大，到最後幾乎把整個脖頸展現在宋子誠面前。宋子誠把這視為一種邀請，他的視線毫不避諱地下移，在她優美的頸項間逡巡，看著她喉嚨隨著吞嚥的動作一起一伏。

最後，他的視線滑到她的胸前。

雖然她的襯衫比較寬鬆，領口繫得嚴絲合縫，但布料是比較輕盈貼身的類型，所以胸前的線條清晰又飽滿。

宋子誠的目光自然地轉了一圈，又快速回到藍衫的臉上。

藍衫喝完了酒，抽衛生紙擦了擦嘴。她看到宋子誠還保持著剛才那個拿酒的姿勢，瓶中酒一口也沒少，她就有點淡淡的鄙視，這人也太小氣了。

她把這鄙視掩飾得好，但宋子誠是誰呀，哪能猜不出她的想法。他輕笑一聲，把酒瓶嘴送到唇邊，緩慢地喝起來。

藍衫有些愣神，主要是她沒想到他也會笑。

宋子誠一邊喝，一邊拿眼覷藍衫。由於角度問題，他的眼睛半闔著，朦朦朧朧的似是染了一絲醉態。斑斕且微暗的虹光下，他的眸子反射著迷離的光，也不知是不是錯覺，藍衫總覺得那一雙眼睛像是含了淡淡的笑意。

從頭到尾，他雖然在喝酒，但注意力一直在她身上。他這樣直勾勾地盯著她看，目光猶如蛛絲，不依不饒地黏著她。

藍衫有些彆扭，掩嘴輕咳。

她挺意外的，明明是挑釁，這傢伙卻搞得像挑逗，這個這個，和他那冰冷又自戀的氣質似乎不太符合呀……

第九章

在對方熱情的自我介紹下，藍衫知道了宋子誠身邊那哥們叫陸西風，小名是罎子，因為打麻將的人通常把西風稱為「罎子」。

不管是大名還是小名，藍衫都覺得這不像是親爹取的。

罎子總覺得誠哥和這個大美女之間該有點什麼才對，為此，他別有用心地幫他們倆點了一首對唱的情歌——《廣島之戀》。

切歌之後，罎子把麥克風遞給宋子誠，宋子誠沒有拒絕。

藍衫卻死活不肯接麥克風，「這是日本歌嗎？這歌我不會唱。」她有點煩，都把話說清楚了，還一直逼人玩曖昧，有意思嗎！

罎子覺得這個女人好複雜，喝酒的時候那麼乾脆，唱首歌反而矯情得像個小女孩似的，跟落落恰好相反。

好像自從跟藍衫喝過酒，宋子誠就變得好說話了。他握著麥克風，側臉看她，眼神竟然有那麼一點點柔和，「那妳會唱什麼？」

「我會唱生日快樂歌。」藍衫自豪地回答。

宋子誠不置可否。

藍衫伸手比了個數字，「用六種語言。」她並非吹牛，跟人打交道總要練點實用型小技能，反正技多不壓身嘛。

鑷子一聽也來了興致，不等宋子誠說話，就跑去點了生日歌。

一曲多語言混合版的生日歌唱嗨了全場，藍衫唱得高興，激動地站起身。她覺得自己現在就像是大明星在開個人演唱會，心裡那個高興呀。

正自得意，包廂門突然被推開，一個明顯不是服務生的女孩走了進來。

女孩板著個臉，看起來不太友善的樣子。

藍衫停下來仔細打量那女孩，才發現她長得挺漂亮。臉蛋特別小，眉眼精緻，髮型是黑長直女神必備款，柔順地披在肩上，穿的裙子像是香奈兒的，應該不是仿冒品吧……藍衫不太會辨認這個。

出於職業本能，藍衫朝她微笑了一下。

她卻是直接無視掉藍衫，走到宋子誠面前，隔著茶几對他說道，「阿林，生日快樂。」

藍衫心想，原來宋子誠的小名叫阿林。

宋子誠面色平靜，只看了她一眼答道，「謝謝妳，蘇落。」

藍衫明白了，剛才聽鑷子說宋子誠跟一個叫「落落」的分手了，多半就是眼前這女孩了。看這樣子，這是因愛生恨故意來找不痛快的？

藍衫現在就站在宋子誠身邊，她可不想被他們的戰火燎到，趕快放下麥克風躲到一邊去了。

正暗自慶幸自己的機智，藍衫不經意間瞥了一眼，發現宋子誠正在看她。

咳……

蘇落坐在宋子誠身邊，藍衫現在離他們比較遠，在歡快的生日歌音樂背景下，她完全聽不到他們在說什麼，只知道說了兩句話，鐳子又去點歌了。

點的是一首英文歌，藍衫第一次聽。蘇落的聲音溫柔甜美，把這首歌唱出一種淒淒怨怨的味道，還蠻好聽的。

藍衫不禁有些動容，看得出這女孩對宋子誠餘情未了，也不知兩人為什麼分，看著是郎才女貌、天造地設的一對，真可惜。

蘇落一曲唱完，清了清嗓子說道，「宋子誠，我祝你愛上一個永遠不會愛你的人，痛苦萬端，不能自拔。」

宋子誠皺了一下眉，他拿起麥克風答道，「謝謝，不過要讓妳失望了，這種事情不會發生在我身上。」

蘇落扔下麥克風，跑出了包廂。

藍衫心想，她跑得那樣急，大概是因為實在忍不住要哭了，再次感嘆，愛情呀……

鐳子有些坐立不安，一個勁兒朝門口望。

宋子誠說道，「想追就快去，還在那邊幹什麼？」

鐳子嘿嘿一笑，起身追了出去。

藍衫一不小心看了場戲，她不想再逗留了，趕緊和宋子誠道別。宋子誠要開車送她，藍衫以「酒後不宜駕駛」為由拒絕了他的好意。

下班回到家，藍衫在樓下又看到喬風了，真是冤家路窄。

喬風從寫著自家門牌的牛奶箱子裡取出一瓶鮮奶，然後把箱門鎖好，他一轉身，也看到了藍衫。

藍衫謔笑道，「喲、還沒斷奶呢？」

喬風明顯不想和藍衫多言，他站在原地，想等著藍衫過去再走，然而藍衫偏偏也停止不動，與他僵持。

喬風無奈，只好邁步走開，而藍衫就不緊不慢地跟在他身後。她在玻璃門上看到反光，才發現這小子個頭不矮。她一百七十公分，穿五公分的高跟鞋，還比他矮了一截。

喬風一路沉默，像個被流氓尾隨後敢怒不敢言的小媳婦，藍衫覺得蠻好玩的，兩人爬樓梯時，她在他身後吹起口哨。

喬風：「……」

他有些無奈，停下來轉身說道，「妳到底想怎樣？」

藍衫比他低了兩級臺階，她抱胸仰頭，逆著光看他。

因為光線問題，他的面容不是很清楚，唯獨左眼眶那一塊深色的烏青格外明顯。藍衫秀眉微挑，說道，「你是不是覺得挨我一拳特別無辜、特別委屈呀？」不等喬風回答，她又說道，「我還覺得我被你投訴特別委屈呢。你知不知道，現在我們全公司的人都知道我性騷擾男客戶了，你說我找誰說理去？」藍衫沒誇大，也不知道這件事是哪一個人傳出去的，後來總經理也知道了，找她談話，幸好那時候吳文已經撤銷投訴了。
她一攤手，「有什麼事你不能當面跟我談嗎？或者你在電話裡罵我一頓也行，幹嘛一定要採取這麼極端的方法呢？」
喬風搖頭，「我沒有投訴妳。」
藍衫冷笑，「難道在電話裡說我性騷擾的是村東頭那個王二傻子？」
喬風居高臨下，淡淡說道，「確實有個王二傻子想要脫我褲子。」
看不出來這小面瓜[9]嘴巴還挺厲害的。
藍衫叉腰，剛要回嘴，喬風又道，「但我並非有意投訴妳。我只是接了一個回訪電話，在電話中提出解約並陳述理由，你們的客服並未就『是否投訴』一事詢問我的意見。另外，你們全公司都知道此事，很明顯是你們客服部的保密工作不夠好，別怪在別人頭上。」
吵架的時候最怕這種思維清楚有理有據的人了，藍衫一時之間竟無法反駁，只好說道，「總之因為你的一番話我被投訴了這是事實。」
她本以為他會繼續辯駁，甚至說出什麼惡毒的話，哪知他卻坦然答道，「確實如此，不管怎麼說結果已經造成了，我鄭重地向妳道歉，對不起。」
藍衫張了張嘴，這變得也太快了吧？
與人打交道就是這樣，對方先表示出足夠的友善，你就不好端架子了。藍衫擺擺手，「算了、算

---

9 小面瓜：形容一個人沒有男子氣概，或者是性格軟弱、好欺負。

了，我也有不對的地方。」

喬風深以為然地點頭。

藍衫有一點想不通，「你真的不知道我為什麼想要……嗯，脫你褲子？」

他對答如流，「因為妳覬覦我的美色。」

見過自戀的沒見過自戀成這樣的……藍衫翻了個白眼，說道，「對啊、對啊，我就是覬覦你的美色。我告訴你，姊姊我可是色心不死，說不定什麼時候再來一次呢？你可要當心喲。」

喬風驚訝地看著她，認真思考了這話的真實性。最後他心想，就算是真的，以兩人的體格差距，她也不會得逞。

看著他若有所思，藍衫無語，他竟然真的信了。

不管怎麼說，兩人算是講和了，雖然氣氛依然有點微妙，畢竟大家都不熟嘛。他們一同上了三樓，先經過喬風家，喬風掏鑰匙開門，藍衫和他道別。

喬風推開門時，一陣香氣似是久困於魔瓶中的妖怪，此刻終於失了束縛，張牙舞爪地奔出來。

藍衫深吸一口氣，頓時不走了。這是燉魚的味道，現在火候正足，調味料的香氣分子已經滲入魚肉，入骨三分。魚肉的鮮香飄逸、食物新熟時的清新、燉食特有的醇香厚重完全融合在一起，有如實質，撲面而來。

藍衫不由自主地挪動腳步，跟在喬風身後。

喬風警惕地看她，不回自己家，跟著他做什麼，難道她真的如此急切，這麼快就要再來調戲他？

真是夠了……

藍衫用指節蹭了一下鼻尖，明知故問，「你們家燉魚呢？」

喬風點了點頭。

「你媽媽做的？你女朋友？」

「我自己做的。」

藍衫誇張吸了吸鼻子，一臉陶醉，「真香呀。」一邊說著一邊偷看喬風，看到他無動於衷，她有點窘。我都做得這麼明顯了，你客氣一句會死嘛！

喬風不太確定地看著她，在她的萬分期待中問道，「妳是想蹭飯嗎？」

「……」一定要問得這麼直白嗎？

「原來妳也會害羞，」喬風有點不可思議，自言自語，「妳臉皮那麼厚。」

「……」神啊、把這個神經病收走吧，把魚留下就行！

在藍衫「囧囧有神」的羞澀以及死賴著不走的堅持下，喬風把她領回了自己家。他讓她先在客廳坐一下，他去多炒兩道菜。

原本除了燉魚，喬風還炒了蒜蓉A菜以及一個海米冬瓜湯。因為一個人吃，菜量不多，肯定不夠招待她。

剛才在吃飯之前，喬風下樓拿了牛奶，結果就帶個尾巴回來了。

藍衫坐在客廳的沙發上，四下掃了幾眼。他家客廳很乾淨，比她的可大多了，而且不是一戶，呃、好像也不是兩戶？

藍衫伸著脖子仔細研究了一下此地格局，發現這是個三戶。

她估算了一下這套房子的面積，飛快地將之換算成人民幣，然後她的小心肝就顫抖了。

喬風不好意思讓她久等，他弄了個黃瓜炒雞蛋，又弄了個薑汁皮蛋，兩道菜都非常簡單，前後加起來不到十分鐘。飯煮得夠多，因為他本來打算多煮一些明天早上做炒飯。

藍衫幫他把飯菜端到餐廳，她看到他從鐵鍋裡拿出兩條中等身材的魚，忍不住吞了吞口水。

喬風怕她把口水滴到上面，堅持自己端著盤子走進餐廳。

藍衫拿著碗和筷子跟在他身後，邊走邊自作多情地問，「你怎麼一下子做了兩條？是不是一開始就有意邀請我品嘗呀？」

喬風解釋道，「另一條是薛丁格的。」

「誰？」

「薛丁格。」

藍衫覺得這個名字好古怪，「那是誰？」她把碗筷放在桌上，突然看到椅子上蹲著一隻黃白花花的胖貓。

胖貓的毛打理得乾淨柔順又光亮，一看就是伙食很好的樣子。牠的眼神著實犀利，此刻微微仰頭看藍衫，亮晶晶的眼珠裡帶著些許輕蔑之意。

喬風指指胖貓，「就是牠。」

啊、原來是隻貓。藍衫總覺得「薛丁格」這古怪名字好像天生就跟貓有千絲萬縷的關係，但她一時又想不起來是什麼。

喬風把薛丁格趕下椅子，讓牠去吃自己的貓糧。

薛丁格不肯離開，在桌子下徘徊，飯桌上本來有一條屬於牠的魚，牠不甘心。

藍衫吐了吐舌頭，假裝看不到牠。她坐下來，舉著筷子正要開動，喬風卻突然說道，「等一下。」

藍衫一愣，「是要先感謝上帝嗎？」

喬風搖搖頭，他拿來一個乾淨的大盤子，一樣菜撥一半到盤子裡。

這是要分食？藍衫有點窘，他是怕她吃太多嗎……

喬風一邊撥菜一邊說道，「難道妳想和我交換口水嗎？」

藍衫第一次聽到人把「接吻」說得比接吻本身都直白。她覺得她就算臉皮再厚，也不能為了吃就出賣肉體，於是她憤憤然把筷子往桌上一拍，「沒想到你是這樣的人！」

喬風本來還在自言自語，「我和妳又不熟，不知道妳是否攜帶病毒、病菌……」聽到她憤怒的指責，他有些驚訝，「我怎麼了？」

藍衫肩膀一鬆，「嚇我一跳，我還以為你要非禮我呢。」

喬風自然清楚她在誤會什麼，他有些不自在地別過臉，「要非禮也是妳非禮我，妳有前科，且經驗豐富。」

藍衫開口，「閉嘴，再說話脫你褲子。」

「……」

第十章

藍衫在胖貓薛丁格的仇視中大快朵頤，好不快活。她發現喬風這小子真有兩手，做菜特別好吃，魚肉緊緻鮮嫩、餘香滿口，兩個素菜新鮮爽口，就連黑漆漆的皮蛋看起來也分外可愛。嗯、湯也很好喝，米飯也好吃，藍衫捧著飯碗，吃得相當感動。

喬風看呆了，「妳吃慢點……」沒見過女孩子吃飯如此狼吞虎嚥，簡直像是逃難來的。

不過自己的廚藝得到肯定，喬風還是有那麼一點點自豪，也就不覺得藍衫的吃相難看了。

藍衫嚥下口中飯菜問道，「你能把菜做得好吃這一點我還能理解，可是你怎麼把飯做這麼香的？是不是有什麼祕方？加調味料了？教我、教我……」她一手扶著喬風的小臂，輕輕推他。

喬風掃了一眼覆在臂上的手，藍衫趕緊收回來。

「這只是普通的香米，」喬風解釋道，「是我爺爺自己種的，用玉泉水澆灌，沒有施用化肥和農藥。」

「原來你爺爺是農民。跟你說，我爺爺是牧民，」說到這裡，藍衫莫名地有一種親切感，她笑了笑，「農民、牧民是一家，哈哈。下次帶給你我們那裡特產的風乾肉。」

喬風點了點頭，完全接受了她的示好。

藍衫有點羨慕喬風，現在市面上好多香米都是假冒的，就算是真的，也沒這個這麼香。食物嘛，還是自家種出來的好，安全放心又好吃。想到這裡，她感覺這米飯的香氣更撩人了，捧著碗又狠狠地吃起來。此刻她甚至覺得，就算沒有菜，她光吃米飯，也能吃個十分飽。

至此，藍衫對喬風的印象完全被他的廚藝扭轉了。

喬風的吃相斯文，每次夾的菜不多，放在嘴裡細嚼慢嚥，魚刺都是先挑出去，儘量不往外吐。他的動作優雅，儘管他頂著個黑眼圈，藍衫還是看得賞心悅目。大概是因為他的美貌值太高了，導致就算看起來像是半瞎戴了個眼罩，那也是一個帥帥的半瞎。

不過就是有點慢，她都吃完了，他還在緩慢地吃。

藍衫又想逗他了，「你吃飯怎麼跟個女孩子似的？一點都不像爺們。」

喬風點頭，「妳吃飯很爺們。」

「咳。」這絕對不是誇獎。藍衫看著自己面前堆得狼藉的魚刺，也有點不好意思了。她突然想起一件事，又問道，「我很好奇，你怎麼知道賣車的那個是我呢？」她那天在作案現場就跟小油菜說了幾句話，好像除了名字，也沒留下什麼重要線索吧？除非喬風跟著吳文去過她們公司，親眼見一見她，否則如何得知？

喬風答道，「我看到了妳的名片。」

「如果僅憑相同的名字就判斷是我，那也太武斷了吧？中國這麼大，同名同姓的人這麼多，你就不怕傷及無辜？」

喬風看了她一眼，眸子溫和沉靜，卻蘊含著不容置疑的自信，「我不會傷及無辜。」

「你到底是怎麼做到的，說說看？」

喬風倒也不隱瞞，「根據妳名片上的線索，我在網路上找到了妳的履歷。」

藍衫才不信，「胡扯，我網路上的履歷都是加密的，除了我求職的公司，別人根本看不到。」

喬風只淡淡地說了一個數字，「五百二十一。」說完夾了口菜，不緊不慢地咀嚼。

五百二十一？根據這個數字，藍衫只能想到告白這種東西，但喬風顯然不可能跟她告白，那麼除此之外還能是什麼？

她抓耳撓腮苦思冥想，最終無果。

對手這麼笨，讓喬風感覺有點無趣，他說道，「這是妳的四級成績。」

啊、對了！她四級確實考了五百二十一分，不過這是多早之前的事情啦，早就忘了。

藍衫現在信了，他連這種私密的事情都知道，那麼很有可能真的看過她的履歷了。她履歷上有證件照，他能因此認出她，也就合情合理了。

那一瞬間，藍衫有一種當眾裸奔的不適感。她幽怨地看著他，「除了這些，你還知道什麼？」

「妳在網路上留下的所有資訊，不論加密與否，在我面前都不算加密。」

藍衫覺得心裡毛毛的，她現在相信小油菜所言非虛，這確實是一頭可怕的大神。她的心情好複雜，一方面親眼見到一個只存在於傳說中的駭客，於她來說無比榮幸，另一方面，自己隱私被這怪物全盤托出，她真的好沒有安全感……

她突然一頓，想起另外一件事，「等一下，我先刪條微博。」說著，迅速掏出手機。

進入微博之後，藍衫發現平時冷得掉渣的微博竟然有一則留言。她好生感動，點開一看，留言內容如下：『你的鄰居是一個根據現有方法無法準確測量其智商的天才，不是智障。』

留言的名稱是「喬幫主」，不用猜也知道是誰。

藍衫偷偷看了喬風一眼，發現他正在泰然自若地喝湯。這怪人，吃飯吃得比做作業都認真，此刻正半垂著眼睛，看情人一樣看著碗裡的冬瓜，至於微博啊、智障啊什麼的，好像根本不關他的事。

藍衫吐了吐舌頭，把那條微博刪了。她點進「喬幫主」的首頁看了看，發現他沒有認證，但粉絲很多，是她的……呃、說不清楚多少倍了，她拇指一點，追蹤了「喬幫主」。

藍衫收好手機時，喬風終於把飯吃完了。

吃人家嘴短，藍衫想要幫他洗碗以表謝意，可惜喬風有一臺非常智能的洗碗機，她無用武之地。不僅如此，她似乎很不受歡迎——薛丁格一直用敵視以及仇視的目光盯著她看。

藍衫掩嘴吃吃而笑，幫喬風收拾好餐桌之後就告辭了。

藍衫走後，喬風找了些小魚乾給薛丁格以示安撫。他拍了拍薛丁格的頭，突然聽到手機的提示音便拿過來看。

是一條微信，發信人名稱是「Carina」，沒有備註，全部資訊只有一個字：『嗨。』

喬風同樣回了一個字：『嗯。』

Carina：『我回國了。（笑臉）』

喬風：『恭喜。』

Carina：『我不跟你說你就不知道，一點都不關心我。（哭泣表情）』

喬風確實不知道此事，最近也沒人跟他說過。對於她的指責，他無從申辯，只好回道：『抱歉。』

Carina：『原諒你啦。（笑臉）』

Carina：『最近過得怎麼樣？』

喬風：『蠻好的。』

Carina：『我過得一點都不好。』

喬風不知道該怎麼回覆她，他覺得就算她過得不好，也不該由他來安慰她。

過了一會兒，沒等到回覆，那邊又發來一條訊息。

Carina：『你是不是不想和我說話？』

喬風發揚了實事求是的精神：『是。』

世界清淨了，對方再無任何回覆。

喬風丟開手機，又幫薛丁格加了兩條小魚乾，接著去廚房把碗盤筷子都放進洗碗機裡。看著乾淨得連點蒜末雞蛋渣都不剩的盤子，以及同樣乾淨得連一粒米飯都不剩的電鍋，喬風搖了搖頭，自言自語，「真是個飯桶。」

「飯桶」藍衫回到自己家之後，身心得到巨大滿足的她別提多高興了，於是打了個電話給小油菜，用了許多溢美之詞來形容喬風的廚藝。

小油菜聽得雲裡霧裡，「藍衫妳講故事能不能敬業一點啊，妳從頭開始跟我講行不行？還有妳才搬家多久啊，就認識會做飯的暖男鄰居，妳還真是有夠會搭訕的呀？」

「那人妳也認識，就是喬風。」

「……」小油菜抓狂，聲調頓時高八度，「我操、我還幫妳燒香詛咒他呢，結果妳轉身就跟他化干戈為玉帛了？還有這是什麼黑暗的緣分，你們竟然成了鄰居？啊、還有還有，那個讓我們公司萬千少女熟女為之癲狂的大神竟然還會做飯？」

「冷靜、冷靜，妳剛才說的這些話，所有的問號都可以直接改為句號。」

千言萬語化作一句感嘆，小油菜尖叫，「他是不是有病啊！」

「他沒病，人家可是一個根據現有方法無法準確測量其智商的天才。」這句話好複雜，藍衫發現自己竟然能完全複誦出來，可見她也是個天才。

小油菜大怒，「這還叫沒病？」

……好吧，智商是小油菜的罩門，根據她的邏輯，這種智商太高的人都是有病的，就欠用磚塊拍幾下，把他們拍回正常值。

小油菜的心情無法平靜，兩人又聊了一會兒，她發現在電話裡溝通已經不能滿足她的好奇心了，她必須和藍衫碰面交流一下想法。

藍衫欣然應允，和小油菜約好了時間、地點，掛了電話。

翻一翻微博，藍衫發現她的粉絲竟然多了一個，突破了個位數的大關，可喜可賀。

點開一看，是喬幫主。

她看著那三個字，微一牽嘴角，「呿！」

第十一章

第二天是藍衫的輪休日，她一大早不肯起來，拖拖拉拉地在床上纏綿好久，終於睡得頭昏腦脹、清醒無比，才依依不捨地爬起來。

宋子誠的電話來得真是時候。

藍衫懶洋洋地接起電話，「喂、宋總？」

因為剛起床，她的聲音帶著些淡淡的嘶啞，聽在一個見慣風月且聯想力強大的男人耳朵裡，這顯得十分性感。

宋子誠清了清嗓子說道，「今晚有時間嗎？我想請妳吃個飯。」

藍衫的腦袋還不是很清楚，張口問道，「為什麼？」

「算是賠禮道歉，妳因為我弄壞了手機。」

藍衫心想，上次他大概是發現她換手機了，這傢伙的觀察能力還真入微。不過請吃飯多沒誠意，您不如直接賠我新手機好了，折現也行啊。不用擔心此舉會踐踏我的尊嚴，姊早就把那玩意兒賣了換糖吃了……

她這正胡思亂想著，宋子誠又補充道，「順便可以商量一下我要的車型。」

於是藍衫很爽快地答應了。

扔開電話，梳洗一會兒再摸魚一會兒，眼看著就到了中午。

藍衫這時候又接了個電話，是快遞打來的。大概是因為他長得太醜，總之被守衛攔著不准進來，所以讓藍衫自己去大門外取件。

藍衫取件時看到路邊有個賣櫻桃的，很大很紅很新鮮，一看就好吃。

她買了一盒，想了想，又多買了一盒。回來時路過三〇三，她輕輕敲了敲喬風家的門。

她不過是試一下，沒想到門真的開了。現在是工作日，喬風竟然不用上班，藍衫想到小油菜所謂「在家打坐就算上班了」的言論，看來此言非虛。

藍衫晃了晃手中櫻桃，「請你吃。」

喬風知道她是謝他昨天招待之意，因此並不推辭，接過櫻桃說道，「謝謝。」

藍衫又吸了吸鼻子，她聞到了蒸米飯的香氣。她其實早就餓了，可就是不知道吃什麼好，拖拖拉拉到現在也還沒吃東西。

其實她潛意識裡，也許一直掛念著昨晚那頓飯……

喬風記得她這個一臉陶醉的表情，於是很上道地問，「我在做飯，妳要不要吃？」

藍衫輕輕揮了一下手，「哎呀、你這麼真誠地邀請我，那我就恭敬不如從命啦。」說著，哼著小曲走進他家。

喬風反而跟在她身後，主隨客便。

喬風今天烤了雞翅，一共六個，本來有兩個是薛丁格的，不過現在肯定是沒牠的份了。藍衫看著喬風從烤箱裡把雞翅拿出來，廚房中頓時香氣四溢，那一瞬間，她覺得他特別特別偉大。

除了雞翅，還有一盤白灼菜心，這依然是不夠的。考慮到昨天藍衫把飯吃得那麼乾淨，喬風這次加炒了一大盤香菇魷魚，又弄了個開胃的糖醋白菜絲。

喬風在廚房準備的時候，藍衫坐在餐廳逗薛丁格。薛丁格很不想理她，牠鄙夷地看了她幾眼，後來嗚嗚低叫，像是在對她下逐客令。

嗯，自然是沒用的。

藍衫這一頓飯吃得也是相當過癮，喬風覺得這個女人的胃簡直深不可測，他做了這麼多，她又全吃光了……

吃過午飯，藍衫主動跑去洗櫻桃，洗過之後用玻璃碗盛著端出來。深紅色的櫻桃表皮光亮晶瑩，像是堆在水晶上的瑪瑙珠子，藍衫捏起一個一咬，汁多味甜，不錯不錯。

她獻寶似的把它端給喬風。

喬風的習慣是吃飯過後休息一會兒再吃水果，不過藍衫這麼熱情，他也不好拒絕，於是跟藍衫一起吃櫻桃。

氣氛看起來很和諧，其實有那麼一點微妙的尷尬。兩人加起來也沒見過幾次，並不算熟，但藍衫已經蹭了他兩頓飯，現在又坐在一起吃水果，搞得好像很熟的樣子。

幸好藍衫是個自來熟，坐下來與喬風聊天，問這問那的，喬風不愛說話，樂得等她問他再答。

藍衫問道，「你會修電腦嗎？」

喬風點了下頭，「簡單一點的可以。」

「正好我電腦壞了，不然你幫我看看？」

藍衫的電腦買了沒多久，是一臺在淘寶上組的桌上型電腦。她買這個電腦的初衷是和小油菜一起打遊戲，後來也沒打過幾次，都在看電視劇了。

電腦壞了有兩天了，因為是網路上買的，賣家修的話來回郵寄太麻煩，她也懶得找，於是喬風跟著藍衫去了她家。

一進客廳，入眼各種亂。衣服扔在沙發上，茶几上擺著零食盒子，接近陽臺的地方還有一雙拖鞋……喬風覺得他像是進入了一個不規則、不穩定的世界，這讓他很沒有安全感。

然後，他看到客廳有一隻大蟑螂在悠閒亂晃，好不歡快，喬風以為藍衫會尖叫——正常女孩子看到蟑螂都會尖叫吧？然而藍衫面無表情地走過去，抬腳重重一踩，接著用力一撚，可想而知那蟑螂遭到了怎樣慘無人道的折磨。

藍衫冷笑，「敢在爺的地盤上撒野，作死！」

喬風眉頭直跳。

處理完蟑螂的屍體，藍衫帶著喬風走到她那臺罷工的電腦前。

電腦貌似壞得很徹底，喬風按了按開機鍵，毫無反應。他蹲在地上檢查了接線，沒有接觸不良，之後他判斷可能是記憶體鬆了或者是電源出了問題，於是他讓藍衫找來工具，然後把主機殼拆了。

拆開之後喬風就懵了。

「記憶體呢？」

藍衫撓了撓頭，「什麼？」

「記憶體，」喬風指著插槽比劃，「就是插在這裡的一個長條狀的東西，怎麼會不見了。妳家是不是遭小偷了？」

「沒有，」藍衫目光閃爍，「那個……我之前拆過一次。」

喬風側頭打量她，像是看到了什麼費解的東西，「妳拆它做什麼？」

「我想看看能不能修好。」

「妳連記憶體都不認識，還想修好電腦？」

藍衫甚感心虛，她蹲在一邊摳桌腳，小聲說道，「帥哥，說話不要那麼直接嘛。」

喬風無語地看著她，「妳到底把記憶體藏在哪裡了？」他覺得她太殘忍了，對待蟑螂那麼殘忍還可以理解，可是為什麼對待電腦都要這麼殘忍呢。

藍衫弱弱答道，「我不知道，我拆完之後就裝回去了……」雖然多出來一些東西，但是她發誓，多出來的都是螺絲釘，並沒有什麼記憶體。

喬風一籌莫展，再厲害的技術，也不可能直接變出一個記憶體來。

藍衫湊過來在桌子周邊尋找，最後從桌子底下摸出一個綠色的長條來，她嘿嘿一笑，「呃、就是這個吧？」

喬風沒去接記憶體，而是直勾勾的看著她，目光一片坦誠，「妳很特別。」

他的眼睛太漂亮了，眼部線條精緻而清晰，像是精美的工筆畫；睫毛濃長，如兩把小小刷子，眼眸特別乾淨，像是純淨得沒有一絲雜質的寶石。藍衫呆了一呆，被誇得有點不好意思，「我、我哪裡特別了？」

「特別的笨。」

「……」藍衫又蹲回去默默摳桌腳了。

喬風很快把電腦修好了，他一眼也不想看到她那雜亂無章的桌面，於是草草關了機。在電腦螢幕關掉之前，喬風掃到了桌面上英雄聯盟的圖示，下面的名字是「擼啊擼」。

……這流氓。

雖然被鄙視了，但藍衫依然很感謝喬風。下午她出門閒晃，在藥店幫他買了支消腫化瘀的藥膏，路過寵物店時，又幫薛丁格買了件玩具。

喬風投桃報李，送給藍衫兩罐殺滅蟑螂特效藥劑。

至此，兩人算是正式建立了邦交。

第十二章

藍衫一開始覺得宋子誠請客吃飯不如直接給錢來得有誠意，到了餐廳她才發現，他太有誠意了。媽媽呀，光一瓶紅酒就比她手機貴了。

藍衫有點摸不清楚宋子誠的動機了，道個歉也不至於這麼下重本吧？還是說人家根本不在乎錢，隨便跟助理說了句「我要請客吃飯」，助理就幫他訂了這裡？

點完了餐，菜還沒上呢，藍衫突然看到一個眼熟的人。

……那不是罈子嗎？他正跟一個女孩面對面坐著，女孩背對著藍衫，挽著頭髮，穿白色長裙。

藍衫更覺得莫名其妙了，罈子到底是宋子誠帶過來的，還是自己摸過來的？亦或是大家只是剛好遇上？

她正疑惑著，罈子一抬頭也看到了她，他一點也不驚慌，眼珠子左右擺動，使眼色給她看。

藍衫明白了，罈子怕宋子誠發現他，也幸虧藍衫的眼力夠好，從他那細細的眼縫中能尋找到眼珠子的動向，她安撫地對他點了一下頭。

由於兩人的表情做得太明顯，宋子誠跟那白衣女孩都發現了異樣，雙雙回頭看。

一看到那女孩的臉，藍衫終於明白罈子為什麼擔心了。女孩不就是宋子誠的前女友蘇落嗎？

蘇落看到了宋子誠和藍衫，她站起身朝這邊走來。藍衫發現她不光人長得美，身姿也很漂亮，白色的長裙直到腳踝，走路的時候嫋嫋婷婷，仙氣十足。

她走到他們桌前，居高臨下地掃了藍衫一眼，那眼神，藍衫太懂了，就好比開賓士的看到開夏利的，滿滿的鄙視有如腎虛患者洶湧的尿意，怎麼憋都憋不住。

藍衫摸了摸鼻子，有點迷茫。她也不醜吧？怎麼就被人鄙視成這樣了？

蘇落只掃了藍衫一眼，然後看向宋子誠輕笑，「我還以為是什麼天仙呢，原來就是個陪酒的。宋子誠，你這眼光愈來愈差勁了。」

藍衫終於明白她為什麼鄙視她了。這位大小姐那天在KTV包廂看過她，估計當時就誤會了，至於為什麼誤會，可能是因為當時包廂裡另外兩個女孩一看就是陪酒的，所以第三個也是，又或者是有人誤導蘇落，這些就不得而知了。

藍衫有些惱火，考慮到蘇落和這位宋總的關係，她忍住沒發火，只是一本正經地解釋道，「這位小姐，我是汽車銷售顧問，不是陪酒的。」

「賣車的？」蘇落微一愣神，立刻像是明白了什麼。她怔怔地看著宋子誠，眼眶發紅，輕咬紅唇，楚楚可憐的樣子。

這模樣挺招人疼，但藍衫現在一點也不想同情她。

「宋子誠，」蘇落咬牙，「你早就認識她對不對？你跟我分手，也是因為她？」

宋子誠動了一下，眉宇間都是厭煩，他看著面前的杯子說道，「分了就是分了，何必計較太多。」

「你劈腿。」

「呵，」宋子誠突然抬眼看她，目中盡是嘲諷之色，「說得好像妳沒劈過腿似的。」

蘇落的臉色登時大變，她指著他的鼻子，因為憤怒，指尖微微顫抖，「宋子誠，你渾蛋！」

說完這句，眼淚終於掉下來了，她也不去擦，轉身跑出餐廳。

鏤子又追了上去。

藍衫偷偷觀察宋子誠，發現他的表情並無半絲不忍或者不捨，可見此人已經在心裡跟蘇落斷了個乾淨。可惜的是蘇落還在執迷不悟，心有不甘。

不管怎麼說，被愛情折磨的女孩都太可憐了，藍衫一時之間對蘇落倒也恨不起來，也就原諒了她的無禮。

不過剛才看那個樣子，蘇落劈過腿，給宋子誠戴過綠帽子？想到這裡，藍衫又無比同情宋子誠了。

宋子誠深吸一口氣，又變回那個彬彬有禮也冷若冰霜的男人，他迎著藍衫悲憫的目光看向她，「抱歉。」

藍衫忙擺手，「沒事、沒事，看樣子她是把我當成小三了，不然宋總您幫忙解釋一下吧？萬一她報復呢……」這種因愛成狂的女人最可怕，殺人滅口潑硫酸啊什麼的……想想就害怕。

宋子誠看著她的眼睛，像是努力要從中刨出什麼真相來，最後他無功而返，收回目光，點頭答道，「好。」

晚餐陸續端上來，這頓精美的大餐不算難吃，但也沒好吃到哪裡去，而且藍衫那五穀雜糧養出來的胃也不太適應西餐。

她有點想念喬風蒸的米飯、燉的魚了。

宋子誠見她一直在走神，問道，「在想什麼？」

「啊、我在猜，宋總您到底看上哪一款車了，不然您再給我一點提示？」

宋子誠不答，低頭切著牛排。他吃西餐的姿勢很標準，不像藍衫，吃著吃著就忘乎所以地張開手臂，像是要揮翅膀飛出去一樣。

「這個我確實沒想好，妳可以再仔細跟我講講。」宋子誠說道。

藍衫覺得他可能還是在逗她玩，於是她說道，「最近我有個客戶訂了一款R8，他挺滿意的。」當然不會說解約的事。

「不是解約了嗎？」宋子誠問道。

藍衫：「……」

真不知道總經理跟這人是什麼交情，怎麼什麼事都跟他說呀。藍衫乾咳一聲說道，「沒解約，訂金一直留著呢。只不過客戶有事耽擱了，還沒取車。」她這樣說也不算錯。

宋子誠點了點頭，與她聊起了R8。宋子誠說這款車的性價比一般，藍衫一勾嘴角笑道，「您是內行人，不用我多說。買超跑的人誰在乎性價比呀，肯定都是看上它的性能。不然明天我幫您安排一次試駕，您體驗一下？」

宋子誠不置可否，又道，「我聽說這款車網路上評價不算高。」

「網路上還說豆芽菜吃了就會出人命呢，我吃那麼多不也沒事。網路評論嘛，又不一定非要花幾百萬買車，幾百塊買個二手電腦就能評論了。好不好，親自試一試就見分曉了，」藍衫說著，忍不住對著他擠了一下眼睛，「誰用誰知道。」

宋子誠被她俏皮的樣子逗得笑了一下，這笑容似乎是跟他很不搭，稍縱即逝。他說道，「好、我這幾天沒空，等有空了再去。」

看，又是逗你玩。

藍衫就不跟他說了，專心吃飯、喝酒。

啊、對了，酒。他們點了一瓶紅酒，宋子誠因為要開車，只喝了一點，藍衫看著肉疼，總覺得多喝點就是多占點便宜，但如果全喝了，她就相當於把那短命的手機吃進自己肚子裡，肥水不流外人田，多好。

這樣想著，藍衫一不小心喝了不少，喝到最後小臉蛋紅撲撲的，大眼睛水汪汪的，別提多可口了。當然了，她並沒有醉，這點分寸她還是有的。

宋子誠開車送她回去，藍衫坐在副駕駛座上，頭靠著車窗，看著夜的五光十色在眼前飛快地掠過。她的眼前有些迷離，外面的景象看不真切，只覺無數斑斕的色塊擁擠在一起，像是一幅不斷扭動的抽象派水彩畫。

一邊開著車，宋子誠一邊分神看她。見她癡癡懵懵的樣子，他開口說道，「在想什麼？」

「不知道。」

「想家了吧？」

藍衫怔了怔，點頭道，「是有點想。」

「妳來北京幾年了？」

「快十年了，我在這裡上學，在這裡工作。」

「一個女孩子自己在外打拚，很不容易吧？」

「還行。」藍衫說著，眼神有些放空，像是在認真回想自己這些年有多不容易。其實說實話，除了那些有錢、有背景的，誰又輕鬆呢？每個行業都有每個行業的心酸，想要得到，必須要狠狠地打拚，她不過是求仁得仁罷了。

兩人之間沉默了一會兒，宋子誠突然說道，「其實妳沒必要如此辛苦。」

藍衫聽到此話，轉了半個身體，側倚著靠背看向宋子誠。

他正目視前方，全神貫注地開車，藍衫只能看到他的側臉。

嗯，他的側臉很好看，線條硬朗，被頂燈的光線一打，眉目溫和了些，不似平時那樣冷硬。

觀賞了一會兒，藍衫開口了，「宋總，您知道我的座右銘是什麼嗎？」

宋子誠沒想到她會有此一問，他問道，「是什麼？」

「就是我微信上的簽名。」

「嗯。」宋子誠點了一下頭，他並不知道她微信的個性簽名是什麼。

談話就這樣拐了一個莫名其妙的彎，接下來兩人一路沉默。

藍衫到社區門口就下了車，宋子誠半開玩笑地問，「不請我上去坐坐？」

藍衫笑，「今天已經夠麻煩您了，我可不敢再占用您的時間了。」

宋子誠並不勉強，與她道別。

等藍衫的身影消失後，宋子誠翻出手機打開微信，點開了藍衫的資料。她的個性簽名簡單得有些直白——「賣車不賣身。」

第十三章

藍衫這週的休息日是跳著來的，休息了一天她又要去上班。之前約了今晚和小油菜一起吃麻辣火鍋，快下班時，藍衫接了個電話，來電顯示是「悶騷小王子」。

嗯、其實就是喬風。藍衫喜歡在手機通訊錄裡加各種外號，不喜歡直接存名字。

喬風並不知自己在藍衫那裡成了悶騷小王子，而他主動打電話給她也讓藍衫挺意外的。

「喂，喬風？」

「藍衫。」

藍衫用肩膀夾著手機一邊整理桌上的東西，準備下班就奪路而逃，她問道，「什麼事？」

「薛丁格讓我問問妳，今天會不會繼續蹭飯。」

藍衫腦子中立刻出現薛丁格那張高傲的胖臉，牠面無表情地向喬風揮一揮爪子一邊說，「小風子，打電話問問小藍子今天還搶不搶本喵吃的，再搶的話朕就撓死她！」

呃……

藍衫被自己的腦補嚇了一跳，她冷不防抖了一下，肩膀一歪，手機滑了下去，「咚」的一聲撞在桌子上。

喬風在手機那頭聽到一聲巨響，震得他耳膜發癢。他把手機拿開了一些，聽到藍衫的聲音又傳過來，「今天先饒過你啦，我去別的地方蹭飯。」

喬風覺得她就算不做銷售，當個職業討飯的那也必然很有前途。他「嗯」了一聲，剛要說再見，聽到藍衫又說，「你明天晚飯做什麼？菜我來買好了。」

藍衫怕自己說得含蓄他聽不懂，頓了頓便補充道，「你能聽出我的潛臺詞嗎？」

「我又不是智障。」

今晚這頓飯其實是藍衫請的，理由不容拒絕——她蹭了喬風那麼多飯，也該適當發揚光大回饋社會大眾了。

小油菜對喬風喬大廚很好奇，主要是喬風在她眼中一直是一個比較高冷的存在，她一想像這樣一個人甩大鍋、揮鏟子的畫面，就覺得這世界充滿了惡意。

「他做飯是什麼樣子，帥嗎、帥嗎？有照片嗎？背影也行。」

藍衫一愣，她還真的沒注意到他做飯是什麼樣子的，只知道他做的飯是什麼樣子的。喬風帥是帥，最近他的眼眶不是被她打青了嗎？導致她看他臉時總有一種罪惡感，後來就乾脆鴕鳥心態不去看了。這樣一想，她賴在他家時好像看薛丁格更多一些。

想到那胖貓古怪的名字，藍衫便問小油菜，「妳聽說過薛丁格嗎？」

「聽說過，一個壞蛋。」

「……怎麼說？」

「他把貓關起來放毒氣，完了還一直問別人貓到底死沒死，總之是個神經病。」為了研究喬大神，小油菜看過那個著名的實驗，但她始終看不懂，最多能理解到虐貓這層。

這樣看來，藍衫發現那個胖貓也挺可憐的，整天頂著個變態的名字，難怪脾氣那麼奇怪。

小油菜說道，「妳再跟我說說喬大神，各方面我都要瞭解一下。你們兩個現在都和解了，說不定我還有機會把他勸回來呢。」

藍衫也覺得有道理，於是把她對喬風的瞭解一股腦兒地全說出來。

小油菜聽著聽著，瞇起眼睛做沉思狀，想了好半天，突然說道，「藍衫，妳不覺得奇怪嗎？」

藍衫跟小油菜認識這麼久了，也始終摸不清楚小油菜那奇特的思維，「怎麼個奇怪法？」

「他沒有女朋友！條件這麼好的男人，簡直堪比唐三藏，怎麼會沒有女妖怪來抓他呢？」

藍衫不覺得有多奇怪，「估計跟性格有關吧。」

小油菜嚴肅地看著她，「不、不是性格的關係，是性別的原因。」

「？？？」

小油菜一臉高深莫測，「喬大神應該是被那個姓吳的土豪包養了。不過以大神的品格來看，他們兩個應該是真愛。」

噗——

藍衫驚得一口柳橙汁都噴出來了，她尷尬地抽出衛生紙擦桌子，擦完之後輕輕推了小油菜一把，

「胡說什麼，那是他哥！」

「如果是親哥哥，為什麼哥哥姓吳、弟弟姓喬？他們長得像嗎？」

「這個……」藍衫猶豫著搖搖頭，辯解道，「也可能是表兄弟，或者是重組家庭。」

「妳不懂，」小油菜朝她搖手指，「這種事情我見多了。親兄弟都明算帳，只有乾哥哥才會這麼大方。」

呃，好像也有點道理？畢竟那位土豪一出手就是二百多萬呢……

小油菜見藍衫有點動搖，又說道，「我再問妳，他品味怎麼樣？審美觀正常嗎？」

藍衫回想了一下喬風這幾天的穿著打扮，倒是不錯。不、這不能作為依據，那小子身材好，肩背挺拔，腰上無贅肉腿還長，只要不隨便穿，穿什麼都好看。她又想了一下他家的客廳，裝修得挺好，簡約而不簡單，就是不知道是不是他自己弄的。

她揉了揉腦袋答道，「這個，他品味應該還行。」至少不差吧。

「這就對了，」小油菜打了個響指，自信滿滿，「直男的審美都是歪的，只有彎男的審美才是直的。」

這個這個……

藍衫發現她不能再聽下去了，她的世界觀在搖搖欲墜。

小油菜又想起一個理由，「妳剛才說了，他養了一隻貓。」

「對。」

「網路上都說，養貓的男人多半是gay。」

終於有個可以反駁的了，藍衫不屑地一哼，「胡扯，哪有那麼絕對。」

「這個當然沒那麼絕對，我們來算機率，」小油菜掰著手指頭比劃，「剛才說了那麼多，就算每個理由只有百分之八十的可能性，百分之八十乘以百分之八十是多少？百分之六千四！」

藍衫扶著額頭，不想理她。雖然小油菜那厲害的數學能力時時刻刻在提醒藍衫這是一個白癡、這人的話妳不要信，但藍衫真的快被那些狗屁理由洗腦了……

無奈，她只好摀著耳朵，「我不聽我不聽我不聽，妳說什麼我都不聽！」

小油菜平靜地喝了一口柳橙汁，狀似滄桑地搖頭感嘆，「唉、這磨人的小妖精。」

藍衫：「……」

這都什麼跟什麼呀！

第十四章

藍衫跟小油菜一邊吃一邊天花亂墜地聊，等到結束準備回去的時候都快九點了。好在她還沒忘記自己的使命，去了一趟超市。可惜的是她忘了喬風都要她買什麼了，於是有點心虛，看什麼順眼拿什麼，挑挑揀揀地買了一大堆，反正吃什麼都一樣，她不挑食。

她敲三〇三的門時，喬風剛幫薛丁格洗完澡。薛丁格像個落水狗一樣，再也冷豔不起來了，喬風想幫牠吹毛，牠還不大情願。

喬風開門，藍衫拎著大塑膠袋走進來，把塑膠袋撐開向喬風展示炫耀。

喬風看了一眼，明顯不滿，「妳買這麼多做什麼，吃不完浪費，」說著又看了看，更加不滿意，「都不新鮮，妳到底會不會挑菜。」

當然是不會啊……

藍衫撓頭傻笑，「超市快關門了，就剩這樣的了。」

這種理由不足以開脫，因為只有傻子才會在超市快關門的時候去買菜。

喬風接過塑膠袋子，嫌棄地搖頭，也不知道實際上是嫌棄菜多一點還是嫌棄她多一點。

他淡淡地掃了她一眼，「笨。」

就這一記略帶鄙夷的眼神，愣是讓藍衫突然聯想到小油菜曾經所謂的「嬌嗔」，進而又想到今晚小油菜那一段長篇大論，然後她就恍惚地覺得喬風下一刻就會翹著蘭花指來點她額頭。

……媽呀！

藍衫用力搖頭，甩掉這些亂七八糟的想法。她發現她大概不能再跟小油菜玩耍了……

喬風見藍衫神情異樣，只當她心虛。他是心軟的人，正想安慰藍衫兩句，那邊被忽視了好一陣子的薛丁格突然不滿地喵了一聲。

藍衫不敢跟喬風多待在同一個空間裡，趕緊跑了。

第二天藍衫下班的時候路上一帆風順，比平常提早了十分鐘左右到家。正好喬風在學校有些事情耽擱了一會兒，導致藍衫下班來敲他家門時，他還在做飯。

喬風圍著天藍色圍裙，頭上裹個嘻哈風格的印花頭巾作為廚帽，這樣奇形怪狀的打扮看起來竟然也不錯，可見臉有多麼重要。他的眼眶好得差不多了，與此同時在B大的論壇上依然置頂著一個熱帖，主題是由女生們發起活動，湊錢懸賞捉拿膽敢打喬教授的兇手。

這才幾天，藍衫就在喬風家出入嫺熟了，她不在客廳裡待著，跟著喬風進了廚房，打算認真看一看喬大廚做飯的英姿。

他家廚房夠寬敞，藍衫在裡面罰站也不顯得擁擠。

藍衫一開始靠著門框看喬風的背影，她發現他無論是站是坐，是講課還是甩大鍋，肩背總是挺得筆直，整個人看起來分外精神，像是一棵朝氣蓬勃的小白楊。

他的肩膀是平直的一字肩，寬而不厚，腰部窄窄的，這樣的身材簡直就是天生的衣架子，穿什麼都好看，媽的！

她突然覺得上帝好不公平，給了他聰明的頭腦又給了他俊俏的臉蛋，給了他俊俏的臉蛋還給了他這麼好的身材，之後又讓他擁有一份體面又清閒的工作，還賦予了他無與倫比的廚藝天賦，他媽的！

藍衫挪動腳步，走過去站在他旁邊，安靜地看他的側影。他側臉的線條柔和精緻，不似宋子誠那樣冷峻，兩個人同樣是帥哥，卻帥得各有千秋。

喬風的眼神很專注，彷彿根本沒察覺到她的接近。跟他相處的這幾天，藍衫也發現了，這個人無論做什麼都會投入十成的注意力，認認真真、仔仔細細，連吃飯都能吃得一絲不苟。

他似乎有著永遠用不完的精神力。

人們都說認真的男人最有魅力，那麼這個男人豈不是時時刻刻都是魅力值爆表的狀態？簡直太可怕了……

可惜的是這個魅力值爆表的怪物到現在都沒注意到她，藍衫不甘心被無視，掩嘴輕咳一聲。

喬風側頭看她，疑惑問道，「妳來做什麼？」

「我……就看看。」

喬風此刻正把切得薄薄的藕片從水裡撈出來，他指指藕片，含蓄地控訴她，「這個藕一點也不新鮮。」

藍衫吐了吐舌頭，他還記著這件事呢。

不過確實不新鮮，他的手指頭都比藕片白。

藍衫有點慚愧，「嗯、我能幫你做點什麼嗎？」

喬風也不和她客氣，「妳幫我拿一下牛奶吧，鑰匙在電視旁邊的那個碗裡。」

一句話把藍衫支走了，藍衫回到客廳，剛找到牛奶箱的鑰匙，突然聽到茶几上的手機響了。

藍衫朝著廚房喊道，「喬風，有你的電話。」

喬風揚聲問道，「誰？」

藍衫瞄了一眼手機，「陌生的號碼。」

可見不是什麼重要的電話，喬風便不管了，「麻煩妳幫我接一下。」

藍衫也覺得這陌生電話不會太重要，多半是打廣告的。她爽快地接起來，「喂？」

那邊沒聲，藍衫不明所以，又「喂」了兩聲，依然無人應答。這反而勾起了她的好奇心，她問道，「你們是賣什麼的呀，說來聽聽？」

電話突然掛了。

真是莫名其妙，估計是訊號不好吧。藍衫不以為意，把手機放回去，拎著鑰匙下樓去拿牛奶了。

他們晚餐吃的是排骨燉山藥、清炒藕片、番茄炒菜花、涼拌菜心，還有一個白蘿蔔絲鯽魚湯。

薛丁格很高興，牠吃到魚了。

因為心情好，已經被牠視為宿敵的藍衫摸了一下牠的頭，牠也沒瞪她。

藍衫一邊吃一邊感嘆，「啊、原來番茄還可以跟菜花一起炒，原來魚湯裡還能放白蘿蔔，我以前都不知道！」

喬風淡淡地回應她，「妳當然不知道。」

「為什麼？」

「妳笨。」

藍衫翻了個白眼，「帥哥，你罵人能不能稍微有點新意？」

喬風很認真地看著她，「我沒有罵人，我只是在陳述事實。」

藍衫打了個響指，「看吧，這就很有新意了。」

吃過晚飯，藍衫又非常狗腿地去洗水果。她洗了兩個蘋果，自己一個、喬風一個，放在盤子裡端到客廳時，喬風不肯接。

「不要再說不新鮮，現在這個季節，這樣的蘋果已經算很新鮮的了。」藍衫說著，喀擦咬了一口。

喬風還是不肯接，他不滿地看著她，「妳沒有誠意。」

藍衫很奇怪，「我怎麼沒有誠意了？難道要我跪著端給你？」

喬風也不知道從哪裡變出一把帶鞘的水果刀，他把刀柄那一頭遞給她，「削。」

藍衫接過水果刀嘟囔，「你也太講究了，怎麼跟老佛爺似的。」

喬風真像個老佛爺一樣端坐在沙發上，看著藍衫幫他削蘋果，但看了兩眼他就看不下去了。蘋果誰都會削，只在於削得好不好，藍衫顯然屬於很不好的那個類型，觀賞價值和實用價值都很欠缺，最重要的是，喬風怕放任她這樣削下去，到最後他只能吃到蘋果核了。

於是他只好趕走她自己上手，他一邊削蘋果一邊自言自語，「巧者勞而智者憂，無能者無所求。」

藍衫在一旁摸下巴看他。他能把蘋果皮削得薄薄的，粗細均勻，而且一直不斷，還特別快，真神奇。她一邊啃自己帶皮的蘋果一邊感嘆道，「我剛才說錯了，你不是老佛爺，你根本就是個大家閨秀。」

喬風掃了她一眼，眼風不善。任何正常的男人都不喜歡自己被比喻成女人。

藍衫被他掃得一縮脖子，心想這小眼神還挺霸道的。

她看著喬風把蘋果削好，切成塊，這才不緊不慢地開吃，藍衫腦中又冒出小油菜那些邪門歪道的理論，其實對於喬風的性向，她也挺好奇的……

喬風看她在發呆，問道，「在想什麼？」

「你撿過肥皂嗎？」藍衫說完這句話就傻了，操的咧，怎麼一不留神把心裡話說出來了？就算好奇也不能問吧，就算問也不能問得這麼直接吧……

哪知喬風答得更直接，「撿過。」

藍衫嘴巴大張，兩眼發直，好似唐氏症患者。

喬風不知道這有什麼好驚訝的，他說道，「我還撿過雪糕、棉花糖、圍巾、襪子、手電筒……薛丁格也是撿來的。」

藍衫覺得喬風總算婉轉了一次，還知道說話補救掩飾。

「總之我從小就經常撿到一些奇怪的東西。」喬風總結道。其實他撿過最奇葩的東西是一盒保險套，還是草莓味道的。當時年紀小不懂，他拿著當氣球吹，後來被他爸看到了，喬風永遠不會忘記他爸當時那個精彩的表情。

咳、怎麼會想到這種事。喬風有些赧然，偷偷看了藍衫一眼，發現藍衫正直勾勾地盯著他，像是要看穿他。他更不好意思了，臉微微發熱，低頭不再說話，只是不停地吃蘋果。

這樣一直被藍衫盯著，他耳根處漸漸漫起薄薄的粉色，像是氤氳著淡淡的霞。藍衫默默地看著，她覺得她知道得太多了。

第十五章

藍衫不知道自己是怎麼走出喬風家的，她都已經坐在自家沙發上了，魂卻好像還落在他家裡。

原來……

竟然……

果然……

——就知道，好男人都被男人拱了！

藍衫的心情好複雜，既十分震驚又有那麼點遺憾。可是話說回來，這麼賢慧的一個男人，她還真想像不出能跟什麼樣的女人在一起，估計也只能便宜男人了。

除此之外，站在同一個性向上，她還有點嫉妒喬風……這種心態很好理解，就好比一個女人看到另外一個女人比她聰明漂亮會泡帥哥，任誰都會羨慕嫉妒恨的。

其實這樣舉例也不太恰當，畢竟喬風雖然貌美又賢慧，但並不是小娘炮。他的氣質不是陰柔的，而是乾乾淨淨的，像是冬天的陽光，不算熱烈，但足夠光明和燦爛，照在人身上暖洋洋的。

感嘆了一會兒，藍衫激動的心情漸漸平復下來，她也就想明白了。

做人不要那麼狹隘，愛情是一個崇高的東西，在它面前沒有男女之別，喜歡什麼樣子的全憑個人喜好，這是天賦人權，無關乎他人的事。

明白歸明白，可是突然知道別人這樣的祕密，依然讓藍衫很有壓力。她覺得這件事得怨小油菜，安靜地當個笨蛋多好呀，怎麼突然就成真相帝了。

於是她發了則訊息給小油菜：『我恨妳！』

小油菜很快回她：『啊，妳都知道了？』

藍衫：『哼(╯_╰)#』

小油菜：『妳聽我解釋！雖然孩子不是妳的，但我愛的永遠是妳！』

藍衫：『……』

這樣不正經的朋友，咬死算了。

一早剛到公司，藍衫就接到一通令她高興的電話——宋子誠想要今天來試駕R8。

有希望。

一般的試駕是要提前約的，但宋子誠這個客戶不一般，所以藍衫滿口答應了。

藍衫覺得宋子誠肯定不缺錢，說不定一高興就出手買了。當然她也不會自戀地認為宋子誠是因為她來的，以宋子誠這樣的成功人士，拿錢買色是正常，這種交易基於雙方自願的前提之下。你要是不願意，也沒人逼著你怎麼樣，反正你不願意，有的是人願意，買誰還不都一樣，對成功人士來說，美女不算是什麼稀有物種。

買賣不成仁義在，對於宋子誠，藍衫也不會覺得有什麼尷尬的。

不過她還沒高興夠呢，就被老王傳喚到辦公室了。

藍衫在老王手底下好幾年了，兩人私交不錯，沒其他人在時，她跟他說話就不那麼避諱了。所以一見到老王，藍衫就拿宋子誠跟他邀功。

老王冷豔一笑，「他誰呀？長得帥嗎？妳該不會又要性騷擾人家吧？」

「咳咳、都解釋多少次了，那件事純屬誤會，不然客戶也不會把訂金留給我們對吧？哎哎、老王我跟你說……」

「妳先別跟我說，我先跟妳說，」老王擺擺手，「我叫妳來就是告訴妳一聲，最近給我安分一點，別搞事。」

藍衫一扯嘴角，「王總您別逗我了，我能搞什麼事，我黃賭毒一樣不沾。」

「妳別在這裡跟我耍嘴皮子，我跟妳說，最近大老闆要來視察，妳最好老實點。張總那裡我還能幫妳壓一壓，要是真撞進大老闆眼裡……嗯、妳放心，我會幫妳多爭取一點資遣費的。」

「大大大大老闆？」藍衫驚訝，她一拍腦袋，想起來了。他們的總經理張總只是一個職業經理人，這家4S店的老闆另有其人。只不過那位神祕的大老闆從來沒出現過，所以大家都忘記這件事了。

老王一點頭，「對，就是大老闆。」

「王總您有他資料嗎？不然我先以防萬一一下？」

「沒有，我也沒見過他。」

真是的，搞得這麼神祕。

藍衫倒也不擔心，大老闆好幾年都不管公司，他來視察多半就是裝裝樣子，還真的能興風作浪？相比那個虛無縹緲的大老闆，藍衫更好奇眼前這個宋子誠。她對宋子誠的瞭解太少了，之前是沒興趣，現在有希望把車賣給他了，藍衫就想多做點功課。她問老王道，「王總，您認識宋子誠嗎？他什麼來頭？跟總經理是什麼交情？」

老王搖頭，「我不認識他，不過我聽說他是海歸，跟張總交情一般吧，就看他來過一次，張總也沒提過他。」

啊、是這樣？看來宋子誠跟總經理不算熟，藍衫挺高興的，她至少不用擔心宋子誠在張總面前說她壞話了。

下午，宋子誠都快五點了才過來。藍衫覺得他這個時間選得很沒誠意——試駕完都快下班了，要怎麼談事情？

她覺得他很有可能又是來逗她玩的，於是心生不滿。

藍衫她們車行的試駕路線很不錯，路上風景好，一路經過玉泉山和植物園，再走遠點還能看到香山。玉泉山是座比較神祕的山，不開放旅遊，藍衫聽說裡面不少軍事禁區，不過她沒去過，萬一走錯路被抓住怎麼辦？更可怕的是被當成敵國奸細，二話不說先朝妳放兩槍。

她以前遇到過一個客戶，小時候在中南海外頭踢球，有個小夥伴一腳把足球踢到牆裡面去了，結果足球還在半空中就被啪啪啪啪了，多可怕呀……

啊、扯遠了。藍衫動了一下身體，她摸著下巴，看著窗外綠意盎然的景色。她突然有一種莫名其妙的熟悉感，覺得好像不久之前有人跟她講過什麼玉泉山，但這種感覺又不是特別清晰，若有若無，她仔細想啊想，也想不起來。

宋子誠見她神情恍惚，問道，「怎麼了？」

藍衫怔了怔，「我覺得這裡應該是我上輩子的埋骨之地。」也只有這一個解釋了……

宋子誠搖了一下頭，一踩油門，飛快地離開了她的埋骨之地。

第十六章

過了玉泉山，沒多久就能看到植物園的外牆了。牆裡種了許多紫藤花，這時節開得灼灼豔豔、煊煊燦燦。深紫色的花枝不甘寂寞，攀出鐵藝圍欄懸於牆外，千萬枝條隨風輕擺，如一掛紫色的瀑布，又像是永不湮滅的美麗煙花。

雖然走過無數次這個路線，但藍衫此刻依然看得驚豔不已，嘖嘖稱嘆。

她在看花，他在看她。

敞篷車的視野極好，天與地盡收眼底。今天天氣晴朗，這個時候的太陽即將偏西，日光褪去正午時的熾白灼目染上橘紅，像是美女臉上薄施的腮紅，內斂溫柔又含情脈脈。天空也準備就緒，開始布置一片片、一道道豔麗的霞光。

夕陽、霞光，花影、美人。

疾風吹過，撩得她秀髮飛揚，展露出她的下頷和脖頸，優美如雕，卻又脆弱得似是不能碰的蛋殼白瓷。宋子誠恍惚能看到她頸上血管的跳動，一下一下，鼓動人心。

藍衫轉過頭來，看到宋子誠在看她，她嚇了一跳，驚恐地瞪大眼睛，「大哥，你看我幹嘛，看路啊！」

宋子誠一踩剎車，黑色流線型跑車像是一條突然脫離戰鬥的鯊魚，猛地停在路邊。

藍衫拍了拍胸口，哀怨地看了他一眼，這人太不可靠了！

宋子誠覺得自己真他媽有病，被她這樣瞪一眼，他竟然隱隱有一種難以克制的興奮感。

畢竟是客戶，藍衫不好意思罵他，不過他今天的所作所為已經很讓她不滿了，快下班才來試車這還可以忍，媽的都開車上路了還敢恍神，人和車都是她帶出來的，萬一出了點什麼事，她就是長二十八個腎也賠不起好嘛！

宋子誠看著車外的紫色瀑布突然問道，「藍衫，妳覺得這個車怎麼樣？」

藍衫還能說什麼，「一個字，好！」

他收回目光，認真看著她的臉，緩緩說道，「我送妳一輛，如何？」

藍衫：「……」

她突然轉過身體靠近他。

宋子誠勾了一下嘴角，他坐在駕駛座上不動，鎮靜地看著她一點一點湊過來，兩人離得愈來愈近，直到面隔咫尺。

然後她停下來不動了。

宋子誠會意，他傾身向前，低頭想要吻她，可惜前進了只有一公分，他就突然停下來。

不是他不想動，而是遭到了意外的阻止。

宋子誠低頭，看到自己左邊鎖骨之下抵著一根手指。手指白皙秀氣，卻力道十足，戳中要害，以指尖所抵之處為中心的那片骨肉有一種被擠壓的疼痛，不算劇烈，但鎖死了他繼續前進的意圖。

藍衫盯著他的眼睛，緊咬牙關才沒發火揍他。她只是說道，「宋子誠，你煩不煩？」

宋子誠看著她，不氣不惱，「妳開個價。」

藍衫氣得加大指上力道，狠狠地戳他，看到他疼得皺了一下眉，她說道，「上次是我太含蓄，宋總大概沒聽清楚。有道是『聞道有先後，術業有專攻』，本人的專長就是賣車的，您讓我賣身，不好意思我業務不熟練，恕不奉陪，明白？」

宋子誠雖然被她戳得很疼，但他不願意退後，他喜歡現在這樣的距離，好像他一低頭就能親到她。他說道，「我認為，之所以束之高閣，是因為價錢開得不夠。」

藍衫的憤怒終於憋不住了，她點了下頭，爽快答道，「好，那我們來談談價錢。來來來、下車談，」她說著，自己先下了車，又繞到駕駛座外，朝他勾手指，「下來。」

宋子誠也下了車。

藍衫掏出兩個銅板，朝一個方向指了指，「從這裡往那邊走一公里就能看到公車站，這是兩塊錢，省著點用，你只能搭一次車。趕緊回家吃飯吧、孩子。」她把兩枚硬幣推給他，不等他反應，自己飛快地上車，重重一撞車門。

宋子誠感覺不妙，「藍衫，妳等一下。」

藍衫心想，我等你大爺。

不愧是排量五．二的怪物，R8像豹一樣猛然竄出，很快絕塵而去。

宋子誠立在原地，捏著兩個銅板風中凌亂，咬牙切齒地看著那道漸漸遠去的靚影。

第二天又是藍衫的休息日，一大早，她正睡得昏天黑地，突然有人敲她家門。

咚咚咚，非常有節奏。

藍衫假裝沒聽到，拉過被子蓋住頭，繼續睡。

那人敲得鍥而不捨，一邊敲一邊說道，「藍衫，開門。」

不算大的聲音，偏偏就能鑽進她的耳朵裡。

藍衫大怒，蹭蹭蹭下床走到門口，「唰」地拉開門，對站在門口的喬風怒目而視，「幹什麼！」

喬風無視她的起床氣，從容道，「陪我去買菜。」

「不去，我要睡覺。」

「妳昨天答應了。」

藍衫翻了個大白眼，「我昨天不知道你這麼早去，現在才幾點呀！」

喬風抬腕看了看錶，認真回答，「七點十五分。」

藍衫抓了抓頭髮，「我不管，我要睡覺。」

「好、妳睡吧，我會繼續敲妳的門。」

「……」人怎麼能無恥成這樣呢！

藍衫無力地靠著門，「帥哥、我還沒吃早飯耶。你先去吧，等一下我就去找你，乖。」

這話正中喬風下懷，「好、我現在幫妳做早餐，妳先洗漱，十五分鐘之後過來。」

藍衫毫不懷疑，如果她不去，喬風一定會回來敲她的門，她有點後悔昨天答應他了。本來嘛，總去喬風那裡白吃白喝她心懷愧疚，所以就想包攬買菜大業，但喬風嫌棄她的水準，打算親自調教一番，這才有了今天她一大早就被人折磨起床的慘劇。

今天是休息日，她不用化妝、不用打扮，怎麼省事怎麼來，果然只用了十五分鐘就摸到喬風家了。早餐竟然真的做好了，那小子效率夠高的。

一杯鮮榨柳橙汁、兩片全麥麵包、一個煎蛋、幾片生菜葉，還有……呃、豆腐乳？

「只有這些食材，妳隨便吃。」喬風解釋道。

藍衫舉著麵包片，有點迷茫，「腐乳真的不是亂入的嗎？」

當然不是。喬風把豆腐乳塗在麵包片上，放好生菜葉和雞蛋拿給她，「嘗嘗。」

這是什麼搭配呀！藍衫無言，忐忑著咬了一口。

咦？好吃！

接下來她狂風過境一般把早餐解決掉了。

吃過早飯，藍衫跟著喬風來到早市。這一對年輕的俊男美女太搶眼，身處在一群叔叔、阿姨們之中賺了許多回頭率。雖然大家的目光都是善意的，但藍衫被這麼多人赤裸裸地圍觀還是有點不好意思。她摸了摸後腦勺，看身旁的喬風，發現他平靜如常。

藍衫覺得喬風的心理素質硬得堪比金剛鑽，她認識他的這些日子，從來沒見過他生氣或者緊張過。面對任何刺激，他都能雲淡風輕，一副「任爾上躥下跳，我自笑看傻逼」的境界。

喬風牢記此次前來的目的，領著藍衫認認真真地一邊挑菜一邊解釋。他發現藍衫真的是笨得可以，這個女人挑菜的終極理論就是「愈大愈好」。茄子愈大愈好、黃瓜愈大愈好、A菜愈大愈好……喬風認真地跟她解釋「大」和「嫩」、「新鮮」的區別，以及不同的菜相應的不同外貌與狀態。

她一邊聽一邊忘，後來乾脆投身於跟小販的討價還價之中，愈戰愈勇，簡直就是不思進取、不學無術、不務正業！

哦、她甚至笨得連菜的名字都會記混，她一直把「秀珍菇」當成「香菇」，把「香菇」叫做「金針菇」，喬風糾正了幾次，她總是改不過來，他真的好蛋疼。

而且都已經笨成這樣了，還好意思要這、要那的，要吃水晶蝦仁、要吃排骨山藥……吃吃吃、買買買！

喬風將一把秀珍菇放回菜籃，領著藍衫去買排骨了。

兩人在菜市場逛了很久，買完菜都快過八點半了。喬風拉著拉桿式購物車，車架上的帆布包鼓鼓的，一把芹菜因為太過修長，探出綠油油的腦袋，隨著購物車的行走一顫、一顫的。

藍衫空手跟在喬風身邊。

回去的時候路過一間幼稚園，有個大叔在幼稚園門口賣棉花糖。有的小朋友在幼稚園門口哭鬧著不肯上學，家長買個棉花糖哄一哄，多半能哄好。

喬風停在大叔的棉花糖車前。

藍衫說道，「我不吃這個。」都多大的人了。

喬風看著製糖機裡不斷湧出來的砂糖絲，一團一團像扯絮一樣愈滾愈大，他頭也不抬地答，「不是買給妳的。」

「要買給薛丁格的？」藍衫又問，問過之後自己摸下巴又覺得奇怪，「薛丁格吃糖嗎？我沒看過牠吃糖呀。」

她說到這裡，突然驚訝地瞪大眼睛，難以相信地看著喬風，「該不會是你自己要吃的吧？」

喬風沒有否認。

「哈哈哈哈哈……幼稚！」

喬風也覺得他這麼大的一個人了舉著一支棉花糖真的好幼稚，於是他決定讓藍衫幫他拿著，等回去再吃。

藍衫：「……」

她「囧囧有神」地拿著一支棉花糖跟在喬風身後，那個棉花糖好大，比她的腦袋都大，像是一大朵白雲，還挺漂亮的。

砂糖擦絲的過程中有加熱，此時散發著一種熟蔗糖特有的香氣，藍衫忍不住吸了吸鼻子，心內有些蠢蠢欲動。

又過了一會兒，她終於舔了一口。

她發誓，她真的盡力去忍了，不過還是沒忍住嘛……

喬風自顧自走在前面，藍衫不主動和他說話，他就一路沉默。

到家時，他扭頭看藍衫，然後他發現他的棉花糖就剩一根棍子了。

劣跡昭昭，忍無可忍。

第十七章

藍衫吃光了喬風的棉花糖。

喬風用看敵人的眼神看著她，把她看得一陣心虛。他真誠地說道，「我覺得妳這個人的本質有問題。」

「咳，」藍衫輕輕拍他的肩膀，「安啦、安啦，下次我買給你。」

喬風一側身體，躲開她沾著糖絲的手。

藍衫非常有眼力見地搶過他手中的購物車自己提進屋子，邊走邊說道，「好了、好了，我錯了……我來洗菜。」

喬風跟在她身後，不依不饒，「妳不僅笨，而且本質不好，我建議妳回爐重造。」

藍衫大怒，「你的意思是讓我爬回我媽的肚子裡嗎？」

「不是，」喬風搖頭，「我的意思是，妳應該回學校接受再教育。」

「有什麼了不起的。」藍衫翻了個白眼。

「妳可以來上我的課。」既可以學到有意思的知識，又有非常有品德的教師來引導她，喬風覺得這個建議很適合她。

藍衫一抖肩膀，「我腦子又沒病。」

喬風已經認定了這個建議不錯，那就由不得她了，他摸著下巴，輕飄飄丟出一句威脅，「不來上課，妳就休想吃我做的飯。」

藍衫：「……」

有道是生命誠可貴、自由價更高，富貴不能淫、威武不能屈，廉者不受嗟來之食……所以她當然要毫不猶豫地答應了！

不過她的妥協不足以平息喬風對她的不滿，所以她還是得去洗菜。

喬風對她粗獷的洗菜風格不甚滿意，往往是她洗過之後，他又要重洗一遍。

藍衫最後洗的是山藥，她把山藥洗了一遍，用削皮器迅速削掉表皮，接著用水沖了一遍，遞給喬風，然後她就走出了廚房。

怪只怪她摸了一下臉蛋。

很快她發現她的臉有點刺癢，她抓了幾下，結果愈抓愈癢，她怕把臉抓破皮了，於是用兩隻手按著臉蛋輕輕揉……

啊啊啊，癢死了！

藍衫好害怕，她不知道這是怎麼回事，她今天只用了點護膚品，根本沒化妝，臉怎麼可能癢成這樣？會不會是中毒了？

她慘叫一聲跑進廚房，帶著哭腔說道，「喬風、喬風，我身中奇毒，命不久矣！」

喬風被她嚇得差一點切到手，他放下菜刀，回頭看她，「怎麼了？」

「我不知道，可能是那個棉花糖有毒，」藍衫一邊說著，一邊又去揉臉，「我現在癢死了，你幫我看看，是不是已經開始毀容了？」她兩手蓋著臉，揉臉的幅度加大，簡直像是被薛丁格附了身。

喬風突然拉開她的手，「別動！」

因為太急，他的力道有些大，拉得她往前踉蹌了一下，差一點撞到他身上。她的兩隻手都被他抓著分向兩邊，這個姿勢，搞得她好像一隻展翅高飛的小鳥，要撲進他懷裡。

而且，兩人現在離得太近了。藍衫仰頭看喬風，感覺這姿勢特別特別像接吻。

呃……

喬風垂著眼睛看藍衫的臉，從表面上看，她的臉只是被揉得紅了一些，他輕搖了一下頭，有些無奈，「誰叫妳摸臉的？」

他的臉離得好近，這近在咫尺的美貌讓藍衫短暫地忘記了臉上的不適，她答道，「我、那個……你也沒說不能摸呀！」

喬風欲言又止，到最後只能說道，「笨。」

藍衫掙了一下，有些彆扭，「你能不能先放開我。」

喬風便鬆開她，他轉身取了半瓶白醋，帶著藍衫去了浴室。藍衫看著他在洗手台裡放了溫水，然後量了半瓶蓋的白醋倒進溫水裡。

藍衫不解，「到底是怎麼回事？」

喬風剛要回答，回頭看到她又要摸臉，他訓斥道，「住手！」

藍衫一縮脖子，隨即吐了吐舌頭。

「山藥的表皮裡含有植物鹼，人的皮膚接觸之後會引發過敏性皮膚炎，不過這不會持續很久。妳放心，不會毀容，」喬風指指那放了白醋的溫水，「用白醋清洗，能發揮酸鹼中和的作用，可以減輕癢感，妳試試。」

藍衫狗腿道，「真博學。」

喬風回贈曰，「真沒用。」

藍衫不理他，低頭洗手、洗臉。喬風站在她身後，用一種完全是看白癡的眼神看著她，但他還是耐心地等著，直到她洗好了，不再喊癢，他才回廚房繼續做飯。

偷吃他的棉花糖，接著就自作自受，可見這是現世報。喬風一邊走著一邊想起剛才藍衫那狼狽的樣子，他心情好，低頭無意識地牽了一下嘴角。

吃過午飯，喬風問藍衫下午是否有時間，藍衫問他有什麼事，喬風便跟她解釋了。

原來他下週有一個重要的報告會議，屆時需要穿著正式一些。喬風常穿的那件西裝被薛丁格玩壞了，所以他打算今天出門挑一套正裝，他覺得藍衫可以站在普通人的角度給他一些建議。

藍衫用一句話總結了他的目的，「不就是想讓我陪你逛街買衣服嗎，囉嗦！」

她本來就沒事幹，於是欣然應允，不僅如此，她還臨時把小油菜也叫來了，正好可以藉機製造機會讓小油菜把喬風遊說回去，就是不知道那丫頭有沒有這個功力了。

小油菜今天在上班，跟大姊頭說喬大神在傳召她，大姊頭立刻批准她前去赴約，生怕喬神反悔。

兩人打算去金融街，地鐵不用轉乘，不過下車後需要步行一段時間。藍衫趁機和喬風感嘆，「唉、還是有車方便一些。」

喬風假裝沒聽到。

藍衫又問喬風買西裝的預算是多少，她也好有個根據幫他挑適合的牌子。結果喬風的回答是，「我沒有預算。」

藍衫有點傻眼，「沒錢你還想買衣服？長得再帥也不能刷臉吧？」

喬風一愣，「我的意思是，多少錢都可以。」

藍衫：「……」有錢了不起啊，你好煩！

三人約在購物中心門口見面，小油菜先到的，平時她見到藍衫，必定歡快得有如被放出籠的小鳥，嘰嘰喳喳個不停，今天卻像吃了瀉藥的小鳥，大氣都不敢出。

因為她怕喬風。

藍衫不懂，喬風這樣的小面瓜，養貓、喝牛奶、吃棉花糖……他渾身上下唯一霸氣的地方也就是那個響亮的名字了，這樣的一個人有什麼好怕的？

其實小油菜自己也不明白，反正她們公司的人提到喬大神都很敬畏，所以她就跟著怕一怕啦……

藍衫直截了當地向小油菜問起那個專案的情況，跟喬風這樣的人談事情不能拐彎抹角，不然不知道他會理解成什麼。

小油菜說道，「還行吧。其實現在專案不急，我們公司正在和一個業界大佬談併購。」

喬風脫口而出，「文風集團？」

「你怎麼知道？哦、對了對了，」小油菜一拍腦袋，「報紙上有說的。」

對於這個文風集團，藍衫也聽過，不過她又不在這行混，所以不怎麼清楚。

小油菜有點驕傲，如果併購成功，她們公司就成了集團分公司，到時候背靠大樹，應該會比較容易請到喬神了吧？

喬風像是看出了她心中所想，他說道，「我只是對你們的專案不感興趣，與公司背景無關。」

被拒絕得這樣乾脆，小油菜有點難以相信，「大神，那可是文風集團！」

「我知道，他們的第一個產品就是我做的。」

小油菜：「……」

藍衫：「……」

藍衫輕輕撞了一下喬風的手臂，「帥哥，吹牛吹過頭了啊。那個文風集團成立多少年了？」

「十年。」

「十年前你多大？」

「十五歲。」

藍衫默默地看著他，等待他自己承認把牛皮吹破了。哪知喬風平靜如常，反問她，「怎麼了？」

不會是真的吧……

藍衫吐了吐舌頭，發現小油菜站在喬風身旁用口型對她說：『牲口』。

好吧，真是頭牲口。

小油菜問喬風，「大神，你跟那個文風集團的老大熟嗎？」

熟得不能再熟了……

不等喬風回答，小油菜又道，「其實他是我初戀喲！嘿嘿嘿嘿……」

喬風難得驚訝了一下。藍衫沒注意到他的表情，她拎著小油菜的後衣領問道，「嘿喲喂，妳有初戀這件事我怎麼不知道呀？嗯？」

兩人正打鬧著，喬風的手機響了，他接起電話，「喂，哥。」

小油菜突然發現了姦情，眼珠子瞬間亮了至少十瓦。

藍衫有點無語，其實關於喬風性向的問題她並沒有跟小油菜說，不過看小油菜這個樣子，好像說不說都無所謂了……

喬風還在跟吳文講電話，「對、我確實在逛街，你沒有做夢。」

吳文敏銳地發現問題的關鍵，「跟誰？男的女的？」

「兩個朋友，女孩。」

「兩個女人！」吳文此驚非同小可，他那死宅弟弟竟然陪女孩逛街了，而且一下子兩個！這臭小子總算開竅了，可喜可賀、可喜可賀！

吳文真的好感動，他一定要近距離觀賞一下這兩個女孩，看看哪一個更適合做他的弟媳婦。

「喬風，你現在哪裡？」

「金融街。」

遠在西直門的吳文大言不慚，「我也在金融街，你不要走，等我十分鐘，我給你送點東西。」說罷掛了電話，踩起油門。

說是十分鐘，喬風等了有二十分鐘。他陪著藍衫和小油菜在幾個女裝專櫃裡逛了一會兒，三個人都逛得心不在焉。喬風是好奇他哥送給他什麼東西，藍衫是好奇小油菜的初戀到底怎麼回事，小油菜則十分好奇那位傳聞中的吳土豪到底是什麼樣子的，配不配喬大神……

喬風突然向不遠處揮了一下手，藍衫和小油菜都跟著回頭看。

吳文身材高大，站在人群裡特別搶眼，他五官立體俊美，刷一層白灰就是阿修羅。吳文邁開長腿往這邊走，遠遠地看著，覺得喬風身邊兩個女孩都不錯。

走近一看，啊、這不是藍衫嗎。

藍衫接近他弟肯定是想賣車給他，這讓吳文有點失望。不過沒關係，不還有另一個嗎……他看向小油菜。

小油菜一直瞪著大眼睛，看到鬼似的看著吳文。

喬風覺得他們看起來不像認識的，於是他介紹道，「這是我哥、吳文。哥、這是小油菜。」

吳文奇怪地看著她，「小油菜？這是妳的名字？」爸媽取名也太不上心了吧……

小油菜反應過來，「吳吳吳吳總您好，我我我我是肖采采采采采……」

吳文只覺眼前像是有好多大腳踩踏而過……

他打斷她，「妳叫肖采？還是叫肖采采？」

「我我我……」小油菜哭喪著臉看向藍衫，求助。

不就是個帥 gay，有需要激動成這樣嗎。

藍衫覺得小油菜的反應有點過，她解釋道，「吳總，她大名叫肖采薇，外號是小油菜。」頓了頓又補充道，「您帥得這樣慘絕人寰，把我們都給嚇到了，哈哈。」

吳文朝藍衫微笑點頭，轉而又看了一眼小油菜。他有點糾結，女孩長得倒是挺可愛，可惜是個小結巴……

第十八章

喬風問吳文要送給他什麼東西，吳文給了他一張某中年搖滾歌星的演唱會門票，這是他剛剛從車裡隨手拿的。

喬風莫名其妙，「這演唱會是上個月的，而且已經驗過票了。」

「不好意思，忘了。」吳文說著，面不改色心不跳地把門票拿過來，笑瞇瞇地和兩位小姐道別，轉身揚長而去。

這人演戲演得一點也不逼真，傻子都能看出來他此行根本不是為了送什麼東西。藍衫和小油菜對視一眼，都覺得自己明白了其中玄機——吳文很顯然是擔心喬風被女孩搭訕走，所以來巡視一下的嘛。

目送走了吳文，藍衫藉故把小油菜拉到了洗手間。她現在內心裡疑惑重重，首先——

「小油菜，妳剛才怎麼了，話都不會說了？」

小油菜卻反問她，「藍衫，妳真的不知道剛才那個人是誰嗎？」

「知道啊、不就是喬風的，那個什麼嗎……」

「我說的不是這個，」小油菜連忙擺手，「他是吳文。」

藍衫真有點摸不著頭緒，「我說小油菜，妳這腦袋是不是該上點潤滑油了？他是我的客戶我還不知道他叫什麼？」

「他是文風集團的大老闆，吳文。」

藍衫呆了有三秒鐘，然後她恍然道，「他就是妳那個初戀！」

小油菜扶著額頭嘆氣，「姊妳聽話能聽重點嗎，別只注意到八卦啊！」

藍衫同情地看著她，「妳初戀根本就沒認出妳來？不可能啊，我以為妳從十六歲之後就沒再發育過了。」

小油菜低頭對手指，「他根本就不認識我。」剛才只是在吹牛……誰能想到吹這種牛也會被抓個現行。

藍衫更納悶了，「奇怪了，那妳怎麼初戀的？」

「就是，第一個喜歡的人嘛……」

藍衫無言，「這樣也行？那我初戀還是劉德華呢。」

不過，「第一個喜歡的人」一般發生在青春期那時候吧？那時候吳文應該也還沒創業呢，小油菜是怎麼認識他的？她跟小油菜從上大學就認識，可從來沒聽這丫頭提起此事，但小油菜打死也不說。

好嘛，不說就不說，今天她都嚇成結巴了，藍衫也不逼她，兩人一同出了洗手間去找喬風。

藍衫有點擔心小油菜的精神狀態，畢竟是第一個喜歡的人，多麼青春美好的回憶，現在發現那人竟然是個彎的，而且她還要跟他的男朋友一起逛街……想想就好蛋疼啊！

其實小油菜看得很開，她剛才見到吳文之後就很緊張，多半還是因為此人是業界大佬，如果併購成功了，就是她的大老闆。她從來都是個膽小鬼，見到大老闆不緊張才叫不正常。

至於他老人家喜歡的是誰這反而不重要啦，反正他又不會喜歡她。

藍衫看到小油菜稀鬆平常地一口一個「大神」叫喬風，絲毫沒什麼芥蒂，她也就放心了。所以說，缺心眼也有缺心眼的好……

兩人總算沒忘記正事——他們是來陪喬風買西裝的。

喬風買衣服的方式堪稱簡單粗暴，首先，找服務人員，然後，按照服務人員的建議試衣服，最後結帳走人。

藍衫簡直不敢相信，他平時看起來還不錯的穿著都是這樣弄出來的。

小油菜問藍衫，「大姊，這就是妳所謂的『品味不錯』？」

「咳，」藍衫有點不好意思，「至少服務人員的品味是不錯的。」

小油菜咧嘴，「廢話，好歹是凡賽斯。」

因為這次帶了兩個顧問，所以喬風從試衣間出來的時候就先詢問了藍衫和小油菜的意見。

白襯衫、湖藍色領帶、黑色細條紋雙扣西裝。

藍衫摸下巴，「還行，但你裡面的搭配中規中矩，外套卻是偏休閒的，不協調、換。」

幫喬風選衣服的服務人員是個帥氣的小夥子，看樣子也就二十歲出頭，聽到藍衫的話笑著奉承她，「這位美女姊姊有眼光。」

喬風聽了他們的話，自己選了件純黑色的換上了。

這次無功無過，但藍衫還是不滿意，覺得浪費了他的身材和氣質。她取了件單扣西裝遞給他，「換這個，不要打領帶了。」

喬風乖乖照做，拿著這一件走進試衣間。

服務人員向藍衫豎起大拇指，「妳、妳真牛，把男朋友調教得這麼聽話。」

藍衫噗嗤一樂，「你這什麼眼神，他不是我男朋友。」

「那妳有男朋友嗎？」

小油菜聽到這話，似笑非笑地看他，「這位帥哥，想什麼呢？」

服務人員嘿嘿一笑。這時喬風從試衣間走出來，小油菜站得近，最先看到喬風，她捣著嘴巴低呼，「哇、好帥！」

藍衫循聲看去，也有些驚豔。白色襯衫依然能襯托出他乾淨的氣質，單扣西裝的收腰效果很好，這一套搭配在他身上跟模特兒走秀沒什麼兩樣。

不過好像還是少點什麼……她隨手取了個領結，走過去幫他戴上。

她突然靠近，讓喬風有點措手不及，不知道該看哪裡好。他的視線轉來轉去，最後還是落回在藍衫的臉上。

藍衫繫得很認真，完了之後輕輕一拍他的肩膀，「好，照照鏡子。」

「啊？哦。」

加了領結之後有一種風度翩翩的瀟灑，又不像領帶那樣拘謹，小油菜和服務人員都點頭說不錯。

喬風的審美感知並沒有那麼敏銳，但他可以透過別人的反應來做出正確選擇。很多時候他並不是一個固執的人，願意積極聽取他人意見。

藍衫看著喬風的白襯衫，突然說道，「你為什麼總是穿白襯衫，你可以試試黑色的。」

「我沒穿過。」

「試一試，」藍衫不由分說，遞給他一件黑色襯衫，「還是這件外套，不要扣扣了，襯衫的第一個扣子也不要扣。」

喬風不想穿黑襯衫，不過他在這類事情上一般比較被動，藍衫讓他試，他就乖乖地去試了。

服務人員在外面一勁兒地慫恿藍衫，「姊姊，這麼乖的小白兔，您還不趕緊收了他？」

小白兔……

藍衫「囧囧有神」地腦補了喬風戴兔耳朵的畫面……媽蛋，不能再想下去了！

喬風再次從試衣間走出來，像是換了一個人，臉還是那張臉，但氣質完全不一樣了。他穿白襯衫就是給人一種純淨又純情的感覺，彷彿未出校門的大學生。現在換一身黑，西裝剪裁得體，把他身材的優點展現得淋漓盡致。襯衫領口開得自然隨意，胸前繃得恰到好處，配上面無表情的一張臉，酷得有如一陣風，簡直帥出了新高度、新境界。

至此藍衫不得不承認，這小面瓜看著柔弱，其實他有一種遇強則強的氣場。你給他一雙兔耳朵，他就敢給你裝小白兔；你給他一張狼皮，他搖身一變就是大灰狼……

小油菜摀著胸口，「不行了、不行了，帥得我心臟怦怦跳。」

那服務人員更誇張，「先生你別過來，別靠近我……我怕我會變彎！」

藍衫比他們倆個好一點，只不過是看得兩眼發直而已。她呆呆地看著喬風向她走來，在她面前站定，他面癱著一張臉，對她說，「妳不要用色瞇瞇的眼神看我。」

藍衫：「……」

她無力地扭過臉，指著喬風對服務人員說道，「這一整套，還有剛才那個領結，全要。」

喬風說道，「我還想戴領帶。」總感覺不戴領帶不夠嚴肅。

藍衫冷笑，「想戴領帶，除非從我的屍體上踏過去。」

喬風聽得眉頭直跳，至於嗎⋯⋯

由於藍衫的堅持，最後喬風也沒有選領帶。他們走出專賣店時，藍衫突然想起一件事，「喬風，薛丁格弄壞的那件西裝，該不會就是凡賽斯的吧？」

喬風搖頭，「不是。」

「幸好不是，」藍衫有點慶幸，「不然牠一爪子抓壞我一個月的薪水。」情何以堪。

「那件是布里奧尼的。」喬風補充道。

小油菜正捧著一杯飲料吸，聽到這句話差點嗆死。

「訂製。」他又補充道。

布里奧尼的訂製西裝起價至少也得人民幣七、八萬吧？藍衫覺得自己精神有點恍惚，她夢遊似的點點頭，「還好，一爪子才抓壞我三個月的薪水。」

回去一定要捏死牠捏死牠捏死牠⋯⋯

第十九章

晚餐是喬風請的，去上海小南國。

南方菜系風格的餐廳一般菜量都不算大，他們三個人點了六道菜。

小油菜現在跟喬風混得有點熟，在他面前就不那麼拘謹了。上菜的時候，她不准藍衫和喬風動筷子，自己先握著手機拍照，拍完了照又覺得不過癮，非要三個人擠在一起拍「閨蜜大頭照」。

喬風不服，「我不是你們的閨蜜。」

「安啦、安啦，你當然不是，你是直男中的純爺們，爺們中的戰鬥機。」

喬風點頭，深以為然。

「快過來拍照。」

於是他就湊過去了。

基於身高因素，小油菜待在中間，藍衫和喬風在兩邊，跟兩大護法似的。小油菜一連拍了好幾張，拍完之後一張一張地看，愈看愈想哭。

她長得也不難看，往人群裡一扔也算是個小美女，可是現在在這兩個妖孽等級的俊男美女襯托下，她就跟一個村姑似的。這種照片讓她怎麼發動態、怎麼炫耀、怎麼收穫讚美和祝福呢？

幸好，她還有美圖秀秀。小油菜是個誠實的孩子，不會把自己P得失真（主要是笨），所以她思來想去，在藍衫和喬風的臉上分別蓋了一個大嘴猴。

這樣就順眼多了嘛。

吃完飯，三人在地鐵站分別，藍衫和喬風一同回去。到社區門口時，喬風在守衛那邊拿了個包裹。

「這是什麼？」藍衫問道。

「柚子茶。」

已經知道這個男人喝牛奶、吃棉花糖，再看到柚子茶，藍衫十分平靜。喬風自己手裡有不少東西，所以藍衫幫他拿著柚子茶。

到家門口時，喬風接過柚子茶問藍衫，「妳要不要過來一起嘗一嘗？」

要是別的男人這樣問，藍衫肯定會多想一下，不過喬風嘛……

反正現在才八點多，藍衫自己回去也沒事幹，於是跟著喬風去了他家。

喬風開了電視，讓藍衫在客廳等一下，他去廚房泡柚子茶。

薛丁格正臥在客廳的沙發上，看到藍衫過來，牠懶洋洋地看了她一眼。對於這個女人，牠曾經威脅過、驅逐過，奈何對方臉皮太厚，死賴著不走，所以現在牠也懶得理會她了。

藍衫知道薛丁格不待見她，但她偏偏一屁股坐在薛丁格的身邊。

薛丁格以為她要打架，警惕地看她。

藍衫戳了一下牠的腦袋，「嘿，要打架呀？」

薛丁格起身後退了一步，「喵！」

「喲、生氣了？」藍衫湊近一些逗牠，「你來打我呀，打我、打我呀！」
「喵！」牠雖然不敢打她，但臨危不亂，保持了喵星人的自尊和驕傲。
喬風端著兩個馬克杯走進客廳時，恰好看到這一人一貓在對峙。
藍衫背對著喬風，又向著薛丁格蹭過去一些。她笑瞇瞇地戳牠的腦袋，「我說你一個小太監，你裝什麼太上皇呀？嗯？皇上的龍袍是不是你弄壞的？你知道那件龍袍多少錢嗎？脫了你自己的皮也不夠賠的。嘿？你還不服？皇上那是宅心仁厚，沒有了結你的狗命，啊不，貓命……」
薛丁格只能喵來喵去地和她吵，兩個語言不通的物種一時之間竟然還能吵得不可開交，喬風在一旁看得嘆為觀止。
真是一對白癡。
他突然有點理解那些拖家帶口的男人為何壓力那麼大了……

一早上班時，老王告訴藍衫，「妳今天帶著妳的人先別出門，十點半的時候在展示廳集合。」
俗話說，聞弦知雅意，順風聽屁響。藍衫立刻明白怎麼回事，「王總，大老闆今天要來？」
老王就喜歡藍衫這點聰明樣子，跟聰明人不用廢話。不過老王還是有點不放心，藍衫性騷擾男客戶的事件給他留下了不小的陰影。他叮囑藍衫道，「妳給我老老實實、本本分分的，我聽說大老闆在弄一個什麼『員工素質與忠誠度調查』，獎罰嚴明。要是不如他的意，弄不好直接開除。」

藍衫鑾不在乎，「放心吧。我這麼優秀的員工，打著燈籠都難找。」

上午十點半，藍衫他們銷售部的員工都在展示廳集合，各就各位。總經理帶著各個部門的頭頭出去迎接大老闆，因為展示廳離大門口最近，銷售部自然而然成為第一個接受視察的部門。

一個身材頎長的男人在幾人的簇擁中走進來，藍衫一看到他的臉，微笑登時僵在臉上。

宋子誠！他是大老闆！！！操你媽啊啊啊！！！！！

兩人最近的一次見面，是藍衫把他扔在美麗的植物園外，給了他兩個銅板讓他徒步一公里自己去坐公車回家。

樂觀地想，這個人又不傻，他當時自己帶著錢包和手機，他可以找人多的地方叫計程車，也可以打電話讓人去接他。

但不管結果怎樣，這都無法改變藍衫當面羞辱他並且把他扔掉的事實。

藍衫內心惴惴不安，緊張得直發抖。她不敢看他，埋著頭像是犯錯的小學生。

宋子誠走到她面前，她牙關輕顫，「宋、宋總。」終於明白為什麼小油菜見到吳文時會緊張成結巴了，一定是她幹了什麼虧心事……

宋子誠只朝藍衫點了一下頭，便沒再看她，看起來好像大家都不熟的樣子。

在銷售部巡視完畢，他由人領著去行政部了。

目送走了大老闆，銷售部的員工都鬆了口氣，接著湊在一起興奮地八卦聊天。一部分員工的關注點是總裁大人多麼多麼酷帥狂霸跩，另一部分則比較關心傳聞中的「員工素質與忠誠度調查」，畢竟這關係到自己的身家問題。

藍衫垂頭喪氣地聽他們八卦，根本沒心情插嘴。如果真的有那個什麼員工素質調查，不用說，她肯定是墊底的。試駕途中把大老闆拋下，放眼整個公司，啊不、整個行業，估計也找不到第二個。

她覺得她也許真的要被開除了。

作為一個優秀的銷售人員，藍衫不用擔心出了這個門找不到工作，可是別處哪裡有這兒好呢！她在這家店待了好幾年，剛混出一點眉目，這個時候離開，誰家有現成的主管級以上位置給她做呢？就算有，不同的品牌、不同的市場定位、不同的客戶群，陌生的同事和上司……面對這些，她還得重新打拚，機會成本太高。

怎麼辦怎麼辦怎麼辦……

她真的好後悔、好崩潰，忍不住掏出手機發訊息給小油菜訴苦，小油菜沒回她。她不確定小油菜現在忙不忙，所以也沒打電話給她。

但是她現在又急需安慰，她翻著手機通訊錄，最後發了則訊息給喬風。

藍衫：『我要被開掉了QAQ』

過了大約有一分鐘，喬風回覆她：『哦。』

藍衫無言，回道：『在忙？』

喬風：『沒。』

藍衫：『那就是不想理我？(╰_╯)#』

喬風：『不是。』

藍衫：『那你趕快安慰我啊……』

喬風：『其實沒什麼大不了的。』

藍衫：『怎麼可能！我要丟工作了！我要挨餓了！』

喬風：『我管飯。』

藍衫一看到那三個字，莫名其妙地胸中鬱氣真的散了不少。她用拇指上下滑動螢幕，來來回回看著那段簡短的對話，唇角一勾，喃喃自語，「咕！安慰人都不會，到底誰是笨蛋呀……」

第二十章

宋子誠視察完畢，要召集所有員工到大會議室開會。因為人比較多，許多人只能站著，藍衫雖然有資格坐椅子，不過她還是身先士卒地站在了人群裡。

她駝著背，儘量讓自己顯得矮一些，然後念念有詞，「千萬不要看到我，千萬不要看到我……」

宋子誠突然側頭，目光箭一般釘了過來。

藍衫：「……」

幸好他的目光並未停留，只是犀利地一掃，藍衫周圍的人受到波及，沒人知道大老闆到底在瞪誰。

藍衫覺得自己這次是凶多吉少了。

宋子誠自然要先說一番場面話，接著連消帶打，有讚揚、有批評、有勉勵，程度拿捏得恰到好處。畢竟他雖然是大老闆，但並非公司的管理者，所以給總經理他們留足了面子。

接著，宋子誠宣布自己閒得沒事就親自主導一次的「員工素質與忠誠度調查」，現在他要總結一下結果。

藍衫躲在一個一百八十五公分的胖子身後，把腦袋埋得低低的。她估計要被點名批評了，就是不知道宋子誠會怎麼罵她，會不會當場讓她捲鋪蓋滾蛋……藍衫自我安慰，滾蛋就滾蛋，這種人開的公司，誰要待呀！

「這次調查，有人表現得很好，有人表現得不太好，有人表現得很不好。為了激勵大家，根據你們的表現，我今天自掏腰包發給大家獎金。這點錢不算什麼，不過它代表了我對你們的肯定和否定。你們可以據此衡量一下自己，看看哪些優點值得表揚，哪些缺點需要改進。」

說這麼多，關鍵字就三個字——發錢了！

本來大家還在紛紛疑惑大老闆是透過什麼手段主導這次的調查，為什麼我們都不知道，不過現在聽說有錢拿，他們的注意力成功被轉移，拼命地拍手叫好。

宋子誠抬手壓下去掌聲，繼續說道，「你們的表現和獎金我已經讓人做成表格發到各部門手裡，等散了會找各部門經理去領。現在，我要批評一個人和表揚一個人。」

來了！

藍衫從胖子身後探出頭，可憐巴巴地看了他一眼。

那小眼神兒，跟被扔在大街上三天沒吃飯的流浪狗似的，讓宋子誠差點沒忍住。他咬了咬牙，故意拉長臉，羅剎一般，「安語琴。」

藍衫差一點出列，聽到這個名字不是自己，她趕緊收回腳。

安語琴是客服部主管，她也沒想到大老闆會點她名，條件反射地「啊」了一聲，看到所有人都看她，她慌忙低下頭。

「身為客服部主管，把回訪處理成投訴，進而鬧得人盡皆知，影響公司聲譽，也影響到個別員工的名譽。妳不是第一天做客服，這就是妳的專業素質？」

安語琴有些難堪，小聲說道，「老闆，我錯了。」其實這件事她確實下手狠了一些。就算真的是投訴，她也可以先跟藍衫打聲招呼，而不是直接上報直屬主管。至於把事情傳出去，雖然違反了公司規定，但誰能想到大老闆會突然降臨呢……說到底，她也只是利用一點機會讓藍衫難堪一下，因為她暗戀的那個男同事偷偷喜歡藍衫。

這又是一筆爛帳，藍衫自己並不知道，看到眼前受批評的不是她，她一時半刻還有些回不過神來。

宋子誠扣了安語琴一個月的獎金，又讓她寫檢討書。然後，他語氣一轉說道，「接下來我要表揚一個人。這個人在我偽裝成客戶的這段時間內對我認真接待，盡心服務，對每一部車的特性都瞭若指掌，專業素養很高。最重要的，」他頓了頓，語氣變得有些詼諧，「經得起金錢和美色的考驗。」

員工們配合著哄笑。

「這個人就是——」宋子誠看向她，「藍衫。」

藍衫愣住，瞪大眼睛回望他。

所有人都看向她，胖子挪動了一步，不再擋著她。大家看著藍衫，嘩啦啦地鼓起掌來，藍衫嘿嘿傻笑，跟著一起鼓掌。

老王看不下去了，朝她招手，「還不快過來。」

藍衫傻笑著走上去，走到宋子誠面前。宋子誠雙手遞給她一個紅包，「做得不錯，繼續努力。」

「謝謝宋總。」她接過紅包，鼓鼓、滿滿、沉甸甸的，怎麼也得有萬八千吧？

藍衫舉著紅包朝人群揚了揚，大家又開始為她鼓掌。

這場如夢如幻的總結大會結束之後，藍衫抱著紅包回銷售部，打開一數，人民幣一萬元整，他人自然遠遠沒比她多。

做銷售的多半都是活潑好動的性子，大家把藍衫團團圍住，要求她分享經驗，重點是如何應對大老闆的考驗。

藍衫回想了一下，其實她也沒做什麼，她從頭到尾都不知道宋子誠是在考驗她。她就像對待普通客戶一樣接待他，該客氣的時候客氣，該不卑不亢的時候也不能奴顏婢膝。她還把他扔野外了呢，幸虧當時沒動手揍他，不過宋總也夠大度的，都被扔了還沒有公報私仇，要換她肯定不會善罷甘休。

就說嘛，宋子誠光靠臉蛋也能在女人那裡吃得開，用不著在她這裡死皮賴臉，果然還是有玄機的。

藍衫心情大好，跟同事們耍耍嘴皮子，銷售部一時間傳來陣陣歡聲笑語。

她又給喬風發訊息：『我工作保住了！～\(≧▽≦)/～啦啦啦』

很快，喬風回覆她：『恭喜。』

藍衫：『想吃什麼？姊請你！』

喬風：『今晚？』

藍衫：『不不不，今晚我答應請我們部門同事聚餐。』

喬風：『嗯。』

他到最後也沒說他想吃什麼，藍衫決定等回去再問他。

下班後，銷售部員工一同出來，一群人邊走邊說笑，剛到大廳，恰巧看到宋子誠。

眾人多多少少都從宋子誠那裡拿到獎金，現在看到宋總分外親切，都跟他打招呼。

宋子誠點頭，問道，「要聚餐？」

大家同時看向做東的藍衫，有幾個人使眼色，建議藍衫邀請宋子誠。

藍衫便硬著頭皮說道，「是啊，宋總要不要過來？」

宋子誠一臉「我跟妳很熟嗎」的生疏冷漠，他輕輕搖了一下頭，「不好意思，沒空。」

藍衫鬆了一口氣，帶著同事們跑了。

她覺得宋子誠肯定還是記仇的，只不過人家有涵養，不會發作。

因為明天還要上班，大家也沒聚很晚，八點多點就散了。藍衫從餐廳走出來，拒絕了幾個同事要送她回去的好意，她一個人走向地鐵。

剛才喝了幾杯，有點上頭，臉熱熱的，走在外面小風一吹，涼涼的還挺舒服。還沒到地鐵呢，她看到一個遊樂場，這下子也快打烊了，賣棉花糖的都要收攤子了。

等等……棉花糖？

藍衫扶著鐵圍欄，朝裡面那個賣棉花糖的大叔喊，「嘿、嘿！棉花糖！」

大叔覺得自己好像是被女流氓調戲了，他一言不發，默默地繼續收攤子。

「給我來個棉花糖！」

聽到這話，他才走過來。

棉花糖的體積很大，大叔踩著凳子，把手臂伸到鐵欄杆上面繞過來遞給藍衫。幸好兩人都夠高，這項交易完成得還算順利。

賣完棉花糖，大叔又跟她推銷玩具。

藍衫問道，「你們有什麼呀？」

「有貓耳朵、米老鼠耳朵，長頸鹿角的。」都是戴在頭上的。

「我脖子長，你給我來個長頸鹿吧。」

藍衫頭上頂著相當逼真的犄角，手裡舉著根棉花糖進了地鐵。現在這個時間，地鐵裡的人不像早晚尖峰時段那麼多，所以不會擠到她的棉花糖，不過一路上不少人在看她，藍衫也沒怎麼在意。

回到家時，她把棉花糖背在身後，去敲喬風家的門。

喬風打開門，乍一看到長了犄角的藍衫，嚇了一跳。

藍衫背著手，笑嘻嘻地朝他擠眼睛。因為喝了酒的原因，她的臉紅紅的，眼睛濕漉漉的。

喬風忍不住伸手去摸她的犄角，輕輕一撥，不小心把她的髮箍摘了下來，他鬆了一口氣。

藍衫驚奇，「你不會真以為我長角了吧？」

「我沒妳那麼笨。」他說著，雙手把髮箍幫她戴回去，扶正。

藍衫亮出身後的驚喜，「噹噹噹噹噹——給你！」

喬風看到棉花糖時怔了一怔，他的表情像是突然化開了，他接過棉花糖說道，「謝謝。」

「不用謝、不用謝，我們兩個是什麼關係嘛。」藍衫說著，抬起右拳輕輕敲了一下喬風的肩膀。

喬風報以微微一笑。

他的笑容清淺，卻是眉目生動，像是漾開的春水，又如春暖花開。

藍衫愣住，過了好一會兒才甩了甩腦袋，對他擺手，「你以後別對我笑了。」

「為什麼？」

「我怕我會獸性大發。」

第二十一章

喬風所謂「重要的報告會議」其實是一個科普講座，之所以重要，是因為它被校方列入「年度明星科普講座系列」，自然要更加認真對待。

講座時間是晚上七點半到九點半，藍衫跟老王打了個招呼，提前半個小時溜了。她和喬風吃過晚飯，又監督他換了上次買的黑襯衫黑西裝，依然不准打領帶。

本來講座面對的主要是學生，喬風本人又非常年輕，完全可以走活力張揚的路線，打領帶、打領帶，打你個大頭啊！

喬風無奈地放下領帶，用商量的語氣問道，「我可以戴個領結嗎？」總比什麼都沒有強。

藍衫笑，「可以，不過只能戴在頭上。」

喬風只能作罷。

藍衫問道，「講座最後你是不是要回答聽眾的提問？需要我當暗樁嗎？」

喬風搖頭，「不用，我知道他們會問什麼。」

藍衫一聽有點好奇，「問什麼？」

「問我有沒有女朋友。」

……好吧，很顯然會有人這樣問，藍衫又問道，「那你以前都是怎麼回答的？實話實說？」

「當然是實話實說，如非必要，我不會撒謊。」

「帥哥，你這樣是不行的。難不成別人問你有沒有男朋友，你也實話實說？」

喬風奇怪地看了她一眼，「當然。」

藍衫一下就斯巴達[10]了，「你你你……你跟他們說你有男朋友？」

「沒有，我沒有男朋友！」喬風有些不高興，「我又不是同性戀！」

他有點失望，雖然以前也有人誤會他的性向，甚至連他家人都懷疑過，不過他從來都是淡然處之……但現在藍衫這樣一聲不吭地亂想，就讓他格外不爽。

「息怒、息怒，」藍衫覺得自己太衝動了，一不小心把實話說出來，戳了人家痛處，再有教養的人也受不了呀。她賠笑道，「我就是開個玩笑嘛……」

喬風像是突然發現真相一般，「妳在試探我？」

「啊？對、對，我在試探你。」

他意味深長地看著她，最後恍然大悟地點點頭，「我懂了。」

藍衫也不知道這小天才懂什麼了，她也不敢問。

兩人就這樣出了門，喬風一路帥得飛沙走石、天地變色，走進演講廳時，不出藍衫意料，驚豔全場。有些女生實在忍不住，摀著嘴巴低聲尖叫，還有人舉著手機拍照。

10 斯巴達：形容令人崩潰的感覺。

喬風用食指輕輕點麥克風，確定聲音打開了，他對著麥克風經驗老道地說，「拍照可以，但請不要上傳到網路上。」

底下人猛點頭。

演講廳都坐滿了，零星一些空座位也早被人占位置，藍衫一籌莫展，總不能讓她站在後面聽兩個小時吧？她向後望了望，發現再不做決定，她連站的地方都沒有了。

無奈之下，只好出動「美色」這一終極大殺器了。藍衫對一個身旁有空位的男生笑道，「這位同學，你旁邊有人嗎？」

「有……啊、沒有，沒有！」男生飛快地把一旁的書收了，請藍衫坐了過去。他心想，兄弟，對不起了……

藍衫坐下來，過了一會兒，講座開始，會場安靜下來。她像乖寶寶一樣認真聽講座，喬風講得深入淺出，一開始她還能聽懂一部分，半個小時以後，就完全是在聽天書了。怪只怪她的理科基礎太糟，而且都好多年過去了，早就全還給老師了。

百無聊賴，她只好單手撐著下巴看他。

演講廳裡比較熱，喬風已經把西裝外套脫了掛在椅子上，只穿著襯衫長褲。黑色襯衫的下擺塞到褲子裡，乾淨俐落，平整妥貼。他站在講臺上，筆直挺拔，像是一棵玄色的杉樹；他講得十分投入，聲音如溫潤的清泉，汩汩流淌。

藍衫扯了扯嘴角，朝他呲牙。

喬風正在介紹螢幕上的一個公式，並沒有看到她。

藍衫來了興致，變著花樣朝他做鬼臉，最後她拇指朝下按著鼻尖，翻白眼吐舌頭，扮豬給他看。

喬風講完公式，轉過身來，鬼使神差地往藍衫這邊看了一眼。本來講到關鍵處，突然看到那頭口眼歪斜的「豬」，他一下子把說詞全忘了，目瞪口呆地看著她。

「咳咳咳。」藍衫隨手抓過一本書，擋住臉。

「咳。」喬風收回目光，看到同學們都詫異地看他，他有點心虛，斂目低頭。

低頭的瞬間，他又忍不住彎了彎嘴角。

藍衫躲在書後面，聽到身後的女生在低呼，「啊啊啊，快拍照、快拍照！」

接下來一個小時，藍衫一直在低頭玩手機，終於等到最後回答提問的部分，果不其然，有人站起來問喬風有沒有女朋友。

藍衫突然有點理解這些小女孩了，喬風這樣的人不光長得好看，最重要的是脾氣溫和有耐心，太適合調戲了。那些女孩也不一定是真的對他有什麼意思，就是……好玩嘛，過一把流氓癮也挺不錯的。

喬風說道，「這個問題與我們今天講座的主題無關，恕我不能回答。」

藍衫這下子明白了，這就是他所謂的「實話實說」，虧她還以為這小子笨到直接告訴別人自己沒有女朋友。

提問題的女生笑嘻嘻地坐下，把麥克風還給了主持人。

主持人學乖了，將麥克風給了一個舉手的男生，那個男生問了喬風一個比較專業的問題，反正藍衫沒聽懂。

接下來還有最後一個機會，幾乎所有同學都舉起了手，藍衫跟著湊熱鬧，也高高地舉手，還左右晃晃，幫喬風增加人氣。

大概是由於她胳膊太長，又或者她長得漂亮，總之主持人把麥克風遞到了她手裡。

藍衫：「……」她真的只是打醬油的……

喬風平靜地看著藍衫，等待著她的提問。他講了兩個小時，不相信她會笨到連一個問題都想不到。

藍衫大腦一片空白，她好不容易聽懂的那一點也早忘得乾淨了，現在根本不知道問什麼。幾乎所有人都在看她，這個時候不說話好像也不適合，她握著麥克風，一時緊張，脫口問道，「你能請我吃宵夜嗎？」

偌大的演講廳一片譁然，所有人都覺得這個女生臉皮也太厚了，竟然明目張膽地搭訕喬教授，如此厚顏無恥的女生，喬教授必然會狠狠地拒絕她！

這樣想著，許多人的目光挪回喬風身上，大家都在等待他的拒絕。

喬風抿了抿嘴答道，「好。」

散場時，藍衫來不及等喬風，頂著許多女生仇視的目光先走一步。

她覺得她走慢一點說不定就被圍毆了。

走出演講廳閒晃了一會兒，藍衫接到了喬風的電話。

「妳在哪裡？」

「我也不知道……」

喬風有些無奈，「笨蛋，站在那裡別動。」

藍衫手機的定位開著，喬風很快就找到了她，他要履行承諾，帶著她去吃宵夜。

兩人走在夜晚的校園裡。

為了裝嫩，藍衫今天穿了件五分袖圓領碎花棉布及膝短裙，踩一雙糖果色圓頭平底鞋，裸著線條優美的小腿和腳踝。頭髮依然披著，五官明豔，又帶著點淡淡的嫵媚，她和喬風站在一起，就是典型的金童玉女，引得路人紛紛側目。

藍衫背手站在喬風面前，與他面對面倒著走。五月是草長鶯飛、桃李盡褪的季節，只有素白的刺槐花悄然綻放，點綴著愈來愈蓊鬱蔥蘢的初夏。夜風吹過，送來陣陣槐花的清新香氣，她的裙擺隨風搖晃，衣袂飄香。

「喬風，今天表現不錯。」藍衫笑道。

「謝謝，妳根本沒聽懂。」

「我、嘿嘿嘿嘿……」

又一陣風吹過，喬風問道，「妳冷不冷？」

「不冷、不冷……你要請我吃什麼？」

「隨便妳想吃什麼。」

「好呀、好呀，我要先看看。」

「飯桶，難道我今天沒有餵飽妳嗎？」

「咳咳咳咳咳，你都從哪裡學來這些詞的啊？」

兩人的聲音漸漸遠去，夜的香氣卻愈來愈濃郁了。

第二十二章

上班的時候，藍衫接到小油菜的電話，她在那頭鬼哭狼嚎：「藍衫、藍衫！」因為太激動，她的聲音尖尖的，像防空警報一樣刺得藍衫頭皮發麻，她真的很少見到如此暴躁的小油菜。

藍衫：「妳到底怎麼了？」

「我們公司被收購了。」

「我知道，這不是喜大普奔[11]的事嗎？妳應該囂張才對啊。」

「今天吳總來簽字交接，他順便視察了我們公司的員工。」

藍衫對著手機猛點頭，「理解，老闆都愛幹這個，他沒給你們弄什麼員工調查吧？」

「沒有。」

「然後呢？就這點事，需要像剛才那樣鬼哭狼嚎嗎？」

「然後我就調去了總裁辦公室。」

11 喜大普奔：喜聞樂見、大快人心、普天同慶、奔走相告四個成語的綜合意思。

「……」藍衫一頭霧水，「等一下，妳中間是不是漏了一段劇情啊？我怎麼聽得不明不白的？」

「我我我……」

她在那「我」了半天，母雞下蛋一樣，到頭來也沒「我」出什麼東西來，還不如母雞呢。藍衫是個暴脾氣，急得牙根都癢，她打斷她，「好，妳先跟我說清楚，這個總裁辦公室是你們分公司的呢，還是總公司的呢？」

「是吳總那裡。」

「吳文？他這是第二次見到妳吧？就把妳弄去總裁辦公室？」

「嗯！」

「他看上妳哪一點了？」

「我怎麼知道啊……」

藍衫真是好奇死了，她覺得在電話裡說不清楚，於是跟小油菜約了一起吃午餐，反正她現在在外頭晃蕩呢。

因為下午就要搬去總公司了，小油菜現在在公司裡無所事事，早早地下來找藍衫了，她跟藍衫講了今天上午發生離奇事件的那一幕。

話說她們各部門員工都在自己工作崗位上等吳總檢閱，本來這就是個過場，但偏偏吳文認出她來了，還叫了一下她的名字。

小油菜很榮幸很激動，一激動又變成結巴了，「吳吳吳吳吳總……」

大姊頭很有眼色，跟吳文介紹道，「吳總，采薇現在是我們的人力資源部主管。」

吳文點點頭，看著小油菜，斬釘截鐵地說，「妳一定有什麼過人之處。」

沒頭沒腦的一句話讓大家都不知道該怎麼接，只好陪笑說是，大姊頭狠狠把小油菜誇了誇。

於是吳文就問了，「我總裁辦公室還缺個人手，妳想不想來？」

小油菜不敢說「不」字。

藍衫聽完小油菜的講述，更覺得費解，先不說小油菜到底有什麼特長……吳文怎麼就那麼肯定小油菜此人不同尋常呢？

「你們兩個是不是早就認識啊？」藍衫問道。

小油菜搖頭，「不，他以前絕對不認識我。」

「那妳是怎麼認識他的？」

這個……小油菜一想，反正藍衫也不是外人，於是她就和藍衫說了。

藍衫覺得這個故事一點新意都沒有。

話說小油菜剛上高一時，有一天放學回家，路上遇到小混混攔著她搶錢。小油菜當場就嚇哭了，此時恰逢吳文路過，一個打三個，三兩下清潔溜溜便把小混混打跑了。小油菜正處於情竇初開的年紀，對於又帥又霸氣的吳文心生好感，偷偷喜歡在所難免。

不過那時候吳文對她說過的唯一一句話就是：「別哭了！」

之後她就偷偷關注他，吳文高三、她高一，兩人又不同校，能有的交集很少，唯一近距離的一次是某場校際足球比賽，吳文來小油菜她們學校踢球。小油菜鼓足勇氣和他說話，他壓根不認識她。

就這樣暗戀了一年，一年之後吳文考上A大，據說交了一個很漂亮的女朋友，兩人差距愈來愈大，小油菜自此之後也沒有繼續打聽他的情況。

聽完她的講述，藍衫說道，「小油菜，聽姊姊的，反正妳現在都調進他辦公室了，近水樓臺先得月，不如——」

「不如我把他上了，了卻我多年來的一個夙願，怎麼樣？」小油菜重重一拍桌子，兩眼放光。

藍衫張了張嘴，最後默默地豎起大拇指，「好！」

先不說小油菜如何策劃強姦總裁，當天下午她搬去了總公司。

其實小油菜一個做人事的突然跑去做行政，這有點文不對題。不過吳文這個人用人十分不拘一格，他當時想和小油菜說的話是「妳身為一個小結巴，還能當上人事主管，可見一定有什麼過人之處」，可是當著人面戳短處這是不道德的，所以他隱去原因，只道出結論。

小油菜自然不知道這些，她第一天來總裁辦，主要就是辦辦手續，忙完這些，她坐下來打算休閒一下，於是上網，登入了B大的校園論壇。

之前為了研究喬大神，她潛入了他們學校的論壇，搜集了不少八卦消息。雖然後來沒用上，但小油菜覺得這個論壇不錯，這些天漸漸地有了長駐的趨勢。

論壇置頂著一個熱帖，又是和喬大神有關——喬教授又有女朋友了！大美女！有圖有真相！

作為知道真相的群眾之一，小油菜每次看到這種謠言帖，都會從內心油然升起一股智商上的優越感，她點開那個帖子，想傲嬌地貶低一下緋聞女主角。

……咦咦咦，藍衫？

小油菜驚到了，拖動捲軸，快速地把圖片瀏覽了一遍，沒錯、絕對是藍衫！

再看看回覆，竟然有人說藍衫醜？小油菜大怒，捲袖子決定狠狠地罵一罵這不長眼的傢伙。

突然，一個聲音在她身後說道，「妳在看什麼？」

小油菜嚇得差一點把滑鼠扔出去。她扭頭一看，瞪著眼睛緊張道，「總總總總……」

「行了、妳閉嘴吧。」吳文說著，看向電腦螢幕，這照片上的人明明是他弟呀，那個女孩看著像藍衫。吳文嗅到了八卦的氣息，他彎了下腰，湊近一些，伸手去握滑鼠。

小油菜的手還按在滑鼠上，她眼睜睜地看著吳總的手覆過來。

怎麼辦呀，要被男神摸手了，好緊張！

吳文的手突然停下來，他用兩根手指捏著小油菜的手腕把她的手扔開，然後才握住滑鼠。

「……」小油菜悲憤地扭過臉去。

吳文滑動滑鼠，把照片都看了一遍，照片拍得很清楚，是他弟和藍衫。俊男美女，笑靨如花，夜色撩人，兩人還一起吃宵夜，怎麼看怎麼姦情滿點。

這臭小子，看起來還挺會談戀愛的嘛，看那打扮比以前好看多了。這麼多年不見他弟有動靜，吳文的要求一降再降，現在他弟和誰約會不重要，只要是女的就行，總比和男的好，對吧？何況眼前是這樣一個大美女。

所以吳文很高興。當然了，在下屬面前要保持適度的威嚴，他沒有笑出來，而是面容嚴肅地看完全部照片。

小油菜側過頭看他，因為彎腰，他離得好近，俊美的側臉近在眼前，她吞了一下口水。

最後吳文直起腰，命令道，「把這些照片全部拷貝一份給我。」

小油菜點頭稱是。

「做得很好。」就知道這是個人才。

小油菜把照片整理好，剛要發時，突然想起一個嚴重的問題——藍衫成了喬大神的緋聞女友，豈不是意味著她要跟吳總玩橫刀奪愛？

媽呀太可怕了……

一邊是老闆，一邊是閨蜜，衡量之下她果斷選擇閨蜜，於是把照片壓縮之後先發一份給藍衫。與此同時，她寫了一些警告以及苦口婆心的規勸：『奪人所愛喪盡天良啊，這也就算了，問題是您老人家能不能睜大妳的狗眼先把性向瞄準了再奪……』

藍衫下班時才看到這個檔案，她開著自己的手機網路下載這好幾GB的檔案，斷斷續續的，她都到喬風家了還沒下完，於是藍衫跟喬風問了他們家的Wi-Fi密碼。

喬風張嘴說了一串密碼，這在藍衫聽來根本就是亂碼，她乾脆把手機遞給他，讓他幫忙輸入。

喬風家的網速很快，一下子就把檔案下載好了，藍衫解壓縮之後查看圖片，看完再看小油菜的留言，一下子就明白了。

她把照片拿給喬風看。

喬風的事情經常被放到網路上，他對這種事情熟門熟路便不以為意，放下手機說道，「等一下我去把帖子刪掉。」

「我覺得不用啊。你看，拍得蠻好的，你只要跟吳總解釋一下就行。」

喬風詫異地看她一眼。

藍衫說道，「其實你往好處想想，如果大家知道你沒女朋友，肯定很多人想追你，你自己也煩，對吧？」一個小受受，成天被女人騷擾，能不煩嘛。

喬風點了點頭。

「所以啦。現在我免費當你的擋箭牌，沒人騷擾你了，你還有什麼不滿意的？」藍衫覺得自己這樣做完全是無私奉獻，功德一件。

喬風突然狐疑地看著她。

如果有一個女人，她見你第一面就又摸你臉又想脫你褲子，之後跑到你家裡蹭吃蹭喝，要這要那——總結來說就是刷存在感，刷完存在感又刷親密度，動手動腳，摸肩膀啊、抓手腕啊什麼的，然後又故意試探你的性向，最後她還對她和你之間的桃色新聞採取默認的態度……

以上，這個女人的動機到底是什麼，這還用問嗎？

喬風看著藍衫，心想，誰說女孩的心思難猜了？

第二十三章

猜到藍衫的心事之後，喬風覺得自己很有必要把話挑明。於是他嚴肅認真地說，「我不跟智商一百四以下的女孩談戀愛。」

藍衫擺擺手，「你乾脆直接說你不跟女孩子談戀愛吧，我懂。」

喬風皺眉，「我說過我不是——」

藍衫不等他解釋就打斷他，「你不是gay，你是直男、純爺們、戰鬥機！」

喬風有些不確定，「妳真的懂？」

「懂！」

他放心地點頭，懂就好。

兩人便開始張羅飯菜，準備開吃。喬風動筷子之前，聽到微信的提示音，他點開一看，是Carina傳給他一張照片，那是一碗番茄雞蛋麵，紅白黃的搭配看起來很漂亮。

喬風假裝沒看到，放下手機開始吃飯。

叮咚，又響了。

Carina：『不如你做的好吃。』

喬風猶豫了一下，回道：『生日快樂。』

Carina：『謝謝！還以為你忘記了！（感動）（感動）』

喬風：『嗯，我要吃飯了。』

他再次放下手機，但手機又不依不饒地響起來。

Carina：『我有點想你了。』

喬風：『不要想我了，我要吃飯了。』

Carina：『我想見你。』

喬風抬頭思考了一下，回道：『妳跟我說這些，妳男朋友知道嗎？』

Carina：『我們分手了。』

喬風：『哦，我要吃飯了。』

Carina：『喬風！』

喬風不知道該怎樣結束談話，他都暗示得這麼明顯了，她還不肯善罷甘休。

藍衫一邊吃一邊看喬風在「放下筷子拿起手機」和「放下手機拿起筷子」這兩種模式之間切換，最後他拿著手機，看起來有些為難。

「怎麼了？」藍衫問道。

根據這些天的相處，喬風認為藍衫雖然笨了一些，不過在與普通人打交道這方面她做得還不錯，於是他把手機遞給她，「妳能幫我結束這個談話嗎？」

本著尊重他人隱私的原則，藍衫沒往上看聊天紀錄，就從那碗麵的訊息開始看。一看到喬風竟然給這個人做過飯，藍衫莫名地心情有些酸爽，好像發現自己的寶貝被人分享了一般。

藍衫探究地看著他，「她是你什麼人呀？」

「一個普通朋友。」

藍衫撇嘴，「我不信，你做飯給她吃了。」

喬風抿了抿嘴，「就一碗麵。」

就一碗麵？藍衫心中飄起一種不可名狀的得意，她說道，「這個人明顯對你有意思啊。」

喬風斬釘截鐵地搖頭，「不可能。」

「為什麼？」

他沒有回答。

藍衫看完聊天紀錄，那個 Carina 又發來一條訊息，她念道，「『為什麼不理我？』還哭，哭什麼啊哭……喬風，這個人你熟嗎？怕得罪嗎？」

「不熟，不怕。」

「那我幫你回？」

「好。」

藍衫便回道：『討厭妳唄。』

然後她就把手機還給喬風，問道，「明天要做什麼？」明天輪到她休假，至於喬風，他好像整天都沒事似的。

喬風答道，「早上教妳買菜，下午去打網球。」

「跟人約好了？」

「一個人也可以打網球。」

「一個人多沒意思，不如我陪你好了。」

「好。」

宋子誠面前擺著一疊資料，另外有一些放在平板電腦裡。他正拿著平板一頁一頁查看，神情專注。

鑊子一聲不吭地在他身邊坐著，同樣注視著那臺不大的液晶螢幕。

兩人此刻坐在安靜的咖啡廳裡，一人面前一杯中式白茶。咖啡廳裡的光線有些暗，液晶螢幕明亮的光反照勾勒他們的臉部線條，使他們的面龐染上一種陰冷的氣質。

看了一會兒，鑊子說道，「調查得還真挺仔細，不愧是專業偵探。」

宋子誠沒理他。

鑊子又道，「誠哥，你這樣調查藍大美女，她要是知道了會不會不高興？」

「會，所以我不會讓她知道。」

鑊子搖了下頭，「認識你這麼多年，我還沒見過你對哪個女人這麼上心，鬧到要找私家偵探的地步。費這麼大勁值得嗎，誠哥、這女人有什麼好？不就是長得漂亮點嘛……」

宋子誠把注意力從平板電腦上移開，他目視前方，眼神有些放空。這幾天一提到藍衫，宋子誠就會立刻想到她那天迷死人的美豔、氣死人的囂張。

他不算是個心胸寬大的人，怎麼可能不記恨呢？恨得咬牙切齒，可是這恨裡有多少不甘的成分，就只有他本人知道了。愈是恨，愈是想要征服她、把她的驕傲踩在腳下，愈是想要……

「鑀子，女人如同食物。綿軟可口的不難吃，不過只適合牙口不好的人。真正好吃的，就是那些勁道、有嚼勁的。這樣的女人，愈嚼愈有味道，吃不膩。」宋子誠說道。

鑀子由衷讚嘆，「誠哥，你真猥瑣。」

宋子誠不理他，低頭繼續看資料。

鑀子追問道，「那你覺得蘇落算有嚼勁的嗎？」

「蘇落是個聰明識趣的女人，這樣的女人放在身邊不用操心。」

「那怎麼跟她分了？」鑀子還是有點為他心目中的女神鳴不平，他指了指平板上藍衫的照片，「是不是因為你這個牛皮糖？」才這麼一下子，他已經幫她取好外號了。

「第一、蘇落要的太多，我給不了；第二、我真的膩了。沒有藍衫，也會有黃衫、綠衫。」宋子誠一邊說著一邊翻看圖片資料，翻了幾張，照片的主角從一個變成兩個。

鑀子驚奇道，「這是哪個小白臉？她已經有男朋友了？」

宋子誠瞇眼看著照片裡那對金童玉女，「沒有。」

「你怎麼知道？」

「我的錢不是白花的。」

鑀子有點不服氣，「我看這男的也不差，說不定以後就是你的勁敵。」

宋子誠嗤笑，笑容是掩不住的輕蔑，他一挑眉毛，「就他？」

鐔子奇怪地看著宋子誠，「誠哥，這人你認識？」

宋子誠沒有回答。

因為要打網球，藍衫出門時特地換了一身網球裝。桃紅色的POLO衫、嫩黃色運動短褲、紅白相間的運動鞋，還把頭髮挽起來。這一身配色像個花孔雀似的，穿在一般人身上就覺得醜，不過誰叫她臉蛋好、身材好呢，再奇葩的配色都壓得住。

相比之下，喬風就低調多了。一身裝備從上到下只有黑與白兩個顏色，藍衫從遠到近、從上到下觀察了他好幾遍，最後搖頭嘖嘖感嘆，「算了，下次我幫你挑幾套衣服吧。」

體育館並不遠，兩人打算步行過去。藍衫拒絕了喬風的好意，路上自己拎著球拍，網球拿在手裡拋著玩。運動短褲下她的兩條美腿修長勻稱，一路吸引了無數路人側目。

藍衫走在馬路外側，靠著人行道，喬風走在她左邊。有個十八、九歲的少年踩著一個獨輪電動車——俗稱風火輪，從他們身後漸漸逼近。看到藍衫，他眼睛一亮，故意變了一下方向，駕著風火輪走上人行道。

藍衫本來在和喬風說話，突然感覺到臀部被人重重拍了一下，緊接著身邊一個人像風似的路過。她瞬間明白自己這是被人非禮了，登時大怒，「臭流氓！你給我站住！」

他怎麼可能站住，風火輪跑得更快了。

藍衫想也不想，拔足追了上去。

本來嘛，人是跑不過風火輪的，奈何藍衫此人太生猛，一邊跑著一邊把手中網球重重打過去，不偏不倚正好打中那小流氓的後腦勺。

小流氓身體不穩，倒了。

藍衫衝上去，不等他爬起來，她抬腳一陣狂踩，又用球拍打他，邊打邊罵，「臭流氓，瞎了你的狗眼！敢非禮老娘，打死你！」

喬風看得目瞪口呆。一開始反應過來藍衫被非禮了，他身為一個男人，第一想到的是要保護她，不過現在看來，好像真正需要保護的是地上那小流氓……

喬風默默地轉過身，把彈到一旁的網球撿起來。

他再回來時，那小流氓已經放棄反抗，只剩哀號，「我要報警了！」

「報啊、報啊，不報的就是孬種！」

喬風掏出手機，「還是我來報警吧，妳打輕一點。」

「不用了，員警來了太麻煩，」藍衫說著停下手，她踢了一下地上的小流氓，「今天就饒了你，要是以後再敢——」

「大姊，我這輩子都不敢了！」

藍衫點頭，收了球拍，朝喬風揮了一下手，「走吧。」

喬風乖乖地跟在她身邊。他想幫藍衫拿球拍，藍衫不願意，自己把球拍往肩上一扛。那動作配上她陰沉的臉色，不像是扛球拍，倒像是扛了一把大砍刀。

這個女人，略微有一點點兇殘……

等他們走遠，小流氓覺得這個距離夠安全了，才對著藍衫的背影大喊，「母老虎！當心以後嫁不出去！」

「你！」藍衫轉身，還想跑過去揍他，不過他已經動作迅速地踩著風火輪跑了。

喬風拉住藍衫的手，「藍衫，別生氣了。」

「哼！」

藍衫依然陰沉著臉——任誰被非禮了都不會心情愉快，她扛著球拍，那兇神惡煞的樣子跟氣勢，像是人擋殺人、佛擋誅佛的刀客。喬風安靜地跟在她身旁，球拍規規矩矩地背在身後，長身玉立，倒像一個俊逸瀟灑的劍客。

走了一會兒，藍衫突然硬梆梆地問喬風，「你也覺得我像母老虎嗎？」

「不像，妳本來就是。」

什麼人哪，不會說一點好話嗎！

藍衫不滿地怒瞪他，「那你不怕我？」

喬風眼睛中含著淡淡的笑意，他說道，「老虎又不咬飼育員。」

第二十四章

藍衫覺得喬風簡直就是奇葩中的奇葩，有時候覺得此人呆呆的不通人情，隨便說句話都能把人氣死，可是人家再說一句話，又能頃刻讓你的火氣煙消雲散。說他是有意哄你吧，看著也不像，畢竟這個呆萌貨不具備那個情商；要是說他一本正經並沒有逗你吧，還是不太像……

媽的，這到底是個什麼樣的人啊！

藍衫也不生氣了，把手中球拍往喬風懷裡一推，「幫我拿著。」

喬風背著兩把球拍，他側頭看到藍衫臉上有了笑意，莫名的，他的心情也變得更好了一點。

兩人去的是喬風他們學校的球場，因為喬風是教職人員，用場地有折扣，辦卡有雙重折扣優惠，算下來很划算。

當然了，這些錢喬風自己是算不清楚的，他的年卡用了兩年了，藍衫問他年費是多少，他卻答不上來。

藍衫發現喬風這個人有點傻，他買東西不問價，更不懂還價，都是別人要多少他就給多少，也不怕人家騙他，這是典型的傻多速[12]好不好。還有，雖然他很會算帳——例如你問他十塊錢三斤的橘子買二斤六兩是多少錢，他能不用想張口就答八塊六毛七，但是他對錢本身沒什麼概念，一百塊人民幣和十塊人民幣的共同點是上面都布滿了細菌，不同點是一個是人民大會堂、一個是長江三峽。

因為細菌的關係，喬風不愛用現金，買東西喜歡刷卡，這一點倒是和藍衫差不多，不過兩人動機不一樣。藍衫愛刷卡純粹是因為眼睜睜地把人民幣給人家她心疼啊……

說實話，藍衫有點嫉妒喬風，這樣一個對錢沒概念的小糊塗蛋，卻有著花不完的錢。沒辦法，誰叫人家是突破天頂星的技術宅呢。當一個人牛逼到一定的境界，錢財必定會哭著、喊著往他懷裡鑽，趕都趕不走，這樣的人與累死累活、汲汲於名利的凡人有著本質上的區別，我們通常稱之為「神」。

不過有一個問題，藍衫免不了要幫喬風擔心了些，她問道，「你自己會理財嗎，錢該不會都放在卡裡存活期吧？」千萬不要回答是啊……

喬風的眼神帶著淡淡的鄙夷，「妳怎麼這麼笨，存活期是收益率最低的一種方式。」

藍衫無言，心想我知道，我這是怕你這個呆瓜不知道好嗎！她又問，「那就是存定存？」以喬風的水準，她真想不到其他的方式了。

喬風搖頭答道，「我不知道，我的錢都是交給理財顧問打理。」

好嘛，人家還有理財顧問了，不過這的確是有錢人的做派。藍衫突然有了個想法，問道，「那個理財顧問可靠嗎？」

12 傻多速：人傻錢多、速來，說一個人非常傻卻很有錢，要這人趕快過來。

「妳是在懷疑我的技術嗎？」

「啊？」藍衫摸不著頭腦，「你在理財這方面還有技術可言？」

「不是理財的技術，是網路調查的技術。」

藍衫明白了，這跟人事招聘是同樣的概念，雖然不懂你的專業，不過你在某個領域的表現和地位，這就是參考的依據。喬風應該更過分，網路調查說得好聽，其實不就是人肉嘛。以喬風的水準，要想脫一個人，肯定脫得連內褲都不剩……藍衫對此深有體會。

她有點興奮，「大神，帶我一起玩唄？」

喬風很爽快地把那個理財顧問的電話號碼給了她。其實他並不打算長久僱用理財顧問，錢嘛，在結婚之後就要交給老婆打理了。他爸的錢都是交給他媽媽，他們研究室的老師都把薪水上繳給老婆，還把老婆稱作「主管」……二十多年來他受此規則的薰染，理所當然地認為一個家庭的固定模式就是男人養家、女人掌財。

閒言少敘，且說兩人一邊做著伸展運動一邊聊了一下天，然後拿起球拍上場。

一局下來，藍衫發現喬風的球技還不錯，至少應該在她之上。就是有一點，怎麼說呢……就是有點蛋疼啊……

她一直覺得，運動的魅力就在於搏殺，所以她打球的風格偏重攻擊，甚至可以說是純攻擊型，大開大合、大起大落，這樣才打得爽嘛。沒想到今天遇到一個純防守型，人家打得既不慍不火又密不透風，什麼網前截擊啊、扣殺啊，差不多都能全盤穩定接住，然後溫柔地拍回去。

一句話，四兩撥千斤，撥了一遍又一遍。

藍衫被防得頭大了兩圈，一腔的意氣堵在胸口，簡直要發生交通阻塞。

休息時，她問喬風，「你怎麼光攔不打呀？」

「運動的目的是為了健身，現在健身的效果達到了，用不著殺得你死我活。」他還挺有道理。

藍衫不屑，「一點求勝心都沒有。」

喬風反駁，「妳的求勝心太強。」

「喂喂喂、求勝是人的本能好不好，你就從來都沒想過要贏嗎？比如你上學時，就沒想過要考第一？」

「我一直都是第一。」

「……」她真傻，怎麼會對著一頭牲口舉這種例子，想了想又問，「比如你喜歡某個女孩子，會不會希望自己從她的追求者中勝出？」

「從來都是別人追我。」

「……」真是夠了。

藍衫被他堵得要心塞了，她怒道，「總之接下來你一定要蹂躪我、蹂躪我！不要因為我是嬌花而憐惜我！」

喬風震驚地看著她，最後點了點頭，「好。」

接下來這一局，喬風牢記蹂躪藍衫的使命，手法從微風細雨變成了疾風驟雨。他先是打了個低截擊，藍衫還沒從他剛才小綿羊的狀態中緩過來，一不留神沒接住。

他又打了個吊高，她退得不夠快，還是沒接住。

她調整了一下狀態，覺得喬風這是在變著花樣調戲她，啊不、蹂躪她，也不是……總之根據她的判斷，配合喬風現在的站位，她覺得接下來他很有可能會嘗試一下扣殺。

然後扣殺真的出現了，在喬風狠狠把球抽出之前，藍衫已經抬腳做好準備，這次她判斷準確，自信滿滿地衝向預期的落球點。

嫩綠色的網球乘風飛來，快速逼近，明明身體嬌小，卻似是挾帶著雷霆萬鈞之勢，球速不算很快，可愈是接近，愈是模糊。

藍衫出拍的瞬間，突然感覺不對勁。

扣殺哪有不快的？曲線好像有點歪？這是……上旋！

雖恍然大悟，卻為時已晚，那球體在半空中突然急速變軌下墜，落在她的右前方三步之外。

這種距離，就算長著劉備的手臂她也搆不到。

藍衫反應也夠快，腳步一轉急速前衝，但是高速旋轉的球反彈之後角度刁鑽且球速驟然加快，她撲了個空，連小球球的邊都沒掃到。

看著網球飛速衝開的身影，藍衫除了震驚還是震驚。上旋球她偶爾也能打出來，問題是她打出的那小小轉速，和不轉的區別不明顯，殺傷力很小，許多人打出來的所謂上旋球都是她這個程度的。

真正牛逼的是強力上旋，這是對腕力和腰力的考驗，一般人hold不住，打好了絕對能令對手聞風喪膽，比如納達爾、越前龍馬，再比如……眼前這位。

這個球藍衫丟了，喬風自然而然從球筐裡拿出另一個網球發球。這次發球手下留情，她應該很容易接住。

藍衫還在發呆，瞪著眼睛看著網球撲面而來，正中她的額頭。

喬風：「……」

藍衫：「……」

她揉了揉額頭，接著一收球拍，「暫停暫停！」

兩人就暫停了，坐在場外的椅子上。喬風忍了忍，說道，「妳很差勁。」那麼簡單的球都接不住。

雖然被鄙視了，但藍衫真的好想跪下來親吻他的腳。好吧，這麼沒節操的事她肯定不會真做出來。她擰開一瓶水，很狗腿地遞給喬風，「你剛才那個球是怎麼打出來的？」

「僥倖而已。」

好謙虛，但這無損於他此刻偉岸的形象。藍衫碰了一下他的手臂，「教我好不好？」

喬風側頭淡淡地掃了她一眼，「妳學不會。」

要不要這麼直接啊……

藍衫自己摸了一瓶水，一邊喝一邊偷偷看身邊的喬風。因為運動劇烈，他出了不少汗，鬢角已經濕了，額上的汗水匯聚成大滴大滴的汗珠，搖搖欲墜。

男人出汗其實很性感，可以把雄性荷爾蒙發揮到極致。藍衫看著喬風俊美無匹的側臉和他荷爾蒙爆棚的汗水，突然說道，「我發現……嗯，你也挺爺們的。」

沒有男人不喜歡被人這樣誇，喬風也不例外，況且，他真的很少被人這樣看……

他笑了一下，「謝謝。」

然後他從包裡翻出一包衛生紙，抽出一張細細地擦汗。頭上、臉上、脖子上……那動作斯文又秀氣，藍衫有點看不下去了。

而且那衛生紙還香噴噴的……

喬風以為藍衫也想要擦汗，便把衛生紙遞給了她。

藍衫看著衛生紙上「茉莉花香」幾個字「囧囧有神」，「我收回剛才的話，你本質上還是個大家閨秀。」

喬風丟開衛生紙，怒抄球拍，「走。」

藍衫還在喝水，沒反應過來，「幹嘛？」

「繼續蹂躪妳。」

第二十五章

火力全開的喬風太可怕了，藍衫像個救火隊員似的全場來回跑，她覺得唯有一個詞能形容自己現在的狀態：疲於奔命。

最後她跑得精疲力竭，把球拍一扔，扶著膝蓋說道，「我不行了！」

喬風悠閒地走過來，面無表情地問她，「我到底是純爺們，還是大家閨秀？」

藍衫大口喘著氣，朝他豎起大拇指，「您是爺……爺……」

「妳不用如此謙卑，」喬風說著，撿起她的球拍，「走，做一下收操伸展。」

藍衫現在累成狗，一動也不想動，於是蹲在地上耍賴，「我不要，我要累死了，都是因為你。」

喬風強行把她拽起來，領著在場地外走了兩圈，像遛猴子一樣。看到她那懶散的樣子，他有些好笑，卻一點也不生氣，他拉著她的手腕輕輕幫她拍打手臂上的肌肉，今天的運動太強烈，不認真放鬆肌肉，明天很可能會痠痛。

藍衫樂得享受他的服務，不得不說還蠻舒服的。

拍打完手臂，喬風說道，「自己拍打小腿。」

「我不要。」

他只好蹲下來幫她打。說起來，把她弄得這麼疲憊的罪魁禍首是他，所以他現在幫她做點事也是理所應當的，本該任勞任怨。

喬風捉著藍衫的腳踝，微微抬起一些，使她小腿上的肌肉不至於緊繃，然後用手掌輕輕拍打她的腿肚。

藍衫的腿很漂亮，本來個子就高，比例也好，腿型直，大腿和小腿上的骨肉都很勻稱，腿毛很少，這樣的美腿走伸展臺都夠用了。所以她穿短裙或者短褲走在大街上時，即使只看背影，也能有不少回頭率。

喬風目之所及是白皙修長如羊脂玉雕的小腿以及流暢勻稱的曲線，手中握的是纖細脆弱的腳踝，掌中觸的是光滑且彈力十足的皮膚，視線往上稍移，就能看到圓潤細膩如白瓷碗一樣可愛的膝蓋，再往上移……不能往上移了！

他覺得自己真的是腦殘了，怎麼會去觸碰一個女人的小腿。

不管平時再怎麼禁欲和內斂，他都是一個男人，性向正常的男人，突然觸摸到異性漂亮的小腿和腳踝難免會心跳加快一些。喬風有那麼一瞬間的心旌神搖，緊接著意識到自己都在想些什麼，他感到羞慚，猛地扔開她的小腿。

藍衫本來還在舒舒服服地享受人形按摩機的服務，突然被扔開，她一個猝不及防，差點摔一跤。她退了一步詫異道，「怎麼了？」

「自己做吧，不到兩百下不准吃晚飯。」

……又是這種威脅，不要臉！

喬風不管藍衫的反應，他站起身背對著她，開始伸展身體，放鬆肌肉。

做完這些，藍衫想去買冷飲，被喬風義正詞嚴地拒絕了，但他答應回去泡茶給她喝。

一路走回家，被臨近傍晚的小風一吹，兩人的汗都乾了。藍衫跟著喬風去了他家，看到喬風去書房取茶具，她就跟著他進了書房。

說來她還沒有參觀過他家，她只知道此人自己住一間三十幾坪三房的房子，偶爾還會抱怨空間不太夠用，她這住一戶的直接被當成難民了。

喬風的書房很簡單，但藍衫依然看得眼花撩亂——四面牆都立著頂天書架而且擺著滿滿的書，看起來好可怕的樣子。她隨手抽了一本，看不懂；放回去再抽一本，還是看不懂。她不抽了，立在書架前看那些書的書背，其實光看書名，她就有好多都看不懂的。

藍衫覺得自己好渺小啊，她好自卑，不等喬風搬出茶具，就主動退出書房。

她站在書房門口，指指主臥以外的另一個房間問喬風，「一間是臥室，一間是書房，第三間是什麼？」

第三間規劃的用途是綜合性的，喬風直接帶她去看。

這個房間被分成兩部分，一部分是薛丁格的領土，其中有小小的樓閣、溜滑梯、鏤空的空中走廊還有一些玩具；另一部分可以作為健身用，地上鋪著乾淨的毯子、角落裡擺著健身椅、架子上放著啞鈴，牆上貼著六十四式太極拳法圖解。

藍衫對喬風的印象又有些改觀了，「我一直以為你就是個小面瓜，沒想到是『穿衣顯瘦，脫衣有肉』的類型，嘖嘖。」

喬風目光幽幽地看著她，「妳偷看我脫衣服了？」

「咳咳、沒有……」藍衫有時候真的沒辦法跟這小天才的思路，她摸了摸那個啞鈴說道，「你的臂力挺好的，看來經常舉這個東西。」

喬風有些自豪，「我還有腹肌。」

藍衫挑眉，故作驚奇，「是嘛？」

喬風立刻警惕道，「但是不能給妳看。」

……誰稀罕呀！

參觀完這個房間，藍衫和喬風回到客廳，走的時候她順手把沉睡中的薛丁格撈出來抱走，薛丁格氣得直翻白眼。

喬風所謂的泡茶其實是茶道，各種講究，藍衫看得無聊，抱著薛丁格去落地窗前玩。落地窗前也鋪著一塊地毯，和客廳中央的一樣，藍衫甩開拖鞋穿著襪子踩上去，特別柔軟、非常舒服——她早就想這麼幹了。

她坐在地毯上，摸著地毯細密的紋路問喬風，「喬風、喬風，你這地毯是在哪裡買的？看起來相當不錯，我也想買一塊。」

「世博會。」

「……哪？」

「二〇一〇年上海世博會伊朗國家館。」

藍衫默默地閉嘴沒再問了。波斯地毯世界聞名，伊朗產的地毯是最好的波斯地毯，那價格必定是她生命不可承受之重，問了也白問。

她緩緩躺下，躺平之後長長地吁了口氣，然後歡快地叫道，「啊、我感覺自己躺在了人民幣上！」

薛丁格趁機一跳，脫離她的魔爪，誓不與此逗比為伍。

藍衫在地毯上滾了一下，感覺棒棒的，於是她又滾、再滾，滾啊滾……

薛丁格蹲在一旁的榻上，像看傻逼一樣看著她。

喬風不經意間抬頭，正好看到藍衫在滿地毯打滾，一邊滾還一邊念念有詞，「我是一個滾筒洗衣機！」

此時日頭偏西，彤紅的日光從明淨的落地窗玻璃上照進來，灑在她身上，形成明和暗的光影，斜陽照影、暖意融融。

她玲瓏的身體沐浴在這餘暉之中，像是被鍍上了一層柔和又神聖的光暈。兩條長腿或是放在地毯上，或是胡亂踢著，或是隨著身體轉動，讓人眼花繚亂，目不暇接。喬風不小心想到今天下午手中的觸感，邪惡卻美妙，他有些赧然，低下頭不再看她。

眼睛不看，卻還是留了一絲神智放在她那裡，聽到她嘿嘿傻笑以及薛丁格惱怒的喵喵警告聲，他又不禁莞爾。

很久之後，喬風回想起他們的愛情之路，總是覺得神奇。

他們的愛情從來沒有轟轟烈烈、蕩氣迴腸，亦非愛恨交織、你死我活。好像從一開始，他們就進入了一種平平淡淡的模式，雖細水長流，卻飽含溫情，不算激烈，但足夠雋永。

這樣的愛情也許不是最耀眼的，但對於他、於她來說，這就是最好的。

第二十六章

喬風把茶泡好之後，藍衫端著小小的茶杯一口乾掉，然後有模有樣地品味一番，總結道，「不如冰淇淋好吃。」

「牛嚼牡丹。」

「不過喝進肚子裡還挺舒服的。」

「算妳識貨。」

藍衫一口一杯，又乾掉兩杯。喝完之後擦了擦嘴巴，發現茶几上她的手機響了，來電顯示是「BOSS」。

BOSS就是宋子誠。藍衫這幾天過得又逍遙、又忙碌，都快把這個人給忘了，不過有那一萬塊獎金當線索，她隨時都能夠把他想起來。

藍衫神情嚴肅，語氣恭敬，「喂、老闆？」

宋子誠並不和她廢話，「藍衫，銷售部有一個叫郝敏的，託我送資料給妳。」

「……」藍衫覺得這件事情有點玄幻了。她確實託了郝敏幫她拿資料，因為郝敏搭地鐵順路，但郝敏是怎麼支使大老闆來跑腿的？

宋子誠像是猜中了藍衫的疑惑，「她臨時有事，我看她為難，正好順路，就幫個忙。」

藍衫一瞬間對宋子誠肅然起敬，不是每一個 BOSS 都能夠如此親民的。

解釋完畢，宋子誠問道，「所以妳現在在家嗎？」

「在、在！老闆你走哪條路？我在路口等你好了。」

「不用，我快到你們社區門口時打電話給妳，到時候妳出來一下。」

「好的，麻煩老闆了！」

掛了電話，藍衫心情不錯，又乾掉兩杯茶。

喬風的心情有點複雜。

藍衫似乎不太會品茶，可是她看起來又好像挺喜歡喝他泡的茶……

算了，反正不管怎麼喝，最後都一樣進到肚子裡，喬風破罐子破摔地想，這樣想就豁然開朗了，於是他又幫藍衫弄了幾杯。

然後他的手機也響了，是一個倒楣的快遞小哥，不知道第幾次被守衛攔下來，他打電話讓喬風自己去拿快遞。

喬風放下手機找門禁卡，到玄關去換鞋，藍衫非常有眼色地把手機拿給他，喬風接過手機說了聲「謝謝」，就出門了。

然後藍衫就坐在喬風家，一邊喝茶一邊等 BOSS 的電話，但等了好一會兒也沒等到，喬風竟然也不回來。

她忍不住拿過手機來看，然後她就斯巴達了。

她的手機怎麼突然有密碼了？是手機自己幫自己弄的嗎？這也太嚇人了……

藍衫一拍腦袋，想什麼呢！這根本不是她的手機，這是喬風的手機！

她和喬風的手機是同一個廠牌、同一個型號，都沒有手機殼，放在一起確實容易弄混。剛才她拍馬屁主動拿手機給喬風，結果……

藍衫暗罵自己太蠢，想打電話給喬風，但是她解不開密碼。

她正打算下樓去找喬風，然後這個手機突然有個來電，來電顯示是「笨笨」。

我還「呆呆」呢……藍衫看著手機，在心中猜測這個「笨笨」和喬風的關係。據她所知，喬風這人一板一眼的，他存一般的手機連絡人必定會認真地存大名，在他的手機裡，到底是什麼樣的人才會以這種雖然看起來粗糙但其實很風騷的形式存在呢？

另外一個問題是，人家的電話，接還是不接？

藍衫看著手機螢幕，她發現名字後的那一串數字有些眼熟啊……

媽蛋，那不是她的手機號碼嗎？

她果斷接起電話，「喂，喬風？」

「藍衫，宋子誠那裡的資料我幫妳拿了，嗯、他已經走了。」

藍衫有些驚訝，「你都知道我們 BOSS 叫什麼了？唔、看來 BOSS 果然並不像表面那樣高冷……」

喬風沒興趣研究她的 BOSS 是冷是熱，他質問道，「為什麼我在你的手機裡是『獸獸』？」

「啊？呃、那個……」這兩個字當然是「受受」的諧音啦，但是藍衫怎麼可能告訴他實話。

喬風不滿，「妳想說我是衣冠禽獸？」

「不是……」藍衫在交談中不喜歡被動，她反問道，「喬風我問你，為什麼我在你手機裡是『笨笨』？薛丁格都有一個那麼高大上的名字，到我這裡一個『笨笨』就打發了？我還不如一隻貓呢！」

「妳用錯量詞了。」

「……」藍衫的聲音變得氣勢凌人，「請你正面回答我的問題。」

「因為妳太笨了，單單一個『笨』字無法形容，所以要平方一下。」

藍衫有點茫然，「平、平方？」

「對，也就是『笨』和『笨』相乘，省略乘號。妳讀它的時候應該兩個音同樣的長度，不分輕重。」

原來是這樣，還以為是暱稱呢……這是鄙視她的新花樣嗎？

藍衫反駁道，「你才笨呢，你全家都笨！你全生產隊都笨！」

「妳確定這句話是摸著良心說出來的？」

藍衫覺得好悲催，她一個做銷售的竟然吵不過一個理科技術宅，真的是以後都不用混了。她悲憤道，「喬風，你就是一個禽獸獸獸受受受受受受！哈哈哈哈哈哈！」

喬風：「……」

藍衫突然覺悟了，「你說我們兩個隔著一個社區打電話拌嘴還挺起勁的，現在浪費電話費是怎樣？」

「浪費的是妳的電話費。」

「……禽獸！」

「喂，藍衫。」

「閉嘴，禽獸！」

「藍衫，我看到門口有賣鑃子雞的，妳要不要吃？」

「要！」

然後喬風就拿著手機去挑鑃子雞了。兩人隔著手機愉快地討論，都忘了他們本來處於「爭吵」的模式之中。

宋子誠開車離開藍衫他們社區，過一會兒就上了環線快速道路。路況有點塞，還遇到SB司機搶道，差一點擦撞到他的車。他扶著方向盤，低低地罵了一句，「操！」

鑃子坐在副駕駛座上，擔憂地看了他一眼問道，「誠哥，還在生氣呢？」

「誰生氣？」宋子誠扯嘴角笑了一下，他天生是冷面相，笑的時候就有那麼點嚇人，尤其是這種皮笑肉不笑的情況。

看到誠哥這樣，鑃子很沒有安全感，他往右邊悄悄挪了挪屁股。

其實從誠哥打電話給美女，然後發現接電話的是男人的那一刻起，他的臉色就沒好過，鑃子對此表示理解。

他今天是跟著誠哥來取經的，要學泡妞之道。本來正常的劇本裡，誠哥在見到藍大美女之後還有很多可以發揮的地方，哪知人家擺了誠哥一道，派了個小白臉出來擋著。

再怎麼說誠哥也是她老闆，這女人此舉太不把人放眼裡了，長得漂亮了不起啊。

更可惡的是那小白臉看起來很囂張，見到誠哥之後就踐踐地發出警告：「你不用追藍衫，你追不到她。」

誠哥沒忍住，似笑非笑地問為什麼。

結果人家說：「藍衫是識貨的人。」

這不是在間接地罵誠哥不是好貨嗎……

宋子誠又罵了一句，把鐿子從回憶拉到現實。他安慰宋子誠道，「誠哥，也許藍衫不是故意的？」

「我不怕她是故意的，就怕她不是故意的。」

「什麼意思？」

「如果是故意的，說明她在利用喬風跟我劃清界限。」

鐿子很不明白，「這個……不是好事吧？」

宋子誠解釋道，「想和我劃清界限說明她覺得我對她有意思。之前公司調查那件事，我已經把自己撇清了。從那之後我沒有主動接觸她，如果到現在她依然覺得我看上她了，鐿子、你覺得在什麼樣的情況下，一個女人會總覺得某個男人對她有意思，還為此辛苦營造假象？」

「她是個自戀狂？」

「她的性格並不自戀。」

「她……對你也有意思？」

「至少放在心裡了，說明有突破點。」宋子誠說到這裡，臉色更難看了。

鐿子見狀，難得聰明了一次，問道，「誠哥，你覺得她不是故意的？」

「對。藍衫其實很聰明，我是她老闆，避免尷尬或拒絕追求的方式有很多種，沒必要弄這種人讓人噁心、讓人嫌，太小家子氣。」宋子誠說著，突然想到那句「賣車不賣身」，他笑了一下，心想這才是藍衫。

鐿子在他的引導下慢慢開竅了，「如果藍衫不是故意的，說明她和那個小白臉關係不平常？至少親密到了可以弄混手機的地步？」

宋子誠無奈地點了一下頭。

「說不定只是偶然呢？」

宋子誠也希望是這樣，不過為了長自己士氣，他沒有認真分析這個情況，只是說道，「我看上的人，沒人能搶走。」

「那我們現在怎麼辦？」

宋子誠突然冷笑，「我等著她跟我賠禮道歉。」

第二十七章

藍衫拿到自己的手機之後，發了個訊息給宋子誠表示感謝，順便也解釋了一下自己沒有親自出門迎接主管的原因。

宋子誠沒有回她。

喬風買回來的罈子雞很好吃，藍衫和薛丁格都表示滿意，不過一人一貓就「最後一塊雞腿肉該由誰來吃」這個問題產生了分歧。

喬風怕薛丁格吃撐，就把雞腿肉判給了藍衫，不過好像藍衫吃得也很多……算了，等一下幫她找點胃片吧。

吃完飯，喬風提出想去散散步的提議。

他之前飯後總是要出門散步一下，不過自從藍衫入侵了他的生活，這習慣就被打亂了，現在他想恢復這個優良傳統，當然藍衫也要一起去。

喬風覺得某種程度上來說，藍衫和薛丁格有相似之處，都有點黏人。薛丁格黏他是因為依賴他，藍衫黏他……大概是因為對他色心不死？

外面太陽已經沉了下去，天光微斂，路燈尚未甦醒，整個世界呈現出一種日夜交替間的晦暗。

藍衫走在喬風身邊，她背著手，因為心情好，總忍不住一蹦一跳的，幅度不大，卻相當引人注意。

喬風忍無可忍，用力一按她的肩膀，「妳想胃下垂嗎？」

這社區的綠化做得很不錯，面積大且維護及時，草坪整齊，花木茂盛。社區入口處有個廣場，廣場中央有個噴泉，晚上噴泉底部的燈會亮起來，照耀著不斷變換形狀的噴泉水花，五光十色，晶瑩璀璨，美不勝收。

兩人在廣場散步，看小孩子們打鬧，看大媽們聚集在一起跳廣場舞，夜風悠來，吹散喧囂，只餘滿心的平靜。

藍衫閉了閉眼，感覺精神放鬆，內心寧靜，像是心境澄明，又像是裝滿了整個世界。

突然，她感覺自己膝蓋癢癢的，還隱隱有些微涼的濕意。

她詫異地睜眼一看，頓時嚇得幾乎毛髮倒豎。

一隻大狗正在嗅她的膝蓋，還不斷地狂搖尾巴。

狗！！！

「啊啊啊啊啊——」藍衫慘叫，幾乎是本能地伸手一勾身邊人的肩膀，緊接著摟住他的脖子縱身一跳，雙腿借勢攀到他的腰上勾住。

不能掉下來！

喬風：「……」

這個女人突然竄到他身上，像是一隻無尾熊一樣緊緊摟著他，現在這情況是？

她此刻側摟著他，兩手交叉扣著他的肩頭，雙腿不依不饒地纏在他腰上，還有愈來愈收緊的趨勢。因為貼得太近，她的胸部緊緊擠壓著他的上臂。

夏天到了，大家穿得都不厚，所以那鼓囊柔軟又有彈力的觸感很清晰地透過布料傳到他的肌肉上，被他皮膚上的末梢神經感知成電流，飛快地傳送到他的大腦皮層。

喬風只覺得那小小的神經電流似乎成了勢不可擋的洪流，一下一下猛烈地拍擊他的頭腦，他被刺激得太陽穴直跳，大腦似是在嗡嗡作響，他一動不敢動，身體僵直如一尊雕像。

偏偏藍衫還不肯罷休，雙腿絞著他的腰不斷用力，藉此支撐著身體往上挪，似乎是要爬到他肩頭上。當然，她不可能成功，此舉造成的唯一效果就是她不停地在他手臂上蹭啊蹭……

真是夠了……

喬風的臉漸漸燒起來，現在他的大腦已經被刺激得當機了，整個人呆若木雞，沒有足夠的腦細胞去思考藍衫為什麼這樣做。

與他相反，藍衫則是精神亢奮得很。她的下巴擱在喬風肩頭，又尖叫一聲，「喬風！狗！」

妳才是小狗呢……啊？狗？

喬風慢慢地回過神來，低頭看了一眼那隻有半個人高的黃金獵犬，牠竟然還沒走。這小狗看起來挺喜歡藍衫的，看到藍衫掛在喬風身上，牠仰頭望著她，似乎在等她下來。

原來只是怕狗。喬風身體一鬆，與此同時，自己剛才緊張得如臨大敵其實完全沒必要，白費了他的神經遞質和腎上腺素，這讓他有些不滿和失落。

他扶了一下她的腰，還好剛才他本能地挪了一下小臂，否則被她的大腿卡住，那就太尷尬了。

藍衫低頭看那眼巴巴望著她的黃金獵犬，欲哭無淚，「你怎麼還不走呀？」

喬風側頭看她，溫聲說道，「別怕。」

怎麼可能不怕！不過有喬風給她撐腰，藍衫也稍微有那麼點底氣，她大聲抱怨道，「這是誰家的狗？怎麼不綁一下啊！」

狗狗的主人姍姍來遲，訓斥了黃金獵犬幾句，帶著牠離開了。離開之前，他們安慰藍衫，「不用怕，牠不會咬人的。」

藍衫目送著他們離開，她非常想告訴他們，對於天生怕狗的人來說，「怕不怕」和「咬不咬」真的沒什麼關聯性。

「妳打算什麼時候從我身上下來？」喬風突然說。

「啊？哦哦、不好意思。」藍衫說著鬆開他，跳了下來。她拍了拍手，又整理了一下衣服，「那個……謝謝你啊。」

喬風微不可察地哼了一聲，沒說話。

藍衫有點不好意思，她剛才情急之下的舉動怎麼看怎麼像是在非禮這小受受，人家被女人非禮了當然會不開心。但是從另外一個角度來看，藍衫又覺得非禮他比非禮一般的男人更安全，畢竟大家的性向一致嘛……

其實經過她最近和喬風的相處，一直流露出一種類似閨蜜之間的那種親暱。喬風不反抗，她就覺得這是一種默許和縱容，這種男人好像也挺享受和女人之間的友情？

兩人剛才的動作（確切地說只有藍衫一個人的）被不少人圍觀，他們兩個決定火速撤離案發現場。

他們在草坪之間的小路上行走，此時天完全黑下來，草坪上的太陽能路燈亮了，不過光線微弱，只能發揮伸手能見五指、走路不會撞人的作用。

喬風一直低著頭不發一言，走在藍衫身後，她沒有發現他通紅如晚霞的面龐。

等到喬風的臉色恢復得差不多了，他們走上了大路。藍衫看到有一家一樓住戶的陽臺上種了好多牡丹花，在明亮的路燈和他們自家陽臺燈的照耀下，姹紫嫣紅，鮮豔多姿。

好漂亮啊！藍衫流著口水跑過去，扶著人家的防盜窗看牡丹花。

有些花枝不甘寂寞，半遮半掩地向防盜窗外探頭探腦，還有一朵大紅色的牡丹直接開在防盜窗外。

藍衫扶著那朵盛開的牡丹嗅一嗅、親一親，然後她的臉貼近，讓喬風幫她拍照。

她自己沒帶出手機來，只好先用喬風的手機拍，拍完之後傳給她。

喬風拍了幾張，雖然他技術一般，不過她的pose擺得那麼到位，所以馬馬虎虎還不錯啦。藍衫翻著照片，愈看愈喜歡，最後仰天長嘆，「好想偷一盆回家呀！」

當然了，也就是想想而已。

豐富多彩的散步活動結束，兩人各回各家。

藍衫回家後翻看手機，發現宋子誠回了她訊息。

BOSS：『妳不需要這樣，讓人掃興。』

咦咦咦，這是什麼意思？她哪樣了？

藍衫摸不著頭腦，不過不管她怎麼樣了，反正這個BOSS看起來不高興是真的。這其中應該有什麼誤會吧？

誤會的產生都是因為雙方不足夠瞭解真相，那麼宋子誠不瞭解什麼真相？

她和喬風交換手機的原因？

啊、對，就是這樣，藍衫想通了。如果宋子誠以為她是故意和喬風交換手機怠慢他，那肯定不高興唄。

哎呀、這可不行，必須解釋！藍衫當機立斷打電話給宋子誠。

「喂？」宋子誠清冷的聲音傳過來。

藍衫諂笑道，「老闆，謝謝您今天幫我帶資料。」

「嗯。」他只淡淡地應了一聲。

「唉，我本來還蹲在手機旁邊苦苦等著您的召見，後來發現手機竟然拿錯了，真是不應該……沒耽誤您什麼事吧？」

「如果我說耽誤了，妳要怎麼辦？」

「啊？對不起、對不起！」藍衫十分愧疚，「那個……能彌補嗎？」

「沒什麼，妳不用擔心了。不過妳以後可別這樣馬虎了，今天拿錯的是男朋友的手機，明天要是拿錯客戶的呢？」

「咳咳，」她有點尷尬，「謝謝老闆的教誨，不過他不是我男朋友啦、嘿嘿。」

「是這樣？」宋子誠輕笑一聲，調侃道，「我以為妳在追他呢。」

「老闆啊，您是從哪裡得出這麼神奇的推論的？」

「沒什麼，只是覺得他看起來不錯，應該是受你們這些女孩子歡迎的類型。」

藍衫覺得不對勁，「老闆，您不會是看上他了吧？」

宋子誠萬萬沒想到藍衫會突然來這麼一句，他都不知道該怎麼接了，只好咬牙說道，「藍衫，不要亂想。」

藍衫也不想亂想好不好，不過她覺得還是有必要打一下預防針，於是說道，「老闆，他可是名草有主的人。」

要的就是這句話，宋子誠頓感心滿意足。

喬風回到家之後先去上網，在論文庫裡檢索關鍵字「獸獸」，搜到的論文都是生物學和獸醫的。看了幾篇，他覺得自己變笨了，藍衫怎麼可能用到論文呢，他應該用搜尋引擎找才對。

於是他在搜尋引擎裡鍵入關鍵字，按下 enter 鍵……搜出一堆「不雅影片」來。

世風日下啊、人心不古，喬風又進行進階搜尋，分類查找篩選，到頭來也沒找到與他的特性相吻合關於「獸獸」的解釋。

再去查藍衫的個人資訊庫，依然沒什麼線索。

調查遇到了前所未有的阻力，只好暫時中斷。他拿來手機，把剛才拍的照片傳給藍衫，傳完之後他又自己看。笑靨如花，人比花嬌……好像這些美好的詞彙都可以放在她身上了。

喬風一張一張翻，翻完一遍又往回翻，看著看著，他忍不住低頭笑，笑容沉靜而溫柔。

然後也不知想到了什麼，他的臉又紅了。

第二天，藍衫下班後去找喬風，喬風還在做飯。她自己偷偷摸摸溜到落地窗前，要先在她的小親親地毯上打個滾。

喬風家的落地窗其實並不只是「窗」，它有兩扇玻璃推拉門，通向外面的陽臺。此刻推拉門應該是開著的，因為藍衫看到素淨的米白色窗簾被風吹得微微擺動。

奇怪，這都傍晚了，還拉窗簾做什麼？

藍衫起身走過去，刷地一下把窗簾大大地拉開。

彤紅的陽光立時灑了進來，藍衫瞇了瞇眼睛，然後她就看到一幅3D動態版的富貴錦繡圖。

門外寬大的陽臺上，擺滿了盛開的牡丹花，沐著夕陽迎風搖曳。白如玉、紅如火、粉如煙，擁擁疊疊、灼灼豔豔，把姹紫嫣紅都開遍。

第二十八章

藍衫非常震撼，她墜入了一種有點夢幻、有點感動，又有點激動的情緒之中。她站在牡丹花叢中，突然高喊，「喬風！」

因為聲調太高，產生了一種撕心裂肺的效果，喬風嚇了一跳，噔噔噔連忙跑到陽臺，他手裡還握著鍋鏟呢。

「怎麼了？」他問道。

藍衫笑，「這些花，你是從哪裡弄來的？」

「笨蛋，當然是買的。」

「哪裡買的？」

喬風剛才炒菜炒得很投入，突然被迫中斷，而且眼前人毫髮無傷，他現在有些不高興，「當然是花卉市場，不然妳以為是哪裡？動物園批發市場？」

藍衫又問，「買給我的？」

「妳不要自作多情了。」

藍衫非要逼著他承認，「難道是買給你自己的？你是大女孩嗎，愛花？」

喬風低頭看著手中油亮的鍋鏟，「我只是怕妳偷人家東西。」

這是什麼狗屁理由啊……藍衫決定把這句話從自己的記憶裡抹掉。

喬風吸了吸鼻子，「蘑菇炒糊了。」丟下這句話，他跑回了廚房。

雖然蘑菇炒糊了，但藍衫這頓飯依然吃得很開心，吃完飯她又跟在喬風屁股後面去散步，喬風看到她遇見狗時如臨大敵的窩囊樣子，鄙視道，「妳還不如薛丁格。」

「薛丁格不怕狗？」

喬風點頭，「牠只怕老鼠。」

藍衫好驚奇，不怕狗怕老鼠？那小太監真的只是一隻單純的貓嗎……

早上上班，藍衫看到同事們正圍在一起熱烈討論，她好奇地湊過去，一眼看到人群的中心是一本財經雜誌。

藍衫拿過財經雜誌一看，封面上竟然是宋子誠。這位BOSS帥得照雜誌封面照根本不需要PS，藍衫嘖嘖稱奇。

幾個女同事已經開始對著他的照片發花癡、流口水。

藍衫沒有發花癡，一來她自己就是一朵花，二來她每天跟著喬風混，那廝的美貌值和他的電腦技術一樣逆天，久而久之，她儼然已經成為見過大世面的人了。

一個男同事跟藍衫科普了宋子誠的背景——家財萬貫的富二代。人家當初投這個4S店就是玩玩，人比人氣死人，所以一個人混到什麼樣的程度，得先看他投胎投得如何……

藍衫卻不以為然，富二代混得好那是事實，不過天底下哪有那麼多二代，普通人只要夠牛逼，還是可以有出頭之日的。

接著她突然想到了喬風。喬風的爺爺是農民，父母據說都是大學老師，不算很草根但也絕非大富大貴之家，喬風現在就混得很不錯，因為他有一顆含金量極高的大腦，並且做事情專注又有耐心。再比如吳文，好像也沒啥背景可言，人家年紀輕輕自己創業，頭腦好、能力強，現在事業有成，完全可以邪魅狂狷地來一句——老子不是富二代，老子是富二代他爹！

棒呆！

藍衫腦子裡出現一個小人，嘩啦嘩啦地給這一對成功人士鼓起掌來。

八卦了一會兒，大家各就各位。行政部主管拿著一疊東西跑到展示廳串門子，看到藍衫，她喜滋滋地說道，「BOSS發福利給大家啦！」

這時候展示廳裡沒什麼顧客，於是藍衫問道，「是什麼呀？錢？」

「談錢多俗呀……是溫泉度假村的貴賓套票哦！」

大家一聽這個，呼啦啦都圍上來，行政主管數著藍衫他們組的人頭發放套票，藍衫拿過票一看，原價人民幣一千多呢，看起來不錯的樣子。

有人就感嘆了，「一人一千多，要是全公司每個人都發，這要多少錢呀？」

藍衫笑道，「傻了吧？老闆發福利肯定是就近取材，怎麼可能真金白銀地花一千多給你買這個東西？我覺得吧，這個溫泉度假村，要麼是BOSS家自己開的，要麼就是他朋友開的，折扣低，弄個本錢就夠啦。而且你去了不太可能真的一分錢不用花，裡面的東西都貴著哪！」

大家都點頭表示同意。不過這有什麼關係啦，反正有溫泉可以泡了，還是「貴賓級尊享服務」啦啦啦……

藍衫沒有猜錯，那個溫泉度假村確實是宋子誠他們家的產業。至於他為什麼突然要發福利給員工……根據那私家偵探的調查，藍衫挺喜歡泡溫泉的，所以這次她九成九會去。

拿著這個票想要泡溫泉需要至少提前一天預約，預約的時候會留下姓名和手機號碼，如果藍衫要去，宋子誠一定會提前知道，然後他就可以在溫泉度假村與她邂逅了。

鑀子有些不理解，他覺得誠哥好像有點瘋狂了，有需要這麼大費周章嗎？

對此，宋子誠的回答是，「你不懂。」

一段浪漫的相遇，時機、地點、氛圍，缺一不可。就鑀子那種玫瑰花轟炸、開車接送、電話騷擾的，沒用。就算女孩真的答應你了，也並非感動於你的堅持，而多半是看上了你人傻錢多。

藍衫快下班時接到了小油菜的電話，那廝興奮地說她升職了，現在當了總裁辦公室副主任。

藍衫當然很為她高興，不過高興之餘又有點奇怪，「妳才到新部門沒多久就升職了？行啊、小油菜，我以前怎麼沒發現妳工作能力這麼強悍呢？」

「是我運氣好，原先那個副主任因為惡意勾引總裁被開除了。」這是原因之一，另外還有一個原因，小油菜沒敢跟藍衫說。

小油菜最近受吳總之命，一直在密切關注藍衫和喬大神的動向，定期向吳總彙報。她是講義氣的人，始終在試圖向吳總證明藍衫跟喬大神只是普通的好朋友、好閨蜜、好哥們……吳總還是不放心，一次又一次地要求她「深挖猛料」。

猛你個大爺哦。

現在小油菜心情很好，兩人臨時決定聚一聚，小油菜請客。

藍衫見到小油菜之後，跟她炫耀部門新發的福利。小油菜看到溫泉套餐票心嚮往之，「我也想去泡溫泉！」

「妳可以和我一起去，不過妳要請假。」

「不要，我才剛升職，我要好好工作，好好表現。」

「那妳週末自己去囉。」藍衫說著，把門票放回包裡。

小油菜有點為難，「可是門票好貴的說。」她一直做文職，薪水比藍衫低，自己又花錢沒節制，還不懂理財，薪水總是花著花著就沒了。後來她媽媽實在看不下去了，每個月強行扣住她一部分薪水幫她保管，這才稍微改善，後果就是她不能想買什麼就買什麼了。

藍衫看到小油菜那可憐兮兮的小模樣，一時心軟。算了、算了，溫泉雖好，但友誼無價嘛……她又把門票掏出來，往桌上一拍，笑道，「賞妳了。」

小油菜不好意思拿，「不要給我，妳自己也喜歡泡溫泉。」

藍衫安慰她，「沒事，我再跟老闆要一張，我們老闆人可好了。」

小油菜狐疑，「真的會去再要嗎？」

「我說妳這人怎麼這麼囉嗦啊，不要的話我就撕掉它算了。」藍衫說著，作勢欲撕。

小油菜趕忙搶過來，「我要、我要，謝謝藍衫，藍衫是大好人！」

就因為這麼一齣，宋子誠遲遲沒有等來那浪漫的邂逅。

話說小油菜拿到門票，得意洋洋，週末就去泡溫泉了。本來想把老爸、老媽都叫上，結果兩位都不想來，所以她一個人獨自享受溫泉池，爽呆。

泡了一會兒，小油菜覺得有點胸悶，她走出溫泉池，裹著浴巾出門散步了一會兒，然後回來繼續泡。

泡著泡著，她不小心睡著了。

過了一會兒，池邊又走過來一個人。

吳文本來好好地泡著溫泉，剛剛出去了一會兒，再回來時，發現他的溫泉池多出一個大活人來。他驚詫不已，走近一看，咦？這不是那個小結巴嗎？

小結巴雙眼緊閉，不知是睡了還是暈了。

吳文走過去輕輕拍了拍她的臉，叫了幾聲，叫不醒她。他心道不妙，這女孩八成是缺氧暈過去了。

他趕忙把她撈出來，找了個寬闊的地方放平，然後俯身幫她做人工呼吸。

小油菜悠悠醒來，看到夢中情人那張放大的臉，他貼得很近，好像還在親她？

啊，又是春夢……

如此香豔的夢境，她豈有錯過之理？於是她一扣吳文的後腦勺，非常豪邁地迎上去親吻他。

吳文：「……」這是什麼情況！

她親得十分忘我，甚至伸出了舌頭。不過從她那毫無章法的技巧上來看，吳文很確定此人的吻技十分有限，那麼她到底是哪裡來的勇氣和熱情？

不管怎麼說現在最要緊的是結束這個莫名其妙的吻……

她的魔掌還扣在他的後腦上，他艱難地仰了一下頭，躲開她，「冷靜、冷靜！」

小油菜突然翻了個身，把吳文壓在身下。也不知她哪來那麼大的力氣，只能說一個人在沒有意識到自己能力限制的時候，她的潛力就是無上限的。

她伏在他身上，捧著他的臉，又湊過來親他，一邊親一邊喃喃說道，「我喜歡你，我好喜歡你！」語氣飽含深情，又帶著那麼點淡淡的無奈和悲切，聽在耳裡竟然莫名地讓人有點為她難過。吳文神情怔怔，他心想，妳真有那麼喜歡我嗎？

緊接著他又覺得自己被這瘋子帶傻了——他們才認識多久啊！

小油菜不依不饒地親吻他，邊親邊在他身上亂蹭。吳文很悲催地發現，他好像被她弄得有點反應了……一個男人、正值壯年、有些日子沒開葷，被一個身材嬌小玲瓏、皮膚滑嫩的泳裝美女按在地上這樣那樣……所以他有點反應純屬正常吧？

所以他現在是要被一個女孩強了嗎？

第二十九章

小油菜好幸福好幸福——今天的夢境竟然如此清晰，比真的還真，那火熱的皮膚、那性感的肌肉線條，她甚至能感覺到自己的嘴唇碰上他牙齒時那種微微的疼痛。

真的一點也不想醒過來呀！

她一開始閉著眼睛沉迷地吻他，然後她突然睜開眼睛，想看一看身下的人。

她看到了他的眼睛，沉黑的眸中含著複雜的情緒，有冰冷，亦有火熱；發現她睜眼，吳文突然眯了一下眼睛，目光如電，死死地盯著她！

小油菜一下子完全清醒了。

這他媽的不是做夢啊啊啊！

雖然過程很玄幻，她也不明白是怎麼回事，但現在的結果就是她把總裁大人按在地上狂親！

他看起來很生氣！

小油菜杏眼圓睜，嚇出一身冷汗。情急之下，她突然聰明了一把，眼睛一閉，腦袋一垂，身體一鬆……裝暈。

吳文想慎重地告訴她：演技一點也不好！暈之前能不能先有前戲，不要搞得好像暴斃行不行！請尊重受害者的智商謝謝！

千言萬語匯聚成三個字：「肖、采、薇！」

小油菜的頭就搭在他頸側，她聽到了他磨牙的聲音。

吳文深吸一口氣，說道，「妳給我起來。」

她一動不動，置若罔聞。

吳文繼續咬牙，「再不起來我脫妳衣服了，」剛說完，他又覺得對於這樣的流氓，這個威脅不夠有力，於是補充道，「脫了還要拍裸照。」

小油菜緩緩睜開眼睛，故意驚訝地看著他，有氣無力地說道，「吳吳吳吳總？怎怎怎麼回事？我我我這是在在在在在哪裡？」說著，扶著腦袋從他身上爬起來。

吳文現在非常想把她的狗頭往溫泉池子裡按、按、按……不過現在首先要做的是扯過浴巾蓋住自己蓬勃的小兄弟。

小油菜心理素質欠佳，她蹲在一旁，沮喪地低著頭，臉羞得通紅。

吳文想斥她兩句，卻突然發現不知該如何開口。

說什麼？說「妳這個流氓竟然敢非禮我，妳好討厭，我要死給妳看」？這他媽的不是女孩子的臺詞嗎……

沉默了一會兒，吳文沒好氣道，「妳有勇氣強姦，妳就有勇氣繼續啊？」

小油菜激動道，「吳總我錯了！我剛才只是在做夢，夢到了我的前男友！對不起對不起對不起，求你不要開除我……」

吳文森森地震驚了，「妳不結巴了？」

「咦？」小油菜用手指按著嘴巴，好像真的是？她之前跟他說話一直很緊張來著……

機緣巧合之下，竟然治好了對方的頑疾，吳文覺得自己這是在助人為樂，他有點高興，便不那麼生氣了。

他心想，本來也沒什麼好生氣的。她又不是故意的，只不過把他當成了她的前男友，說起來她似乎對前男友用情很深？看來是個癡情的女孩。

不過……被當成替身，總歸也不是一件愉快的事。

吳文不想為難一個癡情的小女孩，放她離開了，並且在她懇求的目光中，向她保證不會開除掉她。

他坐在地上目送她離開，她的身材不算火辣，卻凹凸有致，盈盈細腰不堪一握，加之皮膚細膩、肢體柔軟（親身體驗）……

對於剛才的中斷，吳文突然不知道是該慶幸還是該遺憾了。

藍衫在玩具店買了一隻電動老鼠，老鼠的造型很逼真，就是正常老鼠的大小，皮毛是灰色的人造毛皮，長尾巴很結實，會爬，會小幅度地仰頭、低頭，還會吱吱叫。

六一兒童節到了，她要把這個老鼠送給薛丁格。

這種下流無恥的行徑獲得了喬風的默許，並且他還當了藍衫的內應，藍衫把老鼠擺在客廳之後，他才把薛丁格抱進客廳，放在地上。

薛丁格習慣性地鄙視一眼藍衫，然後牠就看到茶几底下猛然竄出一隻大老鼠！

啊啊啊……不對，喵喵喵！

薛丁格嚇得倉皇而逃，大老鼠窮追不捨。最後牠爬到了電視櫃上，緊貼著牆蹲著，瑟瑟發抖。

雖然老鼠暫時爬不上來，但牠還是好沒有安全感。

薛丁格可憐兮兮地看著喬風，「喵！」

喬風假裝沒注意到牠，他低頭翻看著報紙。

藍衫控制著遙控器，讓大老鼠仰頭，對著薛丁格叫喚。

薛丁格猶豫再三，壯著膽子繞路而下，嗖嗖嗖像閃電一樣，竄進喬風懷裡。

「喵喵喵！」牠在他懷裡撒嬌。

喬風抱起薛丁格，把牠放回到地上。

薛丁格簡直無法想像牠的主人會這樣對待牠，而此時那個老鼠又跑來了！

牠只好再次跳上沙發，終於正眼看了藍衫一眼。這個女人手裡拿著個奇形怪狀的東西，也不知道是什麼吃的，不過管不了那麼多了，牠彆彆扭扭地走過去，在她身邊試探著叫了一聲。

「乖哦，不怕、不怕，」藍衫把薛丁格抱在腿上，一手摸著牠的頭，另一手控制遙控器，讓老鼠爬到她腳邊，然後她一腳把老鼠踢開，「去死吧，臭老鼠！」

老鼠被踢得躺在地上，「吱」了兩聲，不動了。

薛丁格開始重新審視藍衫。

接下來，她摸牠的頭牠也不躲了，她撓牠的肚子牠默默地忍著，甚至當她不小心碰到牠被淨身時的那道疤時，牠也只是羞澀地夾了一下腿。

喬風無奈地搖了搖頭。

藍衫抱著薛丁格，對喬風說道，「總是宅在家裡多沒意思，你都沒有夜生活嗎？」

喬風放下報紙，反問，「妳不是也沒有？」

「我那是被你影響的……我們出門玩吧，去打撞球怎麼樣？」

「可以。」

藍衫在手機地圖裡研究這附近有哪些撞球館，喬風卻從錢包裡拿出一張卡遞給她，「這裡可以打撞球吧？」

藍衫接過來一看，是附近一家娛樂會所的會員卡。這年頭許多娛樂會所都挺高貴冷豔，實施會員制，不是我們家會員的你有錢也不讓你進去。藍衫摸著那土豪金色的會員卡答道，「能啊，不過你竟然有這家會所的會員卡，難道你常去？」

「我哥給我的。」

藍衫就沒再問了。

兩人很快來到會所，服務生態度謙卑，引著他們去撞球室，未到目的地，藍衫突然停在鏢室門口不走了，「你們這裡還有飛鏢室？」

「是的。」

藍衫頓時改了主意，「喬風，我們去玩飛鏢吧？」

「我不會。」

「沒事、沒事，我教你。」

藍衫正和喬風商量著，突然聽到不遠處有人叫她，「藍衫？」

她回頭一看，嘿、這不是她們的 BOSS 大人嗎？真巧。

宋子誠感慨萬千。他千辛萬苦安排的劇本都不按正常劇情走，結果隨便出門玩玩就能碰到他的獵物，人生啊、人生！

不過站在她身邊的那個男人要多礙眼就有多礙眼。

鏤子跟宋子誠一起來的，看到藍衫也是眼前一亮，笑著向她招手，「美女你好！」

藍衫與他們寒暄，宋子誠問，「要玩飛鏢？」

「對呀，」藍衫點頭，「不然老闆一起玩？」

「好吧。」

藍衫也就是客氣一下，沒想到他真的答應了，不過飛鏢嘛，人多玩了才有意思。

其實樓上包廂裡還有一幫人在等著宋子誠二人，現在他毫不猶豫地放了他們鴿子，陪著藍衫進了飛鏢室。

喬風全程未發一言，但奇怪的是沒有人忽視他的存在。鏤子在飛鏢室裡拿出菸來抽，還客氣地遞給他以示分享。喬風搖頭，「我不抽菸。」

鏤子有點鄙視他，「是不是爺們。」

喬風倒是沒什麼反應，反正每天都有人質疑他是不是爺們，他一個一個去反駁，豈不是要累死。

藍衫聽到這話卻有些不高興了，她現在跟喬風混熟了，把他當自己人，她可以罵他，別人不能罵。但這個鑲子是 BOSS 的朋友，她忍。

宋子誠問藍衫，「比賽？」

「好啊。」

「三〇一還是五〇一？」

「三〇一吧。」

喬風一頭霧水地看著藍衫，藍衫跟他解釋道，「三〇一是比賽規則，兩隊的起始分數都是三百零一分，按照每一輪各自飛鏢的得分慢慢往下扣，先扣完的獲勝，五〇一同理。」接著她跟他講了一些其他規則。

宋子誠又問藍衫，「既然是比賽，總要壓點賭注，賭什麼？」

藍衫不知道賭什麼好，今天遇到土豪對手了本來是個贏錢的好機會，但是喬風不會玩，跟他組隊風險太大，說不準誰贏誰輸呢，她不敢賭錢。所以她把問題踢了回去，「老闆你說賭什麼就賭什麼吧。」

宋子誠點頭，「贏的可以向輸的提一個要求，只要不過分，輸的必須答應。」

「好！」

這時，服務生先把藍衫和喬風剛才點的酒水送進來了，托盤上擺著一瓶啤酒跟一杯柳橙汁。鑲子本來以為柳橙汁是藍衫的，卻沒想到這女孩把啤酒拿起來，而那柳橙汁被喬小白臉端走了，他捧著杯子，慢吞吞地喝了一小口。

真是開眼界了，鑪子嗤笑，問喬風，「好喝嗎？」

喬風沒有聽出他語氣中的諷刺，點頭答道，「還行。」

藍衫卻是看出來了，媽的，她真的好想把飛鏢往鑪子鼻孔裡戳。

如果一個女人不夠女人，她通常會獲得其他女人的好感；而如果一個男人不夠男人，他通常會遭受其他男人的鄙視和排斥。鑪子本來就對「誠哥的情敵」帶著那麼點敵意，現在看到他不夠男人，鄙視一下再尋常不過。

比賽開始。四人分了兩隊，藍衫跟喬風一隊，宋子誠和鑪子一隊，宋子誠紳士地讓藍衫他們先射。

對於一些考驗準確度的運動，藍衫實在天分非凡。她從小喜歡玩彈弓，一直是她們那條街的「神彈手」，無人敢惹的街頭一霸。再大一些，跟著爺爺學過射箭，她還夢想過長大進射箭隊為國爭光，後來不了了之。

再後來她抄東西打人，一般都是例無虛發。

第三十章

按照飛鏢比賽的規則，每一輪每個人投三鏢，藍衫的手感來得很快，雖然前兩鏢得分一般，但第三鏢射出了四十分的高分。

四十分是個什麼概念呢？我們都見過鏢盤，鏢盤被劃分出許多小小的扇形分區，像是一塊一塊切好了的小西瓜，每塊西瓜上對應不同的分數值。另外，整個鏢盤還以靶心為中心畫了兩個同心圓，這兩個同心圓像是用螢光筆描的，線條很細——如果你能把飛鏢戳在這細細的線條上，那麼恭喜你，你的得分就可以在小西瓜之上翻倍，小圓圈翻兩倍，大圓圈翻三倍。

小西瓜的分值最高是二十分，我們可以稱之為最美小西瓜。藍衫正好把飛鏢打在最美小西瓜的雙倍區上，位置相當於小西瓜那又窄又薄的一層瓜皮。

藍衫挑釁地看了一眼宋子誠，發現宋子誠也在挑眉看她。

鑋子忍不住為她鼓掌叫好，他發現這個女人太有意思了，你說她是女漢子吧，但人家言談舉止還挺有女人味的，性格上的攻擊性和壓迫感也沒那麼強，不會讓男人感覺到威脅；說她是軟妹子吧……這妹子一點也不軟。

鼓完了掌，鑋子說道，「誠哥，你先來吧……誠哥？誠哥？」

宋子誠回過神，斂起目光，開始射鏢。三鏢都打在單倍區上，加一起三十二分，還不錯。

藍衫剛才那三鏢一共打了四十八分，所以現在還是她和喬風領先，接下來換喬風。

在藍衫的悉心指導下，喬風連續打出去三鏢，三鏢的總得分是……零。

有兩鏢飛了，第三鏢好不容易射進鏢盤，維持了不到一秒鐘，又掉下去了。

按照規則，這樣的不能計分。

鑷子忍不住呵呵直笑，鄙夷之情溢於言表，藍衫聽得皺起眉頭。

這大概是喬風人生中的第一個零分，他側頭看藍衫，發現她似乎不太高興，他有點內疚，「對不起。」

藍衫擺擺手，「沒事，第一次玩嘛。」

鑷子上場之後，很快就把分數給超過了，他很得意，玩笑著說道，「不怕虎一樣的對手，就怕豬一樣的隊友。」

這都不算指桑罵槐了，根本就是指槐罵槐。

藍衫並非輸不起的人，但她有點不解，這鑷子是腦殘還是怎樣，為什麼一直針對喬風？她被他氣得怒火一點一點累加，現在快要突破可控範圍了。

宋子誠責備地看了一眼鑷子，希望鑷子適可而止。他覺得鑷子這個人實在爛泥扶不上牆，男人任何時候都不該當著女人的面貶低情敵，你要做的只是把他比下去就好，女人又不是瞎子。否則唧唧歪歪的，雖然嘴上是贏了，可那與八婆有什麼區別？

藍衫走到擲鏢線外，她目光如電，持著飛鏢「嗖」地一下扔出去，修長的飛鏢像是急速滑翔的隼，劃破空氣，轉眼之間重重釘入鏢盤。

——正中紅心！

紅心和小西瓜不一樣，它值五十分。

藍衫仰天大笑，「哈哈哈哈哈！」

再輪到喬風時，他又接連打脫了兩鏢。他拿著第三鏢，對著鏢盤比劃著，心中沒底。

鑘子大大咧咧地坐在沙發上，打趣道，「女孩啊，你得用點力氣。」

藍衫的火氣是再也壓不下去了，這小賤人，就會欺負喬風！

藍衫怒氣衝衝地向喬風伸手，「給我！」

喬風一愣，「不能犯規。」

藍衫搶過他手中的飛鏢，轉過身看著鑘子，冷笑兩聲然後朝這小賤人用力一甩手。

看到閃著寒光的鏢針迎面襲來，鑘子嚇得滿臉驚恐，一動不敢動。他只覺渾身戰慄，心臟狂跳，雞皮疙瘩都起來了，那一瞬間他真覺得自己要沒命了，他兩耳轟鳴，大腦一片空白。

飛鏢射在了沙發上，離鑘子的耳朵只有差不多兩公分遠，這個距離足以證明藍衫是控制有度的，只不過想嚇一嚇他而已。

但鑘子依然怕得要命，他的心還在噗通噗通狂跳，止不住，與此同時他也不知道為什麼，好像除了後怕，還有那麼一點點激動，像是因重大刺激而使身體產生了無法解釋的快感。他呆呆地看著藍衫朝她走來，她微微俯身，拔下飛鏢，然後用鏢尾拍了拍鑘子的臉，笑，「帥哥，爽嗎？」

鑘子發現他竟然一點也沒生氣，不僅不生氣，他還覺得此刻藍衫那滿滿都是挑釁的眉眼真是太他媽漂亮了，要多迷人有多迷人。

他真的好賤啊……

藍衫又朝他眨了眨眼睛，「我開個玩笑你不會介意吧？」

「不介意……」

「那就好，我們繼續比賽。」

宋子誠沉默地看著這一切，沒幫任何人說話。

然後比賽繼續，藍衫雖然生猛，但被喬風嚴重拖了後腿，到頭來以兩分堪堪惜敗。

願賭服輸，她笑道，「老闆你很厲害。」

宋子誠客氣道，「哪裡，妳才是神鏢手。」

「那麼老闆你想要我們做什麼呀？」

「不如——」

「等一下。」喬風突然打斷了宋子誠。

三人都看向喬風，藍衫問道，「怎麼了？」

喬風卻看著鏜子，他比鏜子高出三公分左右，現在微微昂著頭，睥睨的意味十足。這眼神讓鏜子很不服，一個娘娘腔小白臉也敢鄙視小爺我？

喬風問鏜子，「你們敢不敢和我賭一把棋牌？」

不等宋子誠阻止，鏜子怒道，「都是爺們，有什麼不敢的？」

宋子誠搖頭暗暗嘆息。喬風也夠奸詐的，知道鏜子傻，好騙，所以才問他。鏜子喜歡跟人鬥氣，被喬風稍微激一下就答應了。

——怎麼能跟他玩棋牌呢？玩什麼也不能玩棋牌啊！這是個智商奇高的怪物，凡是和智商有關的遊戲都不能帶這種人玩，這是常識！

但事已至此，別無他法，只好硬著頭皮上了。

四人轉戰到棋牌室，鏤子也恍然大悟，這小白臉根本就是不服輸，想要借此扳回一城。他冷哼，「輸不起。」

喬風坦然承認，「對啊，我就是輸不起。」

鏤子沒想到他竟然不要臉到這樣的地步。

喬風也知道他和藍衫理虧，所以讓宋子誠和鏤子指定項目，無論是什麼他都可以奉陪。

宋子誠心想，不能玩太複雜的，愈是需要耗費腦力，他和鏤子愈處於劣勢。不是他自卑——他跟一般人比也算是極聰明的，但喬風是個例外。

鏤子也是這樣想的，為了報復喬風的不要臉，他也不要臉了一把，選了鬥地主。

鬥地主只需要三個人，這樣藍衫就坐了冷板凳，由喬風以一敵二。

而且鬥地主規則簡單，除了智慧，還比較多仰賴運氣成分，你就算是再聰明，手裡拿把一三五七九，也沒辦法鬥過人家的雙K四支二吧？

其實兩個打一個不太公平，勝之不武，但喬風欣然應允，還制定了別的規則，比如他可以一直當地主，和宋陸二人對打，打九局，贏的次數多的獲勝。

宋子誠也沒出聲制止，他心想只要喬風運氣夠差，他和鏤子的贏面還是很大的。

換到喬風這裡，他想的是，只要運氣不是很差，他穩贏。

喬風的運氣會很差嗎？開玩笑，這可是一個六歲撿到保險套、首搖中號的奇男子，他的運氣能差到哪裡去呢？

藍衫曾經聽一個客戶說，愈是心思單純的人，愈是運氣好到爆。她當時不當一回事，現在看到喬風抓的一手牌，她覺得此話真是太經典了。

喬風一口氣贏到第五局，然後把牌一擱，沒必要再玩下去了。

宋子誠和鐳子都有點心裡不平衡，算牌比不過人家也就罷了，連運氣都比不過！媽的這人根本就是變態，該人道毀滅！

現在雙方各自一輸一贏，這算是平手了。一般人遇到這種情況總是會想到三局兩勝，不然平手多沒意思，藍衫自然也不例外。

然而喬風卻對她說，「我們不要跟他們玩了，妳不是想打撞球嗎？去打撞球吧。」

鐳子確實眼前一亮，「撞球？」他突然學聰明了，不想再上喬風的當，於是看了一眼宋子誠。

宋子誠輸得很不甘心，其實剛才他贏得也不甘心，兩個大男人打一個女孩險勝，這有什麼好得意的？現在他非常希望在藍衫面前挽回一下破碎的形象，於是說道，「不如一起玩？不過先說好了，我和鐳子的撞球都打得一般。」這只是謙虛，他們兩個都打得不錯。

藍衫說道，「我也一般。」她說一般，就真是一般了。

喬風道，「我打得也不好。」

其他三人都覺得喬風雖然智商高但其實是個二百五，有一說一不懂撒謊，所以他應該是真的不太會打了……其實對比剛才他玩飛鏢時的那種手殘也可以窺見一二，此人是典型的頭腦發達、四肢簡單，缺乏運動天賦。

宋子誠和鐳子也就放了心，四個人一同又去了撞球室，這根本就是在玩會所版的鐵人三項。

他們約好了，這次一局定輸贏。

服務生問藍衫要玩美式撞球還是英式撞球，美式撞球就是最常見的那種十五個球，最後一個球是黑八。英式撞球也就是司諾克，桌大球多洞小，規則還複雜到令人蛋疼，十分不符合藍衫的口味，所以她選了簡單粗暴的美式，選完詢問三位男生的意見。

宋子誠和鐳子都沒異議。

喬風卻突然說道，「打司諾克吧。」

藍衫驚到了，「你確定？你等一下，你知道司諾克是什麼吧？」

他點了點頭，「知道，我想打司諾克。」

「你連美式都打不好還想打司諾克？」

「我想打司諾克。」

「為什麼呀？」

「司諾克長得像彩虹糖。」

……這是什麼狗屁理由啊！藍衫無語，一扯嘴角，「不行！」她司諾克打得一點也不好，如果打司諾克他們一點贏面都沒有好不好！

接下來兩人進入了鬼打牆模式。

喬風：「我要打司諾克。」
藍衫：「不准打。」
喬風：「我要打司諾克。」
藍衫：「不准打！」
喬風：「我要打司諾克。」
藍衫：「不准打不准打不准打！」
喬風：「我要打司諾克。」
藍衫：「……打吧打吧打吧！」
鑪子站在宋子誠身邊，湊到他耳邊低聲說道，「誠哥，我覺得這小腦殘已經不會對你構成任何威脅了。」
宋子誠瞇了瞇眼。喬風為什麼一定要堅持打司諾克？難道真的只是因為司諾克長得像彩虹糖嗎？這樣的理由聽起來很難以置信，但為什麼在他身上竟然毫無違和感呢……
四人開了司諾克的球桌，藍衫抱著必輸的心情看著喬風，「打完這局你把這些彩虹糖都吃了吧！」
喬風沒回話。
司諾克採用計分制，除了白球之外，球桌上有紅球和彩球，規則是紅球和彩球間隔著打，彩球落袋之後得放回來，等把紅球都打完之後，還要把彩球按照特定順序打一遍……你說蛋疼不蛋疼。
喬風為什麼一定要選擇司諾克？就是因為司諾克夠蛋疼啊。一般來說，規則愈簡單的遊戲自由度也愈高，自由度高變數就大，個中結果不好掌控，而規則複雜的遊戲則更便於通過智慧去控場。

所以囉……

這次是鑷子他們先手開球，鑷子和宋子誠打完才輪到藍衫打。藍衫一開始就不喜歡司諾克那個大大的球桌，她扶著桿子，恨不得爬上去打。

「藍衫，妳握桿的姿勢有問題。」宋子誠說道。

「啊、是嗎？」

宋子誠站在她身旁幫她糾正，他的動作並無過火之處，不過兩人離得很近，早就超過了正常人的心理安全距離。

喬風突然說道，「藍衫，妳起來。」

「啊？」藍衫不解地看他一眼。

喬風又重複了一遍，「起來，去旁邊站。」

藍衫有點惱，「你什麼意思？」

「聽話。」

「我不。」

「明天吃松鼠鱖魚。」

「好哦。」藍衫乖乖站到一邊去了。

喬風持著球桿上場。

鑷子很看不起這兩人，他的司諾克打得很好，這是由經驗堆出來的手感。他扶著球桿立在一旁，看到喬風進了一個球，心想，這是運氣。

啊，又進了一個？這個還是運氣吧……

你奶奶個熊，又一個！

鐽子和宋子誠的臉色都漸漸難看了起來。美式撞球一桿三球不少見，但司諾克就比較難得了。看這小子握桿那嫻熟程度，打球那凜然氣勢……這算生手？騙鬼呢！

比較令人欣慰的是，喬風沒有打進第四個。

但是他把白球卡進了安全區域——我打不到，你們也別想打。

好賤啊……

鐽子怨念地看著他，希望能喚起他的羞恥心。

喬風覺得這兩個男人真是太笨了。撞球需要的不就是空間幾何運算和基於邏輯上的球位推導預測？他是喬風，難道他能把撞球打好不應該是天經地義的嗎？為什麼他簡單一句誘敵深入的謊言，他們都信了？

唉，愚蠢的地球人。

但是撒謊總會為喬風帶來一絲愧疚感，現在看到他們怨念，他解釋道，「其實我剛才是騙人的，我的撞球打得很好。」

我們看出來了好不好！你不要說出來，說出來更氣人！

宋子誠和鐽子都被折磨得有些沒脾氣了。

藍衫則很是高興，她興奮地一攬喬風的肩膀，「嘿喲喂，行呀？」

喬風心想，這個女人，背地裡調戲他也就算了，還當著別人的面動手動腳。但是他給她面子，沒有當眾推開她，而是等她自己放手，他說道，「妳站在旁邊不用動，等我讓妳打時妳再打。」

「好咧！」

所謂「讓妳打時妳再打」，就是我把球的位置養好了，妳一桿差不多就能進了，這樣就是交由妳來打。

這樣的打法實在是太嘲諷了，鑼子好想去死啊去死。

喬風打球很各式各樣，由於規則設定上不准用任何物品測量球間距，但這難不倒他。他知道自己眼睛的高度，知道自己的手指以及每一個指節的長度，這些都可以利用作為參考，他甚至可以把頭頂上的燈光對撞球造成的陰影拿來做參考，鬼知道他是怎麼做的……

這一場比試下來，宋子誠和鑼子基本上是全程被虐。

勝利之後，藍衫歡呼，和喬風擊掌相慶。

藍衫搓著手，笑看著宋子誠和鑼子提出了她的要求，「老闆，麻煩您委屈一下，和鑼子接個吻唄？」

要說玩樂，這樣的要求也不算過分。藍衫摸清了宋子誠的脾氣，覺得這老闆應該是公私分明的，不會因為今天她讓他親男人而明天扣她獎金。

宋子誠無奈，雖然大家都是直男，但也只能願賭服輸了，玩得起就要輸得起。

鑼子欲哭無淚，他要被誠哥親了！媽蛋這都什麼事啊，早知道今天該早早上樓逍遙去，在這起什麼鬨啊！

根據藍衫的規定，他們接吻的時間不能少於五秒鐘，由喬風來計時。

宋子誠只能苦中作樂地想，幸好他們現在待的是獨立的撞球室，這樣尷尬的場面不會被別人看到。

然後藍衫默默地掏出了手機……

喬風也拿出了手機，他要讀秒倒數的。

宋子誠萬念俱灰，扯過鑪子把嘴唇貼了上去，兩人都覺得太噁心不願意見到男人的臉，所以乾脆閉上眼睛，這樣一看，倒是挺有feel的。

喬風在一板一眼地讀秒，「五、四、三、二。」

……一呢？

宋子誠和鑪子等了一會兒沒等到「一」，他們兩個分開，互相退開很遠，抬頭看到本該讀秒的喬風正在偏頭看藍衫的手機，兩人腦袋碰在一起，笑嘻嘻地討論著什麼。

鑪子怒了，「你怎麼不讀完啊？」

喬風莫名其妙地看他一眼，「我都讀到『二』了，你們自己不知道等一下就能分開嗎？」

……不要臉！

看到鑪子吃癟，藍衫很高興。她把整個過程都錄下來了，然後又狗腿地對宋子誠道，「放心吧、老闆，我不會隨便給別人看的。」

宋子誠現在只想回家……

然後四個人就這樣散了。藍衫和喬風一起回家，在路上，她幫他買了彩虹糖。

喬風很高興，一邊走一邊吃。

藍衫說道，「喬風，我覺得你今天不太一樣。」

「怎麼不一樣？」

「你今天看起來很好鬥，和平常的你不一樣。」

「是嗎？」

「對啊，你看你以前從來不在乎輸贏的，今天比我還著急。」

喬風一邊吃糖一邊漫不經心地答，「因為我想讓妳贏呀。」

第三十一章

藍衫很感動，她覺得喬風太夠意思了。這人是典型的外冷內熱，表面上看起來不愛說話也不愛理人，可是一旦把你當朋友了，就會一心一意地為朋友考慮，絕不背叛。這樣的人比那些滿嘴甜言蜜語、見人就勾肩搭背稱兄道弟，一轉身誰也不當一回事的人可靠多了。

喬風發現藍衫正在直勾勾地看他，她面含笑意，眼波流轉，夜燈之下，她的眼睛像是月光下的湖水，閃動著星星點點的光芒。

嗯，也不知道這個女人又在打什麼主意。

第二天，藍衫沒有吃到傳說中的松鼠鱖魚，因為小油菜臨時非要抓她赴約，理由是「有重要情報溝通。」

藍衫只好打電話給喬風，「小風風，我今天要陪小油菜，你不要做我的晚飯了。」

喬風不喜歡本來計畫好的東西突然被更改，他抱怨道，「魚都買好了。」

「抱歉、抱歉，不然把牠多養兩天？」

「妳這個笨蛋，買魚都是現殺的，現在內臟都掏乾淨了妳打算怎麼養？」

藍衫聽得頭皮發麻，「你不用跟我說得那麼詳細，今天小油菜真的有事啊……」

喬風說道，「那妳就去吧，做好了松鼠鱖魚我可以給薛丁格吃。」

藍衫默默滴淚，答道，「那就先便宜薛大總管吧。」

見到小油菜之後，藍衫聽她講了溫泉池邊驚險又刺激的一幕。

藍衫震驚了，認識小油菜這麼久才發現這廝的行動能力如此剽悍，說強就強，幹得漂亮！

小油菜羞澀一笑，「其實我是在做夢啦。」

「……」她無言地瞪小油菜，「妳大老遠把我找來就是為了讓我聽妳講春夢？」

「不是……」小油菜連忙跟她解釋清楚了。

藍衫有點失望，原來只是個誤會，還以為小油菜要破釜沉舟了呢。她又問道，「那吳文會不會為難妳呀？」

「也、也沒有，他就是有點壞嘴。」小油菜突然想到今天白天發生的那一幕。

白天她在樓道裡看到吳文，那時候沒有旁人在場，小油菜自己尷尬，想趕緊回辦公室，結果吳文叫住了她。

吳文說，「妳穿衣服我差點認不出來。」看著她因此話而羞得滿臉通紅，他笑瞇瞇地離去。

藍衫安慰小油菜，「沒事，我猜他就是被妳……嗯、那個啥之後覺得沒面子，想找回一點面子，妳以後低調點，再接再厲，下次爭取來個快狠準。」

小油菜鄭重地點了點頭。

雖然藍衫提前告知了不來吃飯，但喬風晚上依然把飯做多了。首先他買的那條鱖魚就有點大，當時是考慮到藍衫的胃口，所以……

然後他又炒了個素菜，不多，但最後沒吃完。

薛丁格也盡力了，把肚子吃得鼓鼓的，可惜最後鱖魚還是剩下一半。

喬風不想浪費食物，只好把剩下的飯菜都裝進保鮮盒放到冰箱裡。做完這些，他自己一個人出門散步，回來之後一個人吃水果、看電視。

看了一會兒電視，覺得無聊，他又去書房看書。

書房裡很安靜，只有他細微的呼吸聲和時而翻書的聲音。白色的燈光填滿整個房間，不留一絲空隙，像是不知名的薄霧漸漸變得濃稠，不停地擠壓室內的一切事物，也包括他。

——這是幻想，喬風自然知道。但這樣的幻想為他帶來了心理暗示，讓他發覺有一點點胸悶，於是他放下書，起身把窗戶打開。

夜風撲面而來，他深吸了一口氣。

外頭的風摧動樹木，把千枝萬葉搖得沙沙作響，像是沒完沒了的樂章。他扶著窗沿聽著外面的響動，更覺得室內安靜得待不下去。

真奇怪，他一直很享受那種無人打擾的寧靜，為什麼現在會覺得心不在焉、無所事事呢？

發了一下呆，他又離開書房回到客廳，在客廳裡玩遊戲打發時間。

睡前，喬風要把冰箱裡的鮮奶拿出來熱一下——他習慣在睡前喝一杯熱牛奶，打開冰箱時，他看到今晚那些剩菜剩飯。

這些剩菜剩飯放到明天就不好吃了，他也不想扔掉它們，那麼只好找別人來吃了。

於是他回到客廳打電話給藍衫。

藍衫正在玩遊戲，看到桌上來電顯示是「獸獸」，她有點奇怪，開了擴音，手上不停，「喂、喬風？有事你敲我門就好，打什麼電話呀？」

「藍衫，妳過來。」

藍衫的眼睛沒有離開螢幕，「幹嘛？我在忙。」

「妳在打遊戲。」

「……你怎麼知道？」

「我聽到遊戲的音樂聲了。」

「到底什麼事嘛，我要打完這一局。」

「請妳現在過來，我需要妳幫我處理一些東西。」

聽到喬風主動求援，藍衫覺得挺新鮮，她就丟開遊戲去了隔壁。

喬風穿著龍貓的睡衣幫她開了門，把她帶到餐廳，指著餐桌上的兩個保鮮盒、一個飯碗說道，「麻煩妳幫我把它們吃掉。」

藍衫卻揪著他的衣服叫，「呀呀呀，好可愛！」

喬風用力地把衣服扯回來，又重複道，「藍衫，吃掉它們，妳可以的。」

藍衫的注意力轉向餐桌，她看到兩個餐盒裡分別放著松鼠鱖魚和清炒菜心，碗裡盛著她最愛的香米飯，飯菜還徐徐冒著白氣，一看就是剛剛熱過。

雖然看起來很好吃的樣子，但是她已經吃過飯了呀，而且大晚上吃這麼多東西會長肉吧……於是藍衫為難地搖頭，「不要，我吃過飯了。」

喬風鼓勵她道，「沒關係，妳那麼能吃，肯定不在話下。」

好吧，暫且把這話當做誇獎……藍衫咬牙，還是搖頭，「吃多了會長胖。」

「只是一頓飯而已，又不是每天都這樣吃，」他循循善誘，聲音突然放得低了些，帶著那麼溫良無害且不容拒絕的誘哄，「很好吃的，薛丁格吃了很多。」

藍衫有點動搖了。她本來就是意志力不堅定的人，何況那飯菜的香氣一直往她鼻子裡竄，她又能怎麼辦呢……

於是她坐下來開吃。喬風坐在她對面，一邊喝牛奶一邊看她吃飯。

藍衫不明白這小子在發什麼神經，大晚上的一定要讓她吃飯，而且還要親眼看著她吃，難道這飯菜裡下了藥？

藍衫打了個冷顫，筷子差點扔出去。不過轉念一想，喬風這個人實在缺乏做壞事的天分，所以不可能啦。想來想去也只能以「天才的腦迴路不同於凡人所以不用去探究」來解釋了。

吃完飯，藍衫抽出衛生紙擦了擦嘴巴，然後她看到喬風端著一杯水走過來，他的另一隻手托著東西，走近時藍衫才發現那掌心躺著幾枚小藥片。

喬風把水和藥片都遞給她，「來，把這個吃掉。」

藍衫：「……」大爺的！人家這樣光明磊落一身正氣的小天才，當然不會在飯菜裡下藥，人家直接把藥拿給你吃！

她一動不動，反問道，「你到底想給我吃什麼？」

「胃片。」

……不是什麼黑科技的東西？不過藍衫更疑惑了，「喬風你今天這是在搞什麼東西呢？先讓我吃飯再給我吃藥，你圖什麼呀？」

「太晚了，怕妳消化不良。」

「怕我消化不良，所以給我吃飯？」

喬風執著地伸著手，「妳先把藥吃了。」

藍衫知道自己碎碎念的功力與喬風差得遠，所以她果斷把藥吃了，吃完之後問道，「現在可以說了吧，到底怎麼回事嘛？」

「妳可以走了。」

「……」

然後藍衫就被喬風客客氣氣地趕出去了，喬風把她送到了門口時，善良地提醒她，明天又到週二了，她得去上他的課，所以晚上不能安排別的事。

第三十二章

吃過晚飯，藍衫在出門之前，打量了一下喬風的穿著。

今天喬風按照藍衫的建議，穿了白色短T恤和藍灰色休閒西裝，袖子捲起來露出結實的小臂，下半身穿了深藍色休閒褲，踩一雙棕色低幫牛皮鞋。

他覺得這樣穿真的很奇怪，像是在譁眾取寵。

與之相反，藍衫覺得這身搭配比他那一身「賣保險標準配備」好太多了。不過她看了又看，總是有些不放心，於是讓他坐下。

果然，她看到他褲腳下隱藏的綠油油高筒襪……無力吐槽。

她怒道，「你現在立刻、馬上給我換雙襪子，就上次買鞋贈送的那雙，特別短的。」

「哦。」喬風心不甘情不願地換上在他看來該列入「高位截癱」行列的襪子，換好之後，他重新站在藍衫面前。

藍衫摸著下巴認真打量了他一會兒，突然說道，「不如你把褲腳挽起來試試。」

喬風現在已經有點破罐子破摔的淡然了，反正已經夠怪異了，不在乎更怪異一點。他彎下腰，唰唰唰，三下五除二，把兩個褲腳都挽了幾圈。

藍衫傻眼，「誰讓你挽成這樣的？你是要去插秧嗎？」

他一愣，「我要去上課。」

藍衫擺手，「放下來重新挽，要那種九分褲的感覺，懂不懂？」

「懂了。」九分褲當然就是九分的長度啦，這有什麼不懂的。喬風把褲腿放下來，唰唰唰，重新挽上差不多整個褲子百分之十的長度。

藍衫更無語了，「你這樣連插秧都會被嫌棄好不好！」

喬風覺得藍衫的要求太苛刻了，他直起腰，在鏡子前轉了兩圈。

此刻鏡中的帥哥竟然同時兼顧了文藝青年和二逼青年的氣質，堪稱神奇。當然喬風自己是沒有感覺到這一點，他對穿著的適應程度向來高，只要不是裸奔，基本上都能忍。他點點頭，「我覺得這樣還行，我們走吧。」

不要！藍衫恨不得抱他大腿，「求求你了，讓我幫你重新挽一次吧！」

喬風有點不耐煩，但是藍衫都求他了，他只好勉為其難地答應。

他坐在沙發上，藍衫蹲在他的腳邊。她把他的褲腿放下來時抱怨道，「你好笨呀。」

「我？笨？」喬風覺得不可思議，一個笨到需要平方的人竟然說他笨？

藍衫聽喬風的口氣不善，以為他要罷工，她連忙改口，「你很聰明，肯定一學就會，現在仔細看。」

蹲著太累，藍衫改為半跪在地上。她先把他的褲腳壓平整，然後再折、再挽。

喬風一開始還看著她手上動作，後來不知怎麼的，目光一偏，轉而看著她的臉。因為視角的關係，他只能俯視她，像是尊貴的王者在俯看自己的奴僕。她斂眉低目，神情認真，在他眼中，也就顯出那麼一絲謙卑和順從。

喬風突然福至心靈，理解藍衫為什麼一定要堅持幫他挽褲腳了——傳說一個男人幫一個女人穿鞋是很浪漫的事，那麼反過來，一個女人幫一個男人挽褲腳，應該也差不多吧？

果然是醉翁之意不在酒，喬風心想，這個女人為了討好他，真是無所不用其極。

兩人雖然同時出了門，但並沒有同時進教室。喬風有固定的進教室時間，而藍衫需要更早一些去教室占位置，否則只能站著聽課了。

對藍衫，本校的學生們都很好奇，關於她的猜測也是沸沸揚揚。有人說她是喬教授的女朋友，但也有說她是喬教授的姊姊妹妹外甥女小舅媽，還有人覺得她其實就是個癡纏喬教授的學生……至於她是哪個學校、哪個科系的，那就不得認而知了。但是呢，有個猥瑣的男生，在每一個藍衫出現的帖子裡都會聲嘶力竭地回覆：『這個女生她是學進口挖土機修理的！千真萬確！她親口說的！』

……真是神經病哦。

今天的喬教授一身打扮又帥又潮，女生們照例會激動地歡呼，用一種參觀頒獎典禮的激情迎接他走上講臺。

某些清醒點的女生開始想，喬教授這幾次上課時的穿著都很有水準，若非他自己突然開竅，那就一定是有個女人在背後默默支持他……想到這裡，不禁黯然神傷。

在藍衫看來，這些歡呼都是送給她的，所以她分外高興。不過不管多高興，也始終擋不住喬教授開口之後對她加上的負面 buff——昏昏欲睡。

所以沒過一會兒，她就趴在桌子上進入了夢鄉。

喬風有點無奈，他已經講得夠淺顯了，她卻依然一聽課就倒頭睡，簡直太不思進取了，朽木不可雕也！

坐在藍衫兩旁的都是男生，其實這很好理解，若非相當有自信的女生，誰會願意坐在這樣一個美女身邊呀，會被當成都市俗的。

她左手邊的男生正在心無旁鶩地記筆記，右手邊的男生正在低頭玩手機。玩了一會兒手機，那男生覺得無聊，抬頭看到沉睡的藍衫，突然產生一個想法。

他背對著藍衫，舉起手機把她當背景自拍進去，拍完之後看了看，覺得很不錯。美女就是美女啊，睡著之後也那麼美。

人心不足蛇吞象，看了一會兒，男生覺得僅僅把美女當背景已經不能滿足他了，他想要拍得更親密一點。於是他靠近了一些，又靠近了一些，手繞過去撐著藍衫腦後的桌面，整條手臂形成一個拱形，環著藍衫的身體，但不敢接觸。他的身體壓低，臉貼近她的臉，擺好姿勢，右手舉起手機——

喬風剛寫完板書，一轉身恰好看到了這一幕，他也不知道哪來一股邪火，突然重重一拍桌子。

砰！

這響聲被講臺上的擴音器放得極大，如一聲悶雷在偌大的教室內突然炸響，許多人嚇了一跳，震驚地面面相覷，最後大家的目光又共同聚集到講臺上的喬教授，疑惑地看著他。

那個正在玩自拍的男生一驚，手機失手掉下去，他只好彎腰爬到桌子底下撿手機。

藍衫被那巨大的響聲突然驚醒，她揉了揉眼睛，抬起頭來，兩條手臂還放在桌上，保持著隨時入睡的造型。

她迷茫地看向講臺。

講臺上，喬風的臉色像水一樣平靜。喬風這個人，臉部表情一點也不豐富，高興時未必笑，生氣時也不一定黑臉。你要想觀察他的心情，就得看微表情，如果他的嘴角微微向下壓，那就表示他不太高興了，現在藍衫坐在後排，離得遠，根本看不出他到底是喜是怒。

不過可以肯定是，他一直在看她……藍衫摸摸鼻子，不知道怎麼的有點心虛，她沒幹什麼吧？

喬風清了清嗓子，開口了，「後面那位瞪眼睛流口水一臉呆相的同學，請妳回答一下，我剛才講到哪裡了？」

藍衫摸了摸嘴巴……她哪裡流口水了！

「別摸了，說的就是妳。」

因為剛才那一巴掌，喬風吸引了所有同學的注意力，現在看到他點名提問，大家順著喬教授的目光，開始扭頭向教室的後面搜尋目標，並且好奇地討論著，室內一時迴蕩著竊竊私語。

恍惚間，藍衫覺得所有人都在看她，所有人都在議論她，就好像小時候老師點名批評了某個成績差的學生，全班同學都會圍觀嘲笑。

她很不自在，覺得喬風一點也不給她面子。她憤憤地看了他一眼，卻發現他一直盯著她，等待著她的回答。

這人發什麼瘋！藍衫只好站起來，脖子一抬，答道，「我不知道。」

「請坐，希望妳以後不要睡覺了，如果妳做不到，我建議妳可以站著聽課。」

有人笑出了聲，那笑聲完全是故意的、不懷好意的。藍衫並不知道對方是因為認出了她、看到她吃癟而覺得解氣。

她只知道，喬風當眾讓她丟臉，害她被人嘲笑。

這人又發什麼神經，明明他課堂上睡覺的又不只她一個！藍衫也有點氣，回道，「如果我既想睡覺又不想站著，是否可以選擇不聽你的課了呢，喬教授？」

「不可以，否則我會懲罰妳。」

有些人無法冷靜了——我操為什麼只是普普通通的一句話卻讓人聽著別有內情呢？到底會怎麼懲罰？是不是這樣那樣啊？求詳八求賜教啊……

藍衫當然知道他要怎麼「懲罰」——不給她做飯唄。程咬金尚且有三板斧，這變態整天就用一樣威脅，煩都煩死了！

她坐下來，集中所有的精神力，瞪他，狠狠地瞪他。

這樣一來，她倒是沒再犯睏了，只不過也沒能用目光在他身上戳幾個窟窿，對此她深表遺憾。

直到下課，喬風都沒再看她。

下課鈴一響，藍衫收拾東西衝出教室，她現在不想等他，也不想看到他。

但喬風還是很快找到了她。她走得再快，腿也不如他長，他追起來也不費力。

兩人心情都不太美妙，所以誰也沒說話，但喬風一直緊緊地跟在她身邊。

他低頭，看到自己醜醜的褲腳，他沒話找話道，「妳要不要吃宵夜？」

「不要！」

「妳是不是生氣了？」

「才沒有！」

「啊、太好了，我還以為妳生氣了。」

「……」

第三十三章

晚上回到家，喬風利用自己任課教師的許可權，找到了那個偷拍藍衫的學生資訊。這很簡單，首先他有選他課的所有學生名單，剔除掉女生之後，大大地縮小了範圍，再根據男生們的姓名和學號，從校園個人資訊網裡下載大頭照，集中照片一一對比，最終確定了作案人。

這個人叫李小亮，現在大二。

喬風順藤摸瓜找到了李小亮的社交平臺，然後發現這個同學果然把他今天上課拍到的照片放到了校內網上。

不過李小亮只傳了一張照片，照片裡他和藍衫的距離還算正常，這比喬風預期的要好一些。李小亮在照片下跟朋友抱怨，說只拍到這一張，後來大美女被老師吵醒了，然後他的手機螢幕還摔壞了，真倒楣。

喬風幫李小亮把照片刪掉了，之後用小號發了封私信給他，禮貌地告知他：希望你把手機裡的照片也刪掉，同時向我提供證明，否則你會遭到喬老師的報復，後面還附上了「如何永久又徹底地刪掉手機圖片」的方法。

然後李小亮就把他封鎖了。

第二天，李小亮要去卡務中心補辦校園一卡通，他今天運氣好，都沒有排隊，一路下來辦得很順利。拿到新的校園卡之後，他用袖子擦了擦——有時候，嶄新的卡面上會沾一些不知名的塑膠碎屑。不經意間，他瞥了一眼校園卡正面的學生資訊，然後他就斯巴達了。

在本該印有學生大頭照的地方，他帥氣的臉不翼而飛，取而代之的是一隻吐舌頭翻白眼的哈士奇。

當晚，李小亮哭著刪掉手機裡的圖片，並且把全程錄下來，mail 到了喬老師的信箱裡。

第二天，藍衫上班時還在跟喬風嘔氣，不僅氣他讓她生氣，更氣的是，他惹火了她，還沾沾自喜而不自知，簡直是……氣死了！

這傢伙還發訊息問她今天晚上吃什麼，哼哼哼，吃屎去吧！

這樣想著，藍衫就這樣回覆給他了。她心想，就不信看到這樣的話，他還不知道她在生氣！

過了一會兒，喬風回覆了一個字：『好。』

藍衫：「……！」

這要是別人說這樣的話，她知道對方肯定是在配合她開玩笑。但他是喬風耶，說到做到的喬風！他不會真的端一盆屎給她吃吧？那畫面太美她不敢想……

藍衫趕緊哆哆嗦嗦地回覆：『我開玩笑的！』

喬風：『我知道，笨蛋。』

藍衫發現她好像真的挺笨的。

考慮到自己正在生氣，她就沒有繼續回覆喬風了。午餐當然要在公司的員工餐廳吃，藍衫的胃口這幾天被喬風給養刁了，吃員工餐廳的飯純粹是為果腹，說不上多好吃。

今天她在員工餐廳裡竟然遇到了宋子誠大老闆，老闆們都自帶「BOSS出沒、閒人退散」的光環，因此以宋子誠為中心方圓四個座位之內只有他一個人。

藍衫路過老闆面前時放緩腳步，跟他打了個招呼，「老闆好！」

宋子誠抬頭看到是她，他以為她要坐在他對面，於是把自己的餐盤往回拉了一下，空出位置給她。

藍衫注意到這個細節，她走也不是，留也不願。

宋子誠朝她點頭，「坐吧。」

藍衫只好坐下來。她與宋子誠接觸下來，知道這人其實挺好相處，並不像一般老闆那樣拿腔拿調，所以這下子她也沒覺得不自在，吃吃喝喝很自然。

吃了幾口菜，她抬頭看一眼宋子誠，想和他聊天，然後她發現老闆也在看她。這不是重點，重點是他那個表情，似乎很是感動？

藍衫一下就迷茫了，難道她是老闆失散多年的親妹妹？

她被自己這猜測雷得不輕。

宋子誠確實很感動——他感動於自己終於有機會和她坐下來，兩人一起吃個飯、聊個天，不被任何人打擾。經過之前的種種坎坷和打擊，現在這樣的平淡已經足以讓人珍惜和感動了。

他真是愈來愈容易滿足了。

與此同時，宋子誠還發現，自從遇到藍衫之後，他好像就不太會談戀愛了。許多泡妞的招式在她身上都用不上，能用上的也因為各種原因以失敗告終。除此之外，他還有些患得患失，這是以前從來沒有過的，比如現在，他想來想去，還沒想好該怎樣與她聊天，不知道說什麼才能得到她的一點青睞。

他把這些歸因於他的獵物防禦值太高，銅山鐵壁，無懈可擊。

正因為如此，這個女人征服起來才更帶感，不是嗎？

「藍衫——」

宋子誠剛一開口，正在這時，一個著急忙慌的小女孩從走廊上跑過，她端著個餐盤，盤裡是吃剩下的一點米飯和菜湯。路過宋子誠他們桌時，也不知道怎麼回事，她腳下一打滑，整個人向前摔去，餐盤脫手，不偏不倚扣向藍衫。

藍衫反應也快，本能地抬手擋了一下，那餐盤倒是沒有直接摔到她臉上，但裡面的東西依然嘩啦啦澆下來，澆到她的襯衫和褲子上，還有一些乾脆甩到她的頭上和臉上。

藍衫一動不動，危險地瞇眼，咬著後槽牙說道，「郝、敏！」

郝敏從地上爬起來，看到藍衫的狼狽模樣，她嚇得要死，「藍藍藍姊我錯了！對不起對不起對不起！」說著，她掏出衛生紙幫藍衫擦。

褐色的菜湯已經滲進淺藍色的襯衫，像鐵銹一樣哪裡擦得乾淨，郝敏只把她臉上的汁水擦乾淨了，擦完之後又去擦頭髮上的。

藍衫一推她的手，「行了、行了！」

「對不起！」郝敏急得眼眶都紅了。

照藍衫的脾氣，這樣的情況一定會開口罵她幾句。不過……藍衫環視一周，發現許多人都在往這邊看，郝敏自己已經快哭出來了。

郝敏是她的下屬，藍衫不想當著全公司人的面唱大戲，於是忍了忍，讓郝敏先回去了。

宋子誠皺眉看著藍衫，問道，「妳有沒有帶備用的衣服？」

藍衫無奈搖頭，「沒有。」她低頭看著自己一身的狼藉，不知道該怎麼辦才好。不然跟別人借套衣服？就算能借到合身的，但她皮膚上和頭上都沾了菜湯，現在一身味道，走到哪都被人嫌棄，這樣子怎麼招待客戶？人家客戶大概會以為她是從餐廳後廚跑出來兼職的……

想到這裡，她嘆了口氣。

宋子誠把面前的餐盤一推，起身說道，「走吧。」

藍衫有氣無力地揮了一下手，「老闆再見。」

宋子誠有些好笑，「藍衫，跟我一起走。」

藍衫愣住，「去哪裡？」

「我送妳去飯店。」

藍衫頓時明白，他是要帶她去附近的飯店清潔處理一下，唉、老闆人真好。她有點感動，起身跟上，一邊走一邊又掏出衛生紙自己擦衣服，老闆是好心，她不能在人家車上沾上這些東西。

坐在車上，宋子誠開了車窗，問藍衫道，「妳打算就這樣放過她嗎？」

「她」當然指的是冒失鬼郝敏，藍衫搖頭，「怎麼可能啊，回去得好好罵她一頓。」

「然後呢？」

「然後就那樣唄，她又不是故意的。」

宋子誠挑眉，「妳怎麼知道她不是故意的？」

藍衫坐得筆直，儘量減少自己與座位的接觸面積，她答道，「要是故意的，她不會就剩那麼點菜湯，弄滿滿一碗蛋花湯多舒爽呀，或者來一盤麻婆豆腐什麼的。」再說了，郝敏是她的下屬，這小妹妹找她麻煩能有什麼好處呀？

兩人很快到了飯店，宋子誠幫藍衫開了房間，讓她自己上去洗澡。藍衫洗完澡，裹著飯店裡的浴袍走出浴室。這時她又有點困擾了，來之前怎麼沒有事先借套衣服呢，她不想穿髒衣服啊……

咚咚咚，有人在敲門。

宋子誠在門外說道，「藍衫，妳好了沒有？」

藍衫把門拉開一條縫，探出腦袋說道，「老闆，什麼事？」

宋子誠把一大一小兩個手提袋遞給她，「怕妳沒衣服穿，這是我讓助理新買的。」

「謝謝老闆！」藍衫感動地接過來，除了感動之外她還對這些有錢人的效率感到佩服。

「不謝，」宋子誠停了一停，補充道，「那個助理是女人。」

藍衫不太明白宋子誠為何要對她說這些，說實話她不太關心老闆的助理是什麼人，難道老闆想要自曝八卦給她？呃……

等回到房間，打開那兩個手提袋，她就明白宋子誠為何要解釋那些了。

大袋子裡是衣服和褲子，小袋子裡竟然是一整套女性內衣……

藍衫汗涔涔地把內衣和衣服都換好了，不管是內是外，都十分合身。

好吧、現在問題來了，老闆是怎麼知道她的衣服尺碼的？就算襯衫和褲子可以目測，那麼內衣呢……她有點尷尬，這種問題不能細想，這世上確實有些男人透過目測就能準確知道女人的尺碼，簡直天賦異稟。

真是不公平，為什麼女人不能透過目測就可以知道男人小弟弟的長度咧。

穿好衣服，藍衫出了門，假裝什麼都沒發覺，女人該裝傻時就得裝傻。宋子誠還在等她，他要把她送回公司。

藍衫都不知道該怎麼謝他了，只好發揮溜鬚拍馬大法，她把老闆恭維成了一朵花兒，然後她說道，「老闆，今天這些一共花了多少錢，麻煩您讓助理告訴我一聲，已經夠給您添麻煩了，怎麼能再白拿您東西呢。」

宋子誠目視前方，答道，「不用了。」

「這怎麼行呢，我會過意不去的。」

「如果真的過意不去，妳也可以買衣服給我。」

第三十四章

宋子誠把藍衫送回公司之後就離開了。藍衫還在思考剛才他說的話，不知道自己是不是真的該買衣服送給他，總覺得那樣子怪怪的。

她一身乾淨清爽地回來，公司裡的同事看她的眼神頓時多了些探究，BOSS 大人對藍衫這麼好，很難讓人不想歪呀。

別人不問，藍衫也不好硬解釋什麼，太刻意了更不好。於是就這麼在眾人目光的掃射中度過了一個漫長的下午，下班之後她趕緊走了。

夏天的天氣很是無常，明明下午上班時還好好的，現在她走出公司，整個天空都被陰雲鎖住，烏沉沉的好像隨時會來場大雨。藍衫摸了摸包，心想糟糕，又忘記帶傘了。

她只好默默祈禱，希望老天爺客氣一點，在她到家之前不要下雨。

剛祈禱完畢，天空就開始落雨點了。

藍衫翻著白眼跑進地鐵。

到地鐵時，雨完全沒有停的意思，反而愈下愈大，雨珠子密密麻麻連成一氣，被風捲著東搖西晃，形成一眼望不到邊際的扭曲簾幕。屋頂上的積水匯集，順著排水管道傾注而下，像是一道道銀白的小瀑布，重重砸在地上，形成「嗒嗒嗒」的連續撞擊聲，猶如鞭子狠狠地抽下來，聽得人心煩意亂。

冷風挾著水氣撲面而來，拚命往衣縫裡鑽，恨不能吹得人汗毛都搖擺起來，那感覺相當提神醒腦，藍衫不自覺搓了搓手臂，她有點冷。

地鐵的出口處已經擠了不少人，都是因為沒帶傘而滯留在這裡的人。後面不斷有人向外湧，站務員只好一遍遍強調「不要堵住出口通道」。

藍衫在一片嘈雜和擁擠之中思考拔足狂奔回去的可行性。

不過身為美女，被路人搭救的可能性相當之高，她才思考了不到一分鐘，就有男性上前問她可否同行。

藍衫正想答「是」，突然被一個人叫住，「藍衫。」

聲線溫潤，穿過雨簾撞上她的耳膜。

藍衫循聲望去，看到喬風撐著一把黑色的傘立在階下。雨絲打在傘面上飛濺出無數細小水花，連成一片，像是在傘頂上罩了一層薄霧。

他舉著傘立在雨中，一動不動，像是一顆堅定的蘑菇。

藍衫本來還有氣，見他這樣，氣竟然消了大半。

站在藍衫身旁的那位先生看到喬風，心想：這哥們到底會不會泡妞，拿這麼大一把傘出來接人？這傘下別說站兩人了，站兩頭大象都夠了吧……

喬風舉著他那巨無霸的大黑傘，朝藍衫招手，「藍衫，快過來。」

藍衫走過去，站在他的傘下，喬風主動接過她手裡的包。

兩人便一同往回走。藍衫沉默了一會兒，問道，「你怎麼知道我沒帶傘？」

喬風答道，「我只是擔心妳沒帶傘。」所以過來看看，沒想到這笨蛋真的沒帶。

藍衫很感動，她都快要原諒喬風了。她也看出來了，這其實就是一個實心眼兒的傻孩子，雖然笨了點，但心地很好，她何必跟他鬧彆扭呢。

然而接下來，喬風突然問道，「藍衫，妳今天中午為什麼跟宋子誠一起去飯店？」

藍衫徹底震驚了，她停住腳步深深地看他一眼，反問道，「你怎麼知道我和他去飯店了？你跟蹤我？」

喬風搖搖頭，「沒有。」

藍衫逼問道，「到底是怎麼回事？」今天發生的事情她沒有跟任何人說，也沒有發在網路上，他怎麼可能知道？如果他什麼都能知道，那太讓人沒安全感了。

「妳微信的定位功能開著，我建幾個虛擬位置，就可以輕鬆定位妳的精確位置。」

雖然聽不懂，但藍衫知道他最後定位了她，這樣一來他知道她在飯店就不稀奇了。

這和跟蹤好像也沒什麼太大區別？藍衫心中不爽，壓下火氣又問道，「就算你知道我在哪裡，那你是怎麼知道宋子誠也在的？」

喬風垂目看著地面，眼中情緒被濃密的睫毛掩著，他答道，「我進入了他們飯店的系統，看到了宋子誠的入住資訊，但沒看到妳的。所以我猜測你們是一起去的，用宋子誠的身分證開房間。」

藍衫氣結，她指著他怒道，「喬風你是不是有病呀？整天窺探別人的隱私有意思嗎？你有窺私癖吧？」

「我沒有窺私癖。藍衫，你們到底在飯店做了什麼？」

藍衫譏諷，「問我幹嘛？你不是有很大的能耐嗎？自己去查唄！」

喬風有點無奈，「今天他們飯店的監控系統壞了，監視器沒辦法用。」

「你！」藍衫已經不知道該說什麼好了，她搶過自己的包轉身快步走開，「神經病！」

喬風跟上去小心幫她撐著傘，他不依不饒地追問，「藍衫，你們到底為什麼去飯店？」

藍衫賭氣道，「一個男人和一個女人開房還能做什麼？」

喬風斬釘截鐵地否定，「不可能。」

「呿，」藍衫嗤笑，「你又知道了？」

「藍衫，妳不是那樣的人。」

藍衫加快腳步，「走開，我就是那樣的人！」

喬風緊追不捨，「我希望妳不要接近宋子誠，他不是什麼好人。」

「比你好！」

喬風突然停住不動了。

藍衫沒注意到，以為頭頂上的雨傘還在跟著她，她昂首闊步扎進雨中，突然被潑了一身雨，她一驚，本能地後撤。

喬風見她被雨淋到，連忙上前一步幫她撐好傘，這樣一退一進，兩人又靠得極近。

藍衫扭過頭，她看到他在低頭注視她，玄黑的眼中不復平日的神采，布滿了失望和哀傷。她心頭一凜，莫名地有些難過，但轉念一想，明明氣人的是他！

她低下頭，重重哼了一聲。

喬風挪動腳步，繞到她面前，他耐著心，小聲問道，「藍衫，妳生氣了？」

藍衫這次學乖了，實話實說，「對呀、我生氣了，我從昨天就開始氣，一直氣到現在！喬風你這個笨蛋，笨死了！你——」

他突然張開雙臂，將她擁入懷中。

藍衫嚇了一跳，「你你你你幹嘛呀！放手！」一邊說著，一邊奮力掙扎。

喬風固執地抱著她答道，「我記得妳轉過一條微博，說女孩子發脾氣時，她需要的只是一個擁抱。」

藍衫突然安靜了。

喬風一手握著雨傘，把兩人安安穩穩地罩住，另一手攬著她的腰，將她的身體緩緩抱緊。他柔聲說道，「藍衫，別生氣了。」

藍衫沒有回答。喬風感覺到懷中人的肩膀在微微抖動，他詫異地放開她，然後就看到她眼眶發紅，淚水在瘋狂地往外湧。

喬風慌亂地幫她擦眼淚，「對、對不起。」

藍衫癟癟嘴巴，抬袖子豪放地往臉上蹭了蹭，她抽抽噎噎地說道，「已經好久沒有人抱過我了……」剛一說話，眼淚又湧出來了。

「別、別哭了。」

「我想家了，我想我爸媽了！嗚嗚嗚……」

喬風不知道藍衫情緒變化的邏輯在哪裡，一會兒好了、一會兒又生氣了，一會兒又難過了……他不理解。

他只知道她現在傷心落淚了，他不想看到她這樣，他為她的難過而感到難過。他拉著她的手說道，「藍衫，如果我能為妳做什麼，請妳直接告訴我。」

點點頭，淚水嘩啦啦地繼續流。她也不知道自己是怎麼回事，突然就哭個沒完沒了，搞得好像天塌下來一樣，其實根本沒什麼啊。

喬風把哭泣的藍衫領回家，藍衫到他家時終於哭夠了，他讓她洗了把臉，然後他煮了紅糖生薑水給藍衫驅寒。

藍衫捧著紅糖生薑水，鼓著臉頰吹散水面的熱氣。

喬風看著她紅紅的眼睛和鼻子說道，「藍衫、我想過了，對於妳剛才情緒的爆發，只有一個原因可以科學地解釋。」

「什麼原因？」

「妳的生理期快到了。」

藍衫剛喝了一小口紅糖生薑水，被他這句話驚得連番咳嗽，差點噎死。她瞪他一眼，「瞎說什麼呢！」

「我只是在跟妳探討科學。」

「閉嘴！」

喬風只好閉嘴。過了一會兒，他又換了個話題，「那麼妳能告訴我妳為什麼生氣嗎？」

藍衫答道，「第一，你昨天當著那麼多人的面給我難堪，讓我下不了臺。」

喬風想了一下，誠懇地看著她，「抱歉，我總是不能準確理解普通人的情緒。如果妳覺得那個方式不好，那麼我以後不會用，但前提是妳不能再上課睡覺了。」

「好了、好了，」這個問題簡直無解，藍衫都不知道這小天才到底在堅持什麼。她擺擺手說道，「本來昨天我氣都快消了，但是你今天為什麼要窺探我的隱私呢？你知不知道這很讓人反感。」

喬風搖頭了，「這一點我不能接受。妳手機 APP 的定位功能開著，任何人都可以據此查看妳的位置，我這不算窺私。」

「那入侵人家系統是怎麼回事？」

「我也只是看到了宋子誠的資訊，並且通過邏輯推導……」喬風說的頭頭是道，一抬頭看到藍衫目光幽幽地盯著他，他怕她又鬧一場，只好承認道，「好吧，我承認我確實有不當之舉，但請妳放心，我並非有窺探他人隱私的癖好，比如妳的個人電腦裡有那麼多漏洞，我就從來沒有入侵過。」

這有什麼好得意的……藍衫覺得很窘，問道，「那你今天到底發的什麼瘋？」

「我……」喬風低下頭，「妳今天上午不理我，我不知道是為什麼。」

「就為了這個？當然是因為我還在生你的氣！」藍衫說著，轉念一想，好吧、今天上午他還不知道她在生氣，哎呀好混亂。她擺擺手，「好了、好了，我今天去飯店呢，是因為有個冒失鬼潑我一身菜湯，宋子誠送我去飯店洗澡換衣服，這件事情到此為止，我們吃飯吧。」

喬風卻叫住她，「藍衫。」

「又怎麼了？」

「我今天也不高興。」

藍衫挺稀奇，「嘿呦喂，你怎麼了？難道你也要來大姨媽了？」

喬風愣住，隨即彆扭地搖搖頭，他鬱悶地看著她，「妳說宋子誠比我好。」

「我那是說氣話呢，你也信？這天底下哪個男人比你好呀？上得了廳堂、下得了廚房，任勞任怨、任打任罵，比牛都老實、比狗都忠誠、比兔子還乖巧、比貓還會賣萌……」做慣了銷售，誇人的話都是當順口溜一樣說，不怎麼放在心上。但是藍衫說完這些奉承的話，突然發現這些話用來形容喬風竟然都還蠻貼切的。

天殺的這到底是怎樣一個極品男人啊……

第三十五章

當晚，藍衫回到家，很不幸地發現她的生理期真的來了……這種事情被一個男人猜到，感覺真的好詭異啊……

她心想，難道果然如喬風所說，她發脾氣的真正原因是「這位親戚」的造訪？看來科學這個玩意比魔法還要神奇。

第二天，藍衫和喬風一起吃飯時，飯桌上出現了補血的紅棗花生粥。

藍衫當然不可能把女性的私事拿出來跟男人分享，之所以喬風會做這些，完全是因為他相信並堅持自己的判斷。藍衫發現喬風看起來挺好說話，但其實對於某些事情有著異乎尋常的執拗，只要是他堅持的，九頭牛都拉不回來。如果你膽敢阻撓，他就會不停地在你耳邊碎碎念、碎碎念、碎碎念……直到把你煩死。

所以現在藍衫也不打算跟他辯論什麼，她坐下來，安心地享受紅棗花生粥。

「怎麼樣？」喬風有點期待地看著她，「我第一次煮這個。」

藍衫重重點頭，「好吃！」香、甜、軟、糯、爛，溫度也剛剛好，順著食道滑進胃裡，把整個腹部烘得暖融融的，特別舒服。第一次做就做得這麼棒，不愧是個小天才。藍衫連吃了幾口，忍不住伸出舌尖，飛快地舔了了一下上嘴唇。抬頭的時候，她發現喬風一直在看著他，眼睛明亮。

藍衫指指喬風的餐盤，「吃呀，傻了你？」

「哦。」喬風回過神來，低頭開始吃東西。

藍衫又想逗他了，於是問道，「喂、你說我這樣子的，算不算秀色可餐呀？」

喬風埋頭吃東西，沒有回答。

藍衫覺得無趣，正想吃飯，一低頭發現餐廳裡闖入一個不明物體。那東西黑白相間，長著白色的尾巴，移動速度很快，眼看著就要到了藍衫的腳下。

藍衫嚇得抬起腳，「啊啊啊，這什麼東西啊！」

喬風平靜地安慰她，「不要怕，那是薛丁格。」

薛丁格什麼時候長這樣了？藍衫奇怪地定睛看去，恰好薛丁格也抬頭看她，然後她就看到一張熊貓臉……

原來薛丁格穿了熊貓套裝，此刻大胖臉的一半都被熊貓造型的帽子罩住。牠仰頭時眼睛被帽簷擋住，根本什麼都看不到，於是牠又低下頭，不滿地叫了一聲。

藍衫有點無語，「你為什麼要把一隻貓打扮成熊貓？」

「我覺得妳應該會喜歡。」

藍衫好像能理解喬風的想法了。他應該是擔心她心情依然欠佳，所以用這種隱晦的方式哄她開心。得閨蜜如此，夫復何求啊。藍衫吃著紅棗粥，看著小熊貓，滿心都是感動。她對喬風說道，「小風風啊，我覺得，不久的將來你就能超越小油菜在我心目中的位置了。」

喬風默默地在心中給藍衫下了一個評價——重色輕友。

說到這裡，藍衫突然想到一個許久以來的疑惑，她試探著問道，「喬風，你跟你哥感情不錯吧？」

「嗯、蠻好的。」

「那他怎麼都不來找你……玩呢？」

喬風抬頭掃了她一眼，好像是覺得她問這個問題莫名其妙。不過他還是回答了，「他每週都來，只不過妳剛好都不在。」

原來是這樣，懂了。雖然這一次的答案使得藍衫產生了新的疑惑，但這些疑惑都不適合拿出來問，至少目前不適合。

思來想去，藍衫決定不幫宋子誠買衣服了，女下屬幫男上司買衣服，不適合。

她幫他買了一個高大上的菸灰缸，黑色合金材質，邊緣鑲了好幾圈鑽石——當然是假鑽石啦。整個菸灰缸像個璀璨的小盤子，藍衫猥瑣地想，就算不抽菸，拿來當擺飾那也是相當不錯的。

因為這幾天宋子誠沒有去4S店，藍衫只好把他約出來吃了頓飯，然後她把菸灰缸拿給了他。

宋子誠很高興，這是藍衫第一次送他東西，送什麼不重要，他都喜歡。

吃過飯，兩人一同走出餐廳。

外面華燈璀璨，街上人車如流，藍衫摸著肚皮望望天空。不管市區的天氣多晴朗，人和天空也總像是隔著一層濃霧，你在市區永遠看不到繁星如斗的天空，最多是小貓兩三隻。

這個季節，在她家鄉的晚上，已經能看到燦爛的星河了。那裡蒼穹如頂，罩著大地，滿天的繁星像是沉入深海的鑽石，明亮又璀璨。人若是有煩心事，躺在大地上看望天空，所有的憂愁都會被那浩渺的宇宙吸走。

藍衫有點惆悵，也不知是想念星星了，還是想念家鄉了。

宋子誠突然問道，「想看星星了？」

藍衫訝異，「你怎麼知道？」

他怎麼知道？女孩子抬頭看天，多半是想看星星，難不成想看飛機嗎？宋子誠勾了勾嘴角，夜光下的眸中柔光點點，褪去了平時的冷峻。

藍衫看著他的眼睛，心想，這雙眼睛倒是挺像星星的。

宋子誠說道，「在這裡看不到星星的，如果想看，我們可以去密雲。」

他說了一個詞——「我們」，瞬間彷彿把二人的關係拉得近了，但宋子誠知道這個女人的防禦力很強。漂亮女人的防禦力往往會走極端，要麼就是千瘡百孔，是個男人都能上她床；要麼就是發電機等級的，藍衫顯然屬於後者。宋子誠知道，她現在不可能僅僅為了「看星星」就輕易陪他去荒郊野外，所以他趕緊又說道，「不過今天的天氣不太好。」

藍衫點點頭，心想，以後可以把小風風騙去密雲看星星了。

第二天，宋子誠把藍衫送他的菸灰缸擺在了自己的辦公室裡。作為富二代，他並非遊手好閒，但他現在沒有在家族公司做事，而是自己出去開了個公司做風險投資。新公司剛起步就弄得有聲有色，不過好像也沒什麼人關心他賺不賺錢——反正賺不賺都要回來繼承家業的。

真正遊手好閒的是鐂子，此人由於智商上的局限，往往是成事不足、敗事有餘，他家人對他唯一的企盼就是少惹事。

鐂子經常出入宋子誠的辦公室，今天他在誠哥的辦公室裡看到了一個嶄新的菸灰缸。這倒並不是他的觀察能力有多入微，而是那個菸灰缸實在不符合誠哥的審美。邊邊鑲了三大圈鑽石，誠哥什麼時候喜歡這種一閃一閃亮晶晶的東西了？

鐂子把那個乾乾淨淨的菸灰缸抛向空中，然後穩穩接住，如是再三。

宋子誠正在處理文件，一抬頭看到他這麼玩，便怒道，「放下！」

鐂子嚇一跳，一失手沒接住，菸灰缸落下來重重砸在他腳上。

「哎呦喂，疼死我了！腳趾頭都要掉了！」他抱著腳靠在沙發上哀號。

宋子誠並不關心鐂子的腳趾頭掉還是沒掉，他只關心菸灰缸有沒有被磕壞。鐂子看到誠哥看小情人似的看著那騷包的菸灰缸，他不理解，「誠哥，這是誰送你的？」

宋子誠不答。

鐂子問道，「不會是藍大美女吧？」見誠哥沉默，他一拍大腿，「還真的是！誠哥，有希望啊？」

「你給我閉嘴，」宋子誠一邊說著，把那菸灰缸擺回茶几上，然後斜了鐿子一眼，「以後不要碰它。」

鐿子點頭如搗蒜。

從宋子誠那出來，鐿子很高興，他又有新的約女神出來吃飯的理由了。

不然怎麼會說男人賤呢，明知道蘇落並不喜歡他，難得給他點好顏色的時候，也都是跟宋子誠有關。但是沒辦法，鐿子就是喜歡，就是好這口，就是想親近她。

所以鐿子就約了蘇落吃飯，然後把「藍衫送給誠哥菸灰缸」這一件事擴展成一段不低於二十分鐘的有聲故事說給蘇落聽了。

蘇落的臉色很不好。

鐿子問道，「落落，妳覺得她給誠哥菸灰缸是想表達什麼意思？」

蘇落冷冷一哼，「當然是希望宋子誠一抽菸就能想起她，這個女人倒是高明。」

鐿子恍然大悟地一拍腦袋，「原來是這個意思，女人的心思就是麻煩。不過我看誠哥跟她……嗯，就是一個願打、一個願挨……」說著說著，看到蘇落的臉色漸漸暗淡，他的聲音也愈來愈小了。

鐿子鼓足勇氣問道，「落落、天底下好男人那麼多，妳為什麼偏偏在誠哥這裡吊著呢……」

蘇落一言不發，眼眶紅紅，像是要落淚，鐿子看得心疼死了。

男人都喜歡癡情的女人，哪怕這個女人的心在別的男人身上，她愈是癡心不改，愈是叫人無法自拔。

吃完了飯，蘇落自己開車回家，剛坐在車上時，她發了一條微博：

『早知如此絆人心，何如當初莫相識。』

回到家時，這條微博已經有了不少轉發和回覆。其中有一條評論，留言ID的頭像是一隻大臉貓，備註名字只有一個字：「他」。

他說：『請努力挽回妳的前男友，妳一定能做到的，加油！［握拳］［握拳］［握拳］』

蘇落低頭，笑得婉轉多情，她手指滑動，回覆道：『我當真了哦！［微笑］』

第三十六章

藍衫沒想到會在美容院遇到蘇落，這女孩今天看起來氣色不錯，至少比前兩次遇見她時的那種落魄好，看來應該是想通了。

嗯、就是嘛，挺漂亮的一個女孩，氣質也好，用不著在一個男人身上吊死。

藍衫朝她打了個招呼，「好巧。」

蘇落搖頭向她淡笑，「不巧，我故意來這裡等妳的。」

藍衫莫名其妙，不知道來者何意，她笑答，「如果妳要買車，打個電話就行啦。」

「我目前並不打算換車，我來是想跟妳聊聊。」

藍衫更覺奇怪了，除了買車這個話題，她不認為她和蘇落之間能有別的可聊。她有些為難地看著蘇落說道，「我要做 SPA，不太習慣有除了按摩師之外的人在場。」

蘇落笑如春風，「沒關係，正好我也要護理，等一下妳做完了，我們去對面咖啡廳坐下來說吧。」

藍衫只能點頭。

她做完 SPA 出來，看到蘇落已經在等她了，兩人一同去了對面的咖啡廳。

在藍衫看來，蘇落這個人屬於那種沒什麼壞心眼，但也絕對不好伺候的女孩，估計是被男人們慣出來的，總之能遠離就遠離。她又不買她的車，所以她才懶得伺候她。

於是藍衫說道，「蘇小姐，我們打開天窗說亮話，妳今天找我有什麼事，請直說。」

蘇落的坐姿很端正，姿態很優雅。看在人眼裡特別舒服，服務生把咖啡端過來放在她面前時，還忍不住多看了她一眼。

她看著藍衫，一派真誠，「我來只是想好心提醒妳一下，不要對宋子誠抱有什麼幻想，他這個人不是妳能壓得住的。」

藍衫終於明白了。可不是嘛，她跟蘇落到目前為止唯一的聯繫也就是都認識宋子誠了，所以蘇落找她聊天還能是為什麼？藍衫覺得很荒謬，她見蘇落還想說話，連忙朝她擺了一下手，打斷她，「喂喂喂、妳完全誤會了，宋總他只是我的老闆，就這麼簡單。」

蘇落淡淡一笑，「大家都是女人，妳不用急著否定什麼。」

一句話把人判刑了，藍衫特煩這種無敵自信的調調，她扶了一下太陽穴，看著她，「然後呢？女孩妳折騰來、折騰去不就是對我們老闆舊情難忘嗎？那就趕快把人追回來呀！妳管我幹嘛呀？我對我們老闆真的沒別的意思！」

蘇落繼續說道，「一個女人，二流大學本科學歷，北漂，無本地戶口，職業是銷售。最大的優勢是美貌，但今年已經二十八歲了，妳還能美貌幾年？對於這樣的一個女人來說，婚姻才是一輩子的大事，我不信妳不急。」

藍衫聽得心頭火氣，剛要說話，蘇落又開口了：「但是請相信我，妳選錯對象了。宋子誠這個人很複雜，他——」

砰！

藍衫重重一拍桌子，打斷了她。周圍不少人被聲響嚇到，紛紛朝這邊望來，蘇落覺得很失禮，責備地看了一眼藍衫。

藍衫接著蘇落的話，說道，「但宋子誠是一個曾經甩過蘇落的男人，連您這樣的女人他都敢甩，所以他肯定看不上我這樣的，妳想說的是不是這個？我幫妳說完了，我可以走了吧？」

蘇落無奈道，「不管妳信不信，我真的是為妳好。」

藍衫點頭，「我當然信。不過我也勸妳一句，被宋子誠甩一下沒什麼大不了。妳看妳滿腦子都是『沒男人就活不下去』、『婚姻就是女人最大的勝利』這類奇葩思想，我勸妳趕快找個高帥富嫁掉。啊、說我二十八了？難道妳不到二十八歲？別在我面前裝嫩，老子看眼神都能看出年齡來。還有，妳是我爹呀、還是我媽呀？我用不著妳這麼為我操心！」

眼看著蘇落的臉一點一點黑掉，藍衫得意地一揮手，「拜拜了！」

然後就走了。

回去之後，藍衫直接在喬風家的地毯上滾了幾圈，這才心情好點。

她躺在地毯上，望著天花板，漸漸冷靜下來，才突然意識到自己剛才為什麼發那麼大火——蘇落的話雖然不好聽，但她說的一大部分是實話。

一個北漂，在這樣一個兩千萬人口的大城市裡，像是茫茫紅塵中的一粒沙，渺小卑微、微不足道，既舉目無親，亦沒房沒車沒男朋友，做的還是累死累活有點受歧視的工作。

不被具體有形的東西抓住，那麼她的精神就沒有著落，靈魂就無處安放。

所以她在這個城市待了十年了，已經習慣了匯聚八方的食物，說出的普通話都染上了道地的北京腔……但是，她在這個城市裡，卻始終像是一個客人。

這是漂泊的代價。

藍衫躺在地毯上發呆時，喬風端著一個玻璃碗走過來。玻璃碗裡堆滿了一粒粒洗摘乾淨的無籽馬奶葡萄，淺綠色小指腹那樣大小的。他盤腿坐在她旁邊，捏起一顆葡萄，餵到她唇邊。

藍衫張開嘴巴，舌尖一卷，把葡萄吃進嘴裡，嚼幾下感嘆，「真甜。」

「嗯。」喬風點點頭，他自己也吃了一顆，然後又餵藍衫。

他一顆一顆地餵，藍衫一顆一顆地吃，邊吃邊說道，「喬風我覺得很奇怪，為什麼你們家的東西都這麼好吃呢？米飯好吃、水果好吃，連鹹鴨蛋都好吃！是不是你們家風水好呀？」

喬風搖頭道，「不是，是因為我家的東西都是綠色有機農業食品。」

「我不信！連鹹鴨蛋都是？」

「是。」

「對哦、你爺爺可以養鴨子，然後做鹹鴨蛋。那水蜜桃也是？葡萄也是？奇異果也是？開心果也是？」

他點點頭，「都是。」

藍衫翻了個大白眼，「扯！你爺爺是開開心農場的嗎？」

喬風怔了一下，隨即搖頭，「不是。」

「這就對嘛，你還不如直接說你家吃的都是特供呢，吹牛也要有吹牛的邏輯。」

喬風張了張嘴，剛要答話，看到藍衫又張大嘴巴求餵：「啊——」

他捏了顆葡萄放進她嘴裡，然後問道，「妳今天怎麼了？回來的時候臉色不太好。」

「別提了，遇到一個神經病。」想到蘇落的話，藍衫又有點憂鬱，她翻了個身，側對著喬風拄著臉看他，「小風風，我要是回了家，你會不會想我呀？」

喬風搖頭答道，「不會。」

藍衫有點失落，「哦。」

他又補充道，「反正第二天就能看到。」

藍衫解釋道，「你誤會了，我說的是回老家。」

喬風愣愣地看著她，他抿了抿嘴，「妳、妳要回老家了？什麼時候回來？」

她躺回去，惆悵地看著天花板答道，「走了也許就不回來了吧。大概逢年過節會來你這裡打打秋風，討一、兩袋米什麼的，哈哈。」

他沉吟半晌，皺著眉頭問道，「為什麼要回去？這裡不好嗎？」

藍衫嘆了口氣，「你不懂。」這裡再好也不是自己家，客居他鄉，心裡總是沒著落的。

喬風便不再說話，低著頭像是在思考什麼。

兩人之間沉默了一會兒，突然聽到外面咚咚的敲門聲。聲音有點悶，不是喬風他們家的門，但又很響，應該是隔壁的。

果然，過了一會兒，樓道裡有人喊，「藍衫在不在？」

藍衫起身跑過去開門，看到是送快遞的，她簽收之後，拿著快遞又走回到喬風家的客廳。

喬風看到藍衫撕開快遞，取出一張大紅喜帖來。

看完之後，她笑得陰森冷冽，「今天是神經病集體刷存在感的日子嗎？」

第三十七章

藍衫對著一張大紅喜帖瞪眼，像是打算用目光在上面灼一個洞。

喬風有點好奇，「這是誰的請帖？妳不喜歡？」

藍衫把喜帖折好扔在茶几上，一扯嘴角冷笑，「這世界上有一種生物，叫做前男友。」

喬風拿過請帖，展開來看。喜帖的內文都印刷好了，只有藍衫的名字是手寫的。七毫米的簽字筆，勾折之間筆劃勻稱圓滑，看來十分妥當。喬風點點頭讚道，「字寫得不錯。」

藍衫無言，「喂！」

「不過，」他話鋒一轉，「雖然工整，但筆力平柔，筆勢斂而不發，以字觀人，你這個前男友，性格大概有點懦弱。」

藍衫被他逗樂了，「看你這樣玄乎的，你就是這樣當科學家的？」

喬風挺自信，「這也是科學。」

「作為一個小面瓜，還說別人弱哪？」

喬風抬眼看她，長眉微挑，眼神有些不善，「妳覺得我很弱？」

呃……藍衫被他看得一愣神，陷入思考。喬風弱嗎？看起來挺面的，但其實人家大腦發達、小腦也發達，賺得了錢、賣得了萌，還炒得一手好菜，人家哪裡弱了？

之所以讓人覺得「弱」，完全是因為此人性格太溫吞，從來不會有咄咄逼人的氣場，這就造成一種假象。但其實遇到認定的事，他的革命立場又堅定到近乎頑固的地步，這樣的一個人是不能用「弱」來形容的，甚至也不能簡單用「強」來概括，藍衫想了想，說道，「你這樣的人，學名應該叫做『扮豬吃老虎』。」

喬風對她的回答還算滿意，至少她不認為他是「弱」的。他看著請帖問道，「這個叫盛宇的，就是妳前男友？」

「不是，如果我沒猜錯盛宇應該是個女人，我前男友叫楊小秀。」

……好名字。喬風折好請帖，然後平靜地看著藍衫問道，「你們在一起多久？」

藍衫想了想，「一年多吧？我不太記得了。」

真笨。他有些鄙夷，但突然像是想到了什麼，眉宇便舒展開來，彷彿浮雲散去，露出月華明朗。他又問道，「你們分開多久了？也不記得？」

藍衫有點不耐煩，「你自己算吧，我畢業剛工作的時候跟他在一起，一年……差不多三、四個月之後分開。」她發現喬風還挺有八婆的天分。

喬風轉瞬之間已經算清楚了，又問道，「為什麼要分開？」

說到這裡藍衫就不得不嘆一聲自己前任有多極品了，「因為他媽媽嫌棄我。嫌我學歷不好、工作不好，還不是本地人——他們家條件好像還不錯。其實最重要的是吧，楊小秀那孬種，對他媽媽是既不敢怒也不敢言，然後老娘一怒之下就把他給甩了。」

喬風從這一大段話裡捕捉到了一些關鍵資訊，「你們已經談婚論嫁了？」

藍衫慚愧得想捣臉，「別提了，誰沒腦殘的時候呢，對吧？」她那個時候剛畢業，工作也不好，就特別迷茫、特別無助，有一種乾脆早點嫁人生孩子了卻此殘生的衝動。

當時楊小秀追她追得兇猛啊，她就先跟他在一起唄。誰會想到最後是那樣收場呢……幸好她及時想清了，人立於天地之間，不該想東想西，最可靠的永遠是自己。

喬風神情悵惘，「那妳愛他嗎？」

一聽到這個問題，藍衫就有點迷茫，她靠在沙發上，仔細回憶了一下才答道，「說實話，我雖然談過戀愛，但是吧、我還真沒對誰要死要活非君不可過……所以我應該是不愛他吧。」

他低眉，目光被小刷子一樣的睫毛盡數掩去，「所以這個喜宴妳到底去還是不去？」

「去他大爺！」藍衫說著，拿過那請帖來要把它撕掉，剛一使勁，她突然停住，問喬風，「你說，楊小秀發請帖給我，是對我舊情難忘呢？還是想跟我耀武揚威呢？」

喬風搖頭，「我怎麼知道。」

藍衫突然在沙發上蹭了蹭，蹭到他身邊，笑咪嘻嘻地看他。喬風腰桿挺直，斜著眼睛掃了她一眼，警惕地挑眉，「妳要做什麼？」

藍衫一勾他的肩膀，「小風風，陪我去喜宴吧？」

喬風無力地掙扎了一下，她貼得太近，胸部線條若有若無地擦著他的手臂，使他登時緊張得一動不敢動。

藍衫沒有意識到這一點，她晃了一下他的肩膀，「好不好呀？你也不用做什麼，往那一站當個花瓶就行，讓楊小秀他媽媽看看，老娘現在的男朋友，甩他兒子十條街！哼哼哼……」

喬風低著頭，小聲說道，「我又不是你男朋友。」

「安啦、安啦，就是幫個忙而已，假扮我男朋友，懂不懂？」

喬風側頭看她，她也正側對著他，一隻手扶著他的肩頭，下巴墊在手背上。她眉目精緻，眼睛烏亮，此刻笑吟吟的。她一笑，那美眸中就像是要滴出水來一般；她展顏，就彷似三千里桃花盛開。

藍衫見他發呆，又推了他一下，「喂、行不行呀？」

喬風點了一下頭，「可以。」

藍衫很高興，「還是我們家小風風最好了。」

「不過，」喬風抿了抿嘴，提出了他的一點疑惑，「他們要是讓我親妳怎麼辦呢？」

「他們神經病啊，你又不是新郎。」

「哦。」

吃過晚飯，藍衫打電話給小油菜，跟小油菜說了楊小秀的事，順便表達了自己的一點疑惑——楊小秀怎麼知道她新的住址呢？

小油菜坦然承認，「是我告訴他的，姊啊、妳現在今時不同往日，到時候打扮得漂漂亮亮的去他婚禮，就是要讓他知道，沒有他，妳過得更好，更有女人味了，讓他後悔死！啊、對了，妳還可以把喬大神叫來撐場面。」

不然怎麼說是閨蜜呢，這腦思路簡直神同步。藍衫按下此事不提又問道，「妳現在在幹嘛呢？」

「吃飯哪，別提了。今天公司行政部聚餐，我們總裁辦的人也去了，誰知道在餐廳遇上吳總。現在吳總在包廂裡和行政部的美女們把酒言歡呢！操的咧，你說他臉皮怎麼那麼厚呀，別人就是客氣一下，他也真好意思坐下，還讓我幫他擋酒，不要臉！」

「妳幫他擋了？」

「能不擋嘛，我不喝誰的酒也得喝他的呀。」

又和藍衫聊了一會兒，小油菜掛了電話回到包廂。雖然背地裡說吳文不要臉，但是當著他的面，她依然是極盡諂媚之能事，完全是不要臉的典範。

其實她也沒幫吳文擋多少酒，在坐的人有好幾桌，沒人有資格灌吳文酒。小油菜坐在大老闆身邊，拿一雙乾淨的筷子偶爾夾點菜給他，然後扭過頭跟身邊一個實習生聊天。

實習生把小油菜當前輩，說話非常客氣，導致小油菜自我感覺十分良好，當然了，順便吹一吹牛是在所難免的，這是她的老毛病了。

吳文一邊跟別人說著話，一邊豎起耳朵聽小油菜胡說八道。這女孩一朝開了竅，耍嘴皮子特別在行，劈哩啪啦跟小鞭炮似的，但是她說話不正經，總是能把人逗笑，簡直天生自帶了說相聲的技能。

吳文甚至想把她捆起來送去德雲相聲社。

吃完了飯，小油菜跟隨眾人走到外面，在「坐地鐵」和「搭計程車」之間糾結了一會兒。總裁辦主任走過來，晃著車鑰匙對她笑道，「采薇，我送妳回去吧？」

小油菜眼睛一亮，剛要答話，吳文在不遠處喊了一聲，「肖采薇，妳跟我走。」

一句話吸引了所有人的注意力，小油菜在眾目睽睽之下走到他身邊，吳文帶著她去了停車場。都走出去有一段距離了，小油菜回過頭，看到她的同事們還在遙望她。

直到坐上吳總的車，小油菜還覺得自己像是在做夢，她神情恍惚問道，「吳總啊，你是不是看上我了？」

吳文挺無語的，這女孩怎麼一點也不矜持呢。他打開頂燈，看著小油菜說道，「妳想多了。」

「還好、還好，嚇死我了。」小油菜拍拍胸口，差一點以為要和喬大神爭風吃醋，哎呀太可怕了。

她的反應讓吳文有那麼一點點不適應。他好像也沒差到哪裡去吧？為什麼會讓她怕成這樣？

小油菜問道，「那麼吳總，您現在是要送我回家嗎？」

吳文不答反問，「聽說妳很會唱歌？」

「呃……沒有！」

「從小就是歌唱團的主力？夢想是當歌唱家？」吳文把剛才從小油菜那裡聽到的話都翻出來了。

小油菜窘了窘，這人怎麼這麼不上道呢……

吳文繼續說道，「還會唱很多很多英文歌？」

「咳，」小油菜不自在地掩嘴，「這些話您就當笑話聽吧……」

吳文卻不依不饒，「來吧，唱一首？」

「唱什麼呀……」

「唱首英文歌，除了生日快樂歌和字母歌，其他的隨便來。」

他媽的我哪會唱英文歌啊！小油菜有點羞憤，還不敢反抗，她別過臉去不看他。

吳文發現，雖然他老說他弟閒得蛋疼，但其實他才是閒得蛋疼的那一個。平白無故地老是跟一個小女孩過不去，非要看人家難堪他才心裡舒坦。不就是差一點被她強了嗎，有什麼大不了的……

雖然不停地在心裡反思自己的罪惡，但是他嘴上依舊很邪惡，「快唱，不唱不讓妳下車。」

小油菜無奈，搜腸刮肚，終於找到一首勉強能和英文搭上邊的，於是打著拍子唱起來：

「大河向東流呀，potato 呀 tomato 呀……

肚子餓了一聲吼呀，一人一個 potato 呀……」

一曲完畢，她被吳文趕下了車。

魔聲入耳，餘音繞梁。雖然人被他扔了，但這首神曲在吳文的腦中揮之不去，第二天他去找喬風吃飯，在喬風的廚房裡看到洗乾淨的馬鈴薯時，他拿著一顆馬鈴薯想也不想就開唱，「一人一個 potato 呀……」

喬風用一種看神經病的眼神看著他哥。

吳文臉一黑，捧著 potato 仰天長嘆，「我操我好像被洗腦了！」

喬風把馬鈴薯搶過來，又仔仔細細地洗了一遍，他覺得他哥很礙眼，所以客氣地請他離開，吳文卻死賴著不走。

他靠在一旁對喬風說，「我今天來是要問你一件事。」

喬風低著頭，用菜刀在馬鈴薯上比劃，頭也不抬地問道，「什麼事？」

吳文一臉的八卦之光，問道，「你跟藍衫，你們兩個到底怎麼回事？」

「她在追求我。」

第三十八章

雖然早就知道自家弟弟跟藍衫之間有戲，但是聽到喬風親口承認，吳文還是有些驚訝。驚訝過後他又覺得沒什麼好大驚小怪的，他弟本來就是一朵奇葩，這世界上很少有男人僅憑一張臉就能吸引女孩們排隊追求，喬風做到了。所以藍衫喜歡喬風，這再正常不過了吧？

那麼喬風呢？

吳文看到喬風神色平靜，感覺情況不太樂觀，他問道，「那你答應她了嗎？」

喬風搖搖頭，「沒有。」

吳文有點遺憾，「拒絕了嗎？」

「拒絕過一次，不過她還在努力嘗試。」

好吧，這至少算個好消息。吳文忍不住搓了一把下巴，「我求求你了，你就談一場戀愛吧。整天這麼宅下去，別再憋出病來。」

喬風低頭沒說話。

吳文又道，「要是覺得女人不適合，你找男人也不是不可以。我已經問過爸跟媽的意見了，他們都表示一定尊重你——」

喬風眉頭微皺，手中的菜刀狠狠往木質砧板上一剁。刀尖兒斜釘入砧板，寬大的刀身以刀尖為支點，顫巍巍立於砧板之上。刀背黑如墨，刀刃白如雪，寒光凜凜，閃亮得讓人睜不開眼。

喬風抬起頭，斜斜地掃了吳文一眼。

吳文擺擺手，「算了、算了，我才懶得管你那些鳥事，你愛喜歡誰喜歡誰。」說著趕緊撤出廚房。

回到客廳，吳文仔細回味剛才和喬風的談話，突然像是抓到了什麼。他眼睛一亮，掏出手機給遠在日本的父親發訊息：『老吳，我覺得這次有希望了！』

藍衫要幫喬風進行一個裝逼的急訓。她覺得喬風這個人當花瓶還可以，但是張嘴很可能會露餡，不是所有人都能理解這小天才的腦迴路。

「你要扮演的是一個帥氣多金又深情的男朋友，有了這三點，絕對秒殺楊小秀。」

喬風坐在沙發上，像是聽課的乖寶寶一樣，還開著一臺觸控式筆記型電腦，他認真地在word程式上記下來，「帥氣、多金、深情。」

藍衫點頭，「帥氣這一點你不用擔心，接下來我們來談談怎麼假裝成一個有錢人。」

喬風糾正她，「我本來就是有錢人。」

「啊？抱歉、抱歉，我忘了。」

這不能怪她。作為一個有錢人，喬風活得實在是太節能減碳了，一點也不像個大款，跟他待久了，很難去特別關注他的身家問題。

怎樣打造此人身上的土豪氣質，與此同時又不能壕成暴發戶，這是一個問題。藍衫問道，「你有手錶嗎？」

喬風晃了一下手腕，「有。」

藍衫很是嫌棄，「不要這種，像國中生戴的。」

喬風有點鬱悶，「這是光動能電波錶。」

除了最後一個字，前面的全聽不懂，這堅定了藍衫對它的否定。她問道，「有別的嗎？」

「有。」喬風從抽屜裡拿出好多盒子，在藍衫面前一個一個打開，給她過目。

藍衫看得兩眼發直，「大哥，你有勞力士、有江詩丹頓，有這麼多好東西……可是你手上戴的那是個什麼玩意兒啊？」

「光動能電波錶。」

懶得理他。藍衫心情激動地把一支支名錶拿出來，她拿得小心翼翼，生怕玷汙它們似的，她疑惑地問道，「你既然不戴，買它們幹嘛？」

「有些是我媽買的，有些是我哥買的。」

「唉，真是一群可憐的小傢伙。」不能見天日也就算了，抽屜連鎖都不鎖，簡直太不尊重這些奢侈品了。

藍衫感嘆著，拿起一支戴在手腕上。男款的手錶戴在她的手腕上顯得又大又笨，還鬆鬆垮垮的，但是藍衫依然很高興，她覺得自己的整個手腕都跟著升值了。

她又連續戴了兩支，戴完之後自我感覺非常良好，她舉著手臂在喬風面前晃，「現在我這隻手值好幾十萬了。」

喬風在一旁安靜地看著他，目光溫暖，「妳喜歡的話，可以拿去玩。」

「不要，都是男款的，而且這麼貴的東西萬一弄丟了，我只能賣身償債了。」

喬風的眉角微不可察地跳了一下。

藍衫突然想起一事，「那個，我能把你窗前那塊波斯地毯拿回去玩幾天嗎？」

「不能。」

呿，小氣！

藍衫從那一堆可憐的小傢伙裡面挑出一支最土豪的勞力士，「到時候你就戴這一支，我根據這支錶幫你搭衣服。」

喬風不肯接，「我還是喜歡我的光波錶。」

藍衫一瞪眼，「不准戴。」

「哦。」

她又說道，「除了穿著，還有言談。你跟人談話的時候不要開口量子、閉口電腦的，可以聊聊投資啊、聊聊高爾夫啊、馬術啊，這些是有錢人的基本話題。」

「這些我都不懂。」

「沒事，反正你又不用長談，等一下我教你幾句，夠應付的了。」

接下來藍衫向喬風傳授了一些基本的裝逼技巧，喬風一直在看著她。藍衫說完之後，迎著他淡如水的目光，她有點不好意思問道，「我是不是挺虛榮的呀？」

「不是。」

她低頭說道，「你不覺得我很市儈嗎？特別看重錢。」

「女人都喜歡錢。」

這話怎麼聽著那麼不對勁呢？藍衫奇怪地看他，「你好像有點憤世嫉俗喔？」

「我不是這個意思，」他搖頭，理了一下思緒和她解釋道，「從生物學的角度來看，雄性動物一生都致力於對異性交配權的爭鬥之中。雌性動物會根據雄性動物的競爭力來進行遴選，這是為了更好地生存和繁衍後代，無論是雄性的競爭還是雌性的挑選，都符合自然法則。」

藍衫聽得頭大，「你在跟我講動物世界嗎？」

「人跟動物是一樣的，女人愛錢，既是自然法則，也是社會法則。因為從總體上來看，有錢的男人往往比沒錢的男人更具有競爭力，或者也可以這樣說，有競爭力的男人往往能獲得更多的金錢。雌性動物肩負生育和撫養後代的任務，牠們本能地需要更充足的物質條件來獲得安全感，這是對後代健康成長的保障。所以女人愛錢，天經地義。」

藍衫覺得自己的世界觀再次被神奇的科學刷新了，她問道，「那你的意思是，人跟動物沒有區別了？」

「有區別，」他靜靜地看著她的眼睛，眸光溫潤，「人類有愛情。」

楊小秀的婚禮布置得別具一格，儀式現場在室外，一個大游泳池旁邊。新人們在臺上舉行儀式，賓客席在游泳池對面，現場的裝飾主要以純潔的白色和活力的淺綠色為主，間有紅色和粉色點綴，很漂亮也很浪漫。

用餐的方式是自助，現在還沒開始，所以桌上只擺著些酒水和喜糖。喬風從喜糖盤子裡翻了一會兒挑了兩顆糖，旁若無人地要剝開來吃。

藍衫及時制止了他，「帥哥，要記住你現在是高富帥，不要吃糖了。」

「我沒吃過這種。」

藍衫把他手中的糖果拿過來裝進包裡，「回家再吃。」

「好。」離開了糖，喬風很快變回了酷酷的模樣。

這樣一個酷帥又多金（以手上的手錶為證）的男性，很快吸引了一大票人的注意。

兩個人差不多是趕著最後一刻到的，現在儀式馬上要開始了。他們兩個落座，隔著一個游泳池往臺上看，幸好他們都不是近視眼，否則離得這麼遠估計也只能看個人影了。

新人一露臉，藍衫的目光完全被那個漂亮的伴娘吸引住了，以至於都沒有好好觀察楊小秀那孬種。

真巧，伴娘竟然是蘇落？

蘇落這個人長得很漂亮，實在不太適合當伴娘，否則多容易搶新娘的風頭呀。再看那新娘，還不錯，不過有點威猛，目測高度應該在藍衫之上。今天是她大喜的日子，新娘整個人精神煥發，看起來幸福感十足。

藍衫拉了一下喬風的手臂，湊近一些對他說道，「嘿，那個伴娘我認識。」

喬風點頭，「嗯，我看著也有點眼熟。」

藍衫就跟他科普了，「她叫蘇落，是我們老闆的前女友。」

喬風愣了一下，緊接著又把目光放遠，仔細看了蘇落一會兒這才說道，「她化妝了吧？」

「廢話嗎，女人都化妝，更何況是現在這樣的場合。我跟你說，女人卸妝前和卸妝後完全是兩張臉。」

喬風收回目光，認真地看著藍衫，舉出有力的證據反駁她，「妳就不是。」

藍衫一聽就樂了，「這小嘴愈來愈甜，來、獎勵一顆糖。」說著，從包裡摸出剛才收起來的糖，自己親手拆了糖果紙送到他嘴邊。

喬風一直定定地看著她的眼睛，她把糖塊抵到他唇上時，他張嘴含住，晶亮溫潤的眸子浮起點點笑意，宛如一池春水映照梨花。

「好吃嗎？」

「甜。」

第三十九章

喬風一邊吃著糖一邊看新婚儀式，看了一會兒，他轉頭對藍衫說，「妳的前男友好像在看妳。」

藍衫卻說道，「喬風，你說蘇落為什麼一直看著我呢？你看她那表情……操的咧她該不會暗戀我吧？」

喬風斬釘截鐵地搖頭，「不會。」

藍衫還想再研究一下，這時儀式結束了，伴娘護送著新娘退場。藍衫鬆了口氣，「終於可以吃飯了。」

這一頭，蘇落要陪著新娘盛宇去更衣室換衣服、補妝。結婚是個苦差事，幾個伴娘沒經驗，忙活了大半天都沒怎麼吃東西。盛宇請其他伴娘和化妝師先在外面吃點東西，只留蘇落幫她換上等一下要出去見賓客的禮服。

更衣室裡只剩下她們兩人，盛宇笑道，「蘇落妳怎麼了，剛才還好好的，為什麼現在魂不守舍的？是不是看上哪個伴郎了？」

蘇落笑得有些勉強，想了想她問盛宇，「小宇，藍衫是妳這邊請的親友嗎？」

「藍衫？」盛宇狐疑地看著她，「楊小秀的初戀就叫藍衫，她來了？」

「呃……」蘇落張了張嘴，沒想到還有這樣一出，「會不會是同名？」

盛宇卻不信，「哪有那麼巧的事……他們兩個分手都多少年了，這個女人幹嘛要來？她不知道避嫌嗎？還是想砸場子、搶新郎？」

「小宇、妳還記得嗎？之前我跟妳說過，我和宋子誠分手就是因為一個女人，這個女人就是藍衫。」蘇落一邊說著，一邊細心觀察盛宇的臉色。

任何一個女人都不會喜歡自己老公的前女友，何況這個前女友還搶了自己閨蜜的男朋友……盛宇的臉色有些陰鬱。不過今天是她大喜的日子，何必折騰這些，盛宇想到閨蜜和宋子誠那段虐戀情深，突然說道，「落落，妳知道我為什麼要嫁給楊小秀嗎？」

「因為妳愛他？」

「我愛他，但這不是主要原因。妳知道楊小秀哪一點好嗎？他最大的優點就是沒出息、懦弱，這樣的人好拿捏。還有他媽，表面上看起來難伺候，我嫁妝裡加一棟房子，她就屁都不敢放一個了。」

聽到這裡，蘇落竟然真的有點羨慕盛宇。

盛宇又說，「所以我腰桿子硬，以後在這樣的家裡會過得很舒心，沒人給我氣受。我知道，女人都喜歡強大、野心勃勃的男人，可是這樣的男人又有幾個女人真能駕馭得了呢？落落、妳聽我一句勸，婚姻的實質就是找個人一起過日子，妳覺得宋子誠像是過日子的人嗎？妳呀、趕快找一個貼心的、懂妳、疼妳的人！」

蘇落眼眶紅紅地看著她，「小宇，今天喬風也來了。」

盛宇有些驚訝，「真的？」

「嗯，可是他和藍衫在一起。」

怎麼又是藍衫！盛宇覺得這個名字簡直像個大蒼蠅，不停地在耳邊嗡嗡嗡，怎麼趕也趕不走。她有些氣，「他和藍衫是男女朋友？」

「我不知道，但我可以肯定的是，藍衫這個女人很有心機。」

看出來了，有男人的地方就有她藍衫。盛宇有些鄙夷，那個女人不過仗著臉蛋漂亮就到處玩曖昧勾三搭四，這是典型的……她哼了一聲，「綠茶婊！」

聽著盛宇罵藍衫，蘇落覺得好解氣。

盛宇問她，「那妳對喬風到底是什麼想法？」

蘇落低頭答道，「他是一個很好的人。」

「明白了，」盛宇想了想，說道，「我先幫妳會會他們，然後妳可以……」

現場的自助餐基本上都是冷食，沒什麼熱菜。藍衫的胃口被喬風養刁了，對這些東西吃得很不習慣，也就沒吃多少。

酒水倒是不錯，她端了一杯雞尾酒，喬風拿了一杯帶小雨傘的柳橙汁，兩個人喝得津津有味。

藍衫好奇地問喬風，「你為什麼從來不喝酒？是因為酒精過敏嗎？」

「不是，我喝過酒之後脾氣會變差。」

「發酒瘋？」

「不、神智很清醒，但脾氣很暴躁，就像是換了一個人。」

很難想像這個溫和的小白兔暴躁起來會是什麼樣子，以藍衫強大的腦補能力竟然也補不出來，她愈來愈好奇了。

喬風補充道，「總之很可怕，妳絕對不想看到。」

可是我真的好想看到啊……

不過現在這個場合不適合。藍衫心想，等下次找個機會把他關在家裡，灌醉了好好欣賞，想一想還有點小激動呢。

新娘換了禮服，同新郎相攜出來向賓客問好。因為是自助餐會，相對比較自由，沒那麼多流程要遵守。伴娘和伴郎們都不知道跑哪裡去玩了，賓客們也相對分散，有的坐在餐桌旁，有的端著酒水站在樹蔭下，還有的在游泳池旁邊有說有笑。

藍衫站在草地上喝著小酒，看著那邊的楊小秀。楊小秀身高只有一百七十五，新娘穿高跟鞋站在他旁邊比他還高大威猛，他又穿著黑西裝，本來就瘦的身材更顯瘦了，現在很有幾分小鳥依人、楚楚可憐的味道。

藍衫定定地看著他，心想，媽哩個逼老娘當初到底瞎成什麼德性才會看上這傢伙！

楊小秀猛然轉身，看到藍衫，發現藍衫也在看他，他有點激動，又不敢表現出來，於是領著盛宇走向藍衫。

與此同時，從另一個方向，走來另一個人。藍衫看著那人的身影，對喬風說，「目標已出現，目標已出現！」

目標就是楊小秀的媽媽。

藍衫這個人心眼小還好面子，對於曾經鄙視過她的人，如果有機會她一定想方設法鄙視回去，楊小秀不算什麼，重點是曾經羞辱過她的那個女人。

對藍衫來說，在她一無所有地走在人生低谷之時，有人跑到她屁股後面狠狠踹上一腳，這樣的經歷是前所未有且刻骨銘心的。

三路人馬五個人，很快在草地上勝利會師了。

楊小秀簡單做了介紹，沒提太多過去，反正大家都心知肚明。

盛宇有些彆扭，她本打算自信滿滿地以勝利者的姿態面對藍衫的——作為楊小秀的新婚妻子，她也確實有資格鄙視他的前任。

但是看到站在藍衫身邊的喬風時，盛宇的底氣一下就泄光了。

兩個男人，一個高、一個矮，一個身材勻稱挺拔、一個身材細瘦，一個面目俊美、一個長得也不錯，但是被人家對比成了路人……如此，豬也能看出哪個好、哪個孬。

盛宇以前聽說過喬風，不過這是第一次見真人。她沒想到他竟然如此英俊不凡，難怪蘇落會對此人念念不忘。

至少在表面上，大家都很禮貌，喬風還跟楊小秀握了手。

不過楊小秀的目光總是若有若無地掠過藍衫的臉，莫名的，喬風看著有些礙眼，他微微皺了一下眉頭。

四個人各懷心思時，楊母突然說話了，「藍衫，好幾年沒見了吧？」

藍衫皮笑肉不笑，「是啊。」說著看了一眼喬風：鄙視她！給我狠狠地鄙視她！

楊母又問了，「妳還在賣車呢？」

「是啊……」藍衫咬著牙回答，然後又給喬風使眼色，然而喬風卻一直盯著楊小秀看……看他幹嘛呀！

盛宇聽到「賣車」兩個字，微微笑了一下，一切盡在不言中。

媽蛋，好像又被鄙視了！藍衫有時候很不能理解，為什麼在某些人眼裡，賣車的就不如坐辦公室的高級。她一個月靠賣車能賺到人民幣兩萬多，有多少白領的月薪能拿到這個數字的？憑什麼瞧不起人呀！

楊母也輕笑，又說道，「多累呀！名聲也不好，錢也不好賺吧？妳一個女孩子也老大不小了，該給自己存點嫁妝了。我們家小宇的嫁妝是一輛寶馬，外加一套兩室一廳的房子。唉，妳說妳要賣多少輛車才能存到這麼多嫁妝呀……」

藍衫聽得臉都綠了，她知道她不該跟這種人計較，可是她就是不爽！

盛宇有些得意。雖然她婆婆到處炫耀媳婦的嫁妝這件事本身是有夠奇葩的，但是看到藍衫吃癟，她依然解氣得很。這綠茶錶，不過如此！

楊小秀說道，「媽，說這些做什麼。」

楊母笑道，「當然是提醒你小宇對你有多好，一車一房加起來值四百多萬了，你——」

突然，一個溫潤的聲音打斷她，「四百萬？」

楊母發現剛才一直靜立不動的喬風正在打量她，剛才那句話就是他問出來的。

「是啊。」她點了點頭，很得意。

長得帥有什麼用，能像她們家小秀一樣吸引來四百多萬的陪嫁嗎？

喬風唏噓不已，側頭對藍衫說道，「看吧，這就是窮人的愛情，真讓人感動。」

聲音刻意壓低，但還是被其他人聽到了。

藍衫還沒反應過來呢，這一句話把另外一家三人說愣了。四百多萬的嫁妝……怎麼樣也跟窮扯不上關係吧？

喬風尷尬地咳了一聲，對楊母說道，「抱歉，我並無惡意。我是真的被令郎和令媳的愛情感動了。你們有寶馬就能開心，我給她，」說著看了一眼藍衫，目光哀怨，「我給衫衫買藍寶堅尼她還跟我嘔氣，你們有一棟房子就可以當嫁妝，我拿一個車行求婚還被拒絕，她說我不夠浪漫，我——」說到這裡，他的聲音有些哽咽。

藍衫森森地震驚了。她發誓她沒教過喬風這些，媽蛋這小天才都是從哪裡學來的？

其他三人也聽得目瞪口呆，這個男人舉止有度，彬彬有禮，怎麼看都不像是個騙子，難道他說的是真的？

喬風平復了一下情緒，又說道，「不好意思，我太激動了。我只是不知道該怎麼愛她，唉。」

盛宇狐疑地看著他，「喬先生，請問您在哪裡高就？」據她所知，這人也只是個大學教授而已，哪來的藍寶堅尼、車行？

「高就？我不幫別人工作的，這是我的名片。」喬風說著，掏出一張名片遞過去。

盛宇接名片時，看到了喬風腕上的勞力士。如果這支錶不是高級仿冒品，那麼此人確實有點本錢。但她還是不相信——或者不願意相信，她拿著名片和老公、婆婆一同看了起來。

名片上寫著，此人是文風集團董事、嘉實投資公司董事長、某大學物理系副教授。

文風集團！嘉實投資公司！

前一個大名鼎鼎，幾乎無人不知、無人不曉，如果真的是這個集團的董事，確實可以身價不菲。後一個公司在業界小有名氣，最重要的，它是楊小秀工作的公司！

盛宇終於抓到了喬風的把柄，假的，一定是假的！楊小秀從來沒說過他們公司的董事長叫喬風！

她看向楊小秀，等待他站出來揭穿喬風。

哼哼哼、早就知道，這綠茶婊怎麼可能釣到這麼金貴的凱子！

楊小秀一拍後腦勺，「我想起來了，總經理確實說過我們董事長姓喬，但是為人低調，除了總經理，沒人知道他的真名……」說到這裡，他看向喬風，態度變得恭敬起來，「喬總好！」

盛宇一口血卡在喉嚨口，差一點倒地不起。

楊母的反應就直接多了，她臉上堆起笑容，「原來是喬總！失敬失敬，我們家小秀承蒙您的照顧，今天您還親自過來，真是太客氣了，是我們招待不周了。」她說著，拿過兒媳手中的名片，小心翼翼地想要收好。

一隻白皙的手突然伸過來，將那薄薄的小紙片抽走。

喬風捏著名片，向還在發愣的楊母禮貌地笑了一下，「抱歉，不是什麼人都能拿到我的名片。」

藍衫呆呆地看著喬風，她感覺她好像不認識他了。

第四十章

楊母果然無愧於其奇葩的威名，被喬風諷刺了一句之後也只是尷尬了一下，臉上又堆起笑容，不止對喬風有些諂意，連看向藍衫的目光也多了幾分震驚和不得已而為之的討好。

藍衫得意地揚了起下巴。就是這個feel，倍兒爽！

反倒是盛宇，氣得臉龐隱隱罩上一層黑氣。

藍衫覺得挺莫名其妙，她跟盛宇往日無冤、近日無仇，並不打算在人家婚禮上大鬧，今天來也只是小小地攻擊了一下楊小秀他媽，楊母本人都還沒怎麼樣呢，為什麼盛宇會氣成這樣？難道是因為喬風說她「窮」了？

盛宇眼中精光一閃，突然笑了。笑過之後，她掃一眼藍衫，說道，「其實我聽宋子誠提過妳，他說妳是個好女孩，很溫柔很體貼，非常善解人意。」

藍衫有一種翻白眼的衝動。作為一個女下屬，得到男老闆如此另類的評價，她何德何能？若不是宋子誠腦子有洞，就是盛宇在胡說八道。

再說，喬風現在是她「男朋友」，當著人家男朋友的面，故意翻別的男人，還說得如此曖昧……這女人太不上道了！

喬風疑惑地看向藍衫，「宋子誠是誰？」

藍衫知道他故意這麼問，於是配合著解釋，「是我們老闆。我跟他連朋友都算不上，不知道他是在什麼樣的情況下說出這樣的話，大概腦子有病吧。」

喬風深深地注視她，「真的？」

藍衫癟嘴，撒嬌道，「你要相信我。」

喬風的目光立刻軟化，柔聲說道，「好，妳說什麼我都相信。」

盛宇：「……」就這樣？高富帥也太好騙了吧？為什麼有錢的男人總是被這種滿腹心機的白蓮花騙走？男人也太傻了吧！

喬風朝一臉糾結的盛宇點了一下頭，然後拉起藍衫的手，走了。

走遠之後，藍衫想要抽回手，喬風卻抓著不放，提醒她，「妳忘了我們現在是男女朋友了？拜託妳敬業一點。」

藍衫只好反握住他的手。兩人掌心相貼，他的掌心很熱，藍衫有一種「喬風在源源不斷地把內力傳給她」的錯覺。

她稍微轉了一下手的方向，改為抓握著他的手指。

他的手指修長，骨肉勻稱，握在手中，似乎閉眼就能描繪出它們的白皙優雅。

媽蛋，為什麼感覺自己好像在輕薄他呀……藍衫彆扭地又動了動，指尖不小心勾了一下他的掌心。

喬風挑眉看她。這個女人，竟然如此迫不及待地要挑逗他嗎？

藍衫終於還是鬆開了他。她撓了一下後腦勺問道，「你剛才……」

「我剛才演得怎麼樣？」

藍衫朝他豎起大拇指，心悅誠服，「絕了！」

得到表揚的喬風很高興。

藍衫卻是滿心疑惑，「可是我不太明白，你怎麼突然就搖身一變成了影帝呢？還藍寶堅尼，你見過藍寶堅尼嗎？」

「我之前看過一個電視劇炫富劇情的剪輯。」

藍衫恍然大悟。難怪他演技雖好，臺詞卻有那麼點浮誇，原來是跟電視劇學的。她問道，「可你之前怎麼沒說過呢？」

「當然是要給妳一個驚喜。」

好吧，確實很驚喜。但藍衫依然覺得怪怪的，「為什麼楊小秀會那麼配合你？這說不通啊……」

「名片是真的。」

納納納納納尼（什什什什什麼）？

藍衫又被驚到了，她朝喬風一伸手，「拿來我再看看。」

喬風依言給她。

藍衫舉著名片，手指因情緒激動而不停地抖動，「你是文風集團的董事？我怎麼從來沒聽你說過？」文風集團啊！董事！

「笨，我和我哥一同創辦的文風集團，我是第二大股東有什麼好奇怪的？」

藍衫恍然大悟。文風文風，不就是吳文和喬風嗎？她摸了摸鼻子，「我之前沒往那個方向想……」

只是單純地以為喬風憑藉著鑽石級的大腦攬點活兒賺錢，誰知道這兩人會好到那個地步啊！

她又指了指第二個名頭，「那這個嘉實投資公司又是怎麼回事？你？董事長？不行，你讓我先冷靜一下……」

「這個公司是我的理財顧問開的，他的錢不夠，我投資一下有什麼難以理解的？反正我又不用管事務，只拿分紅就好。」

原來是這樣，一切都十分符合邏輯，可她還是覺得事情好玄幻。藍衫捏著名片，喃喃自語道，「喬風啊，我真的好想跪下來舔你的腳呀！」

「妳口味真重。」

藍衫用了好一會兒才平復了一下激動的心情。她一遍遍地回想剛才喬風的霸氣，然後又問他，「除了炫富，你還學了什麼？」

喬風驕傲地一抬下巴，「我還學會了秀恩愛。」

藍衫沒辦法想像喬風秀恩愛會是個什麼鬼樣子，她笑嘻嘻地捅了一下他的胳膊，「來，秀一個給姊看看。」

喬風便停下腳步。

此時兩人恰好站在一個花壇旁，花壇中擺了許多盛開的香水百合，淡淡的花香縈繞鼻端，空氣中滿是溫馨甜蜜的味道。這香氣讓藍衫有些微的恍神，等她定下心神，便看到喬風與她面對面站著。

他今天依然穿了酷酷的黑襯衫，只不過這次的材質是蠶絲，清涼又透氣，柔軟又修身。藍衫一開始還擔心那種滑亮的布料穿在他身上會顯得娘娘的，但他挺拔如松的好身材再一次拯救了他的氣質。

襯衫上的扣子都是金的，簡約又奢華，他剛才穿著這樣的衣服走在路上，神態有幾分漫不經心，像是慵懶的貴族少年。

而現在，漫不經心變成了一本正經，甚至正經得有些過分。他直勾勾地看著她，深深地看進她的眼睛裡，他的目光不似平時湖水樣的溫和，而是染上了絲絲波瀾。

陽光灑下來，從側面打在他身上，夏日的陽光明朗熱烈，像是舞臺上熾白的光柱，鎖定住他的身體。他俊美的面龐一半沐在陽光之下，一半鋪灑上片片陰影；蠶絲的衣料反射了部分陽光，金色的鈕扣閃著晃眼的光澤，這使得他整個人彷彿靜靜散發著微光。

——像是行走在人界的光明騎士。

藍衫呆呆地看著他。

他又走近了一些，眸中的波瀾變得更加洶湧，彷彿汪洋一片。

那一瞬間，藍衫產生了一種錯覺——這個男人很愛她，愛到無法自拔。

喬風扶著她的肩膀，他盯著她的眼睛，低聲問她，「我可以吻妳嗎？」溫和如甘泉的聲音，偏偏充滿了蠱惑，使人毫無防備。

藍衫腦子一片空白，她現在騰不出半粒腦細胞來思考他的問題。

得到她的默許，喬風閉上眼睛，緩緩低頭。

藍衫眼睛瞪得很圓，傻呼呼地看著他的臉離得愈來愈近。眼看著兩人要親上去，突然一個人影從花壇另一邊走出來，不小心撞了他們一下。

藍衫被撞得退了一步，差一點跌到花壇上，還好喬風及時拉了她一把。

站穩時，她已經回過神來，想想剛才的烏龍，她很不好意思，摸著嘴巴說道，「我操！差一點就親上去了！」還好沒有，不然多尷尬呀！

最重要的是她竟然無知無覺，感覺像是被美人誘惑了，好丟臉！

喬風掃了一眼肇事者，「你是怎麼走路的？」

「對不起、先生，對不起、小姐！」

那是一個服務生，手裡端著托盤，托盤上放著兩個杯子。杯中酒只剩下一半還在晃蕩，托盤上有大片的水漬……看樣子，應該是剛才不小心弄灑了酒。

藍衫看他慌成這樣，也不好意思追究，她擺擺手，「沒事。」

服務生卻為難地指指她的裙子，「對不起，我剛才不小心把您的裙子弄髒了。」

「真的嗎？喬風你幫我看看，嚴重不嚴重。」

喬風看到藍衫身後的裙擺上有一大片深色。他皺眉，再次眼神不善地掃向服務生。

服務生低頭，不知道該怎麼辦才好。

藍衫說道，「你這酒的顏色很淺，我的裙子顏色又深，先烘乾一下試試吧，應該沒問題。或者直接用吹風機吹一下也行……你們這有吹風機嗎？」

「有的。」

於是服務生領著藍衫去吹衣服了，喬風不好跟著，藍衫讓他在游泳池旁邊等她。

藍衫用一把大吹風機很快把水漬吹乾了，裙子乾乾淨淨的沒有任何痕跡，現在馬馬虎虎可以穿著出去了，等回家再洗。她從房間裡走出來，想去找喬風，路上卻遇到了盛宇。

奇怪了，新娘不跟新郎在一起晃蕩，怎麼一個人亂跑亂晃呢？

藍衫也沒多想，可能別人結婚有特別的規矩吧。

盛宇看到藍衫時，倒不似剛才那樣充滿敵意，她友好地跟藍衫聊了幾句，聽說藍衫要去游泳池，她一笑，「正好，我也要去，一起吧。」

依照藍衫多年行走江湖的經驗，她總覺得這裡頭有詐。不會是盛宇看著喬風是一頭小肥羊，想算計他吧？藍衫有了點危機感。喬風那小天才，看著聰明，其實一根筋，別人給塊糖，他說不定就跟人家走了。

這可不行。

想到這裡，藍衫的腳步加快了一些，盛宇自然緊跟其右。

快到游泳池時，藍衫突然停下腳步。她看到了喬風，以及……蘇落。

誰能告訴她為什麼這兩個畫風完全不一致的人會湊到一起，而且看起來好像一見如故的樣子？

此時喬風和蘇落相距有兩、三公尺遠，這是一個比較唯美和浪漫的距離。比如偶像劇裡面男女主角的邂逅啦、偶遇啦、重逢啦等等，都可以比照這個距離來。

喬風背對著游泳池，與蘇落遙遙相望。

蘇落眼眶紅紅，怔怔地看著他。

藍衫正好從側邊看著他們，這兩人的表情她都能看到一些。當然了，主要是看到蘇落的，喬風那呆瓜，能有什麼表情可言……

兩人相對無言，喬風見蘇落不說話，只好叫了一聲，「蘇落？」

「喬風？」蘇落的聲音微微顫抖著，像是隨時都可以掛掉。

喬風點了一下頭。他真的不知道該跟她說點什麼，想了想只是說，「好久不見。」

蘇落突然熱淚盈眶，提著裙擺撲向喬風。

這個畫面同樣經典，依然是偶像劇必備橋段。

藍衫看得心頭火起，媽蛋喬風明明是跟她來的，這個女人要搗什麼亂！盛宇還在旁邊呢，要是看到她的「男朋友」跟別的女人摟摟抱抱，她面子往哪裡擺！

她恨恨地想，這臭小子，要是敢抱蘇落，她回去一定要捏死他！

不管藍衫願不願意看到，蘇落都像一隻迷人的小鳥一樣飛向喬風。其實這個畫面很唯美，男的英俊、女的貌美，兩人錦衣華服，還是這樣的場景、這樣的氛圍，甚至……這樣的天氣。

一切都跟拍偶像劇似的，唯一的不同，此處的男主角在關鍵時刻突然挪動了一下腳步，側開身體。

穿純白色低胸長紗裙的美麗女孩撲了個空，像是一隻決絕的海鷗，猛然奔向大海。

轟！

游泳池中濺起半人多高的水花。

所有人的注意力都被吸引過來，看到有人落水，許多人急急忙忙往這裡跑。

喬風看到楊小秀跑過來，便對他說，「還不快救人！」

楊小秀立刻脫了外衣入水撈人。

盛宇看得快氣死了，蘇落自己會游泳，而且那游泳池才多淺，根本沒什麼危險。最重要的，這裡人這麼多，哪裡用得著新郎親自下水？新郎下水救伴娘？這他媽都什麼事啊！

藍衫跑過來，說實話她一開始有點幸災樂禍，不過溺水可能鬧出人命，現在不是看笑話的時候。

喬風拉住了她的手，安慰她，「放心，她會游泳。」

兩人便站在游泳池邊看熱鬧。

藍衫問喬風，「你剛才是故意的？」

喬風搖頭，「不是。」

藍衫才不信，「胡扯，你躲她了。」

他解釋道，「我躲她是因為我怕妳生氣。」

「算你小子識相，不過那樣你還是故意的，你太壞了、哈哈！」

「……我忘了身後是游泳池了，」他看著她，說道，「我一看到妳，就忘了。」

第四十一章

雖然盛宇認為蘇落不會有生命危險，不過要把她撈上來難度還挺高的。主要原因在於，她剛才的穿件娘紗裙還沒有換下來。

寬大蓬鬆的裙擺確實漂亮，但是其吸水能力更漂亮，楊小秀覺得她身上像是搗了一條大棉被，別提多坑了。他本來力氣就不是很大，現在讓他在水裡扯一條棉被……臣妾做不到啊。

幸好他們離岸邊不太遠，眾人扯了現場裝飾用的長布帶當繩子扔下去，把兩人拉了上來。

拉上來之後，蘇落因裙子太重，暫時站不起來。她現在形容狼狽，因為是夏天，裙子布料不厚，一浸水，裡面的光景隱約露了出來。藍衫看到了她矽膠質的隱形胸貼還是有收攏效果的，那肉粉色的胸貼鼓鼓的，乍看之下跟沒穿差不多，看起來好不尷尬。

眾人一陣沉默。

她的一隻鞋已經遺落在游泳池裡了，此刻坐在池邊，一隻腳還懸空在池水上方。紗裙裡飽吸的水因重力作用而流出來，向不同方向匯聚。有一角裙擺搭在她光著的腳上，這些水像是找到了出路，順著裙角流向足踝，形成一道細細的水珠，墜向池面。

噓——

那聲音，特別特別像尿尿。

游泳池邊人雖多，卻很是安靜了一會兒，現場唯餘那瀝瀝聲響。

藍衫掩著嘴角，心想，這麼大一個膀胱，可以尿很久了。

蘇落低著頭，滿面通紅，羞憤交加。

楊母帶領幾個女性賓客，開始幫她擰裙擺上的積水。

喬風走過去，滿臉歉意，「蘇落，對不起啊。」

好嘛，這下所有人都知道出醜人的名字了。要不是因為瞭解喬風這個人，藍衫都覺得他是故意的。

蘇落仰頭，恨恨地看他一眼，「我現在不想看到你。」

既然她不想看到他，那麼喬風只好帶著藍衫先走了。

藍衫跟盛宇告別時，後者再也無法掩飾心中的怨恨與厭惡。她冷漠地看著藍衫說道，「藍小姐，過去的事都過去了。妳今天領著男朋友來大鬧前男友的婚禮，好像不適合吧？」

藍衫覺得挺可笑，媽蛋老娘還沒罵妳腦殘呢，妳反而先倒打一耙，她冷笑，「在自己的婚禮上幫好閨蜜約別人家的男朋友，我也是看醉了。」

真當她是傻子嗎？先是被撞上潑髒衣服，接著她剛弄完衣服出門就看到盛宇，再回去恰好看到兩人在那演偶像劇……怎麼就那麼巧？

藍衫是一個非常具有懷疑精神的人，就算這真的是巧合，她也會認為是刻意安排。

盛宇也是為自己的好朋友鳴不平，喬風真是瞎了眼怎麼會看上這路貨色。她不認為蘇落是在搶別人的男朋友，因為藍衫根本就是吃著一個、吊著一個，這頭跟喬風卿卿我我，那一頭又勾引宋子誠，憑什麼好男人都被她占盡？再說，蘇落跟喬風……是藍衫能比的嗎？

盛宇嗤地一笑，滿臉譏嘲，她不再理藍衫，而是看著喬風說道，「喬先生，請看好你的女朋友，這樣漂亮可人，聰明懂交際，不知道有多少男人盯著呢。」

喬風誠懇地點點頭，「我會的，謝謝妳提醒我。」

看著自己話語中的深意被他完全忽略掉，盛宇多少有點悶。

離開了這個是非之地後，藍衫滿心疑惑地問喬風，「我說你跟那個蘇落是不是早就認識啊？」

喬風點點頭，一派坦然，「是，我在國外留學時認識她的。」

「呿，我怎麼看著不像啊，」她又覺得難以相信，「這世界也太小了吧？而且你剛才根本就沒認出她來。」

他解釋道，「我已經幾年沒見過她了，而且她化了妝，我們離得又遠，一下子認不出很正常。」

啊、看來兩人不是很熟。藍衫點點頭，還是覺得不對勁，為什麼蘇落看起來跟喬風很熟、很熟的樣子呢？一見面就要撲過去？到底是情難自已還是只是單純的花癡？

女人的直覺通常很難以解釋，此刻藍衫突然想起一個人。

曾經有一個女人，在微信上傳過一碗麵的照片給喬風，擺出敘舊和談心的架勢，說自己分手了，還想要見喬風……

後來呢？啊、對了，後來這個女人被她打發了。

女孩叫什麼來著？藍衫摸著下巴，思索了一會兒，「卡……卡……」

喬風接口答道，「妳想說 Carina？」

「對對對、就是她，蘇落跟這個Carina該不會有什麼關係吧？」

他點頭，「有，蘇落就是Carina。」

「！」雖然聽到他親口承認，藍衫還是有些震驚。天啦、地啦，這個世界果然還是太小了，群眾演員嚴重不足，導致好好的一個女孩不得不精分，一下子是蘇落、一下子是Carina，這丫頭對宋子誠一副癡戀的模樣那麼招人疼，怎麼轉身就跟喬風敘舊情玩曖昧了？

還能不能好好地當一朵高冷女神了？

藍衫感嘆了一會兒，又目光幽幽地看著喬風，「你們兩個真的只是認識這麼簡單嗎？你還煮麵給她吃了！」

喬風突然站定，看著她的眼睛問道，「藍衫，妳現在是以什麼樣的立場探究我的過去？」

呃……藍衫撇了一下嘴角，「不問就不問嘛，誰稀罕知道！」

喬風愣了一下，隨即也沒再說什麼。

雖然嘴上沒問，但藍衫在心裡猜了個七七八八。蘇落很明顯是還掛念著喬風，可是多年來一直苦戀無果——當然不會有結果啦！不過這樣一想，宋子誠又顯得多餘了。難道女孩是身在曹營心在漢？那她演技也太好了吧……

回去的時候，藍衫摸進了喬風家的廚房。天氣太熱，她要吃個冰鎮西瓜降降溫。

她從冰箱裡取出一個西瓜，舉著水果刀一切兩半，自己拿了一半用小湯匙挖著吃，另一半給喬風。

喬風不太喜歡這種粗獷的食用方式，他要先把西瓜切成一條一條的。

薛丁格走進來，看也不看他們倆一眼，旁若無人地跳上洗手台，牠要喝水。

薛丁格是一個很聰明的小太監，牠自己會開水龍頭。藍衫看到牠坐在不銹鋼的洗手台邊，輕車熟路地用胖胖的小爪子撥開水龍頭，看到水柱筆直地流下來，薛丁格便湊上前去盡力地仰起脖子，想要把水流接進嘴裡。

牠的身體不夠長，脖子太粗，想要拗出個理想的造型不太容易，好不容易接近水流了，又因為臉太胖，腦袋一伸過去就把水柱擠開了……

如是再三。

「哈哈哈哈哈！」藍衫不厚道地笑。

喬風頭也不抬，解釋道，「貓正常喝水的方式是低頭舔食，像狗一樣，但這需要透過後天的學習。如果一隻貓小時候沒有母貓的正確教導，牠就不懂怎麼喝水，薛丁格從小就是個孤兒。」

「……」藍衫笑不出來了。她放下西瓜，抱起薛丁格，用臉蛋蹭牠濕搭搭的腦袋，「好可憐！」

薛丁格多少有點嫌棄她，牠向後仰頭躲她，不滿地叫了一嗓子。

——本喵正在喝水妳這個女人不要騷擾我！

喬風分給薛丁格一塊西瓜，以示安慰。抬頭時，他不小心撇到薛丁格正把爪子往藍衫的胸口上按，看起來彈性很好的樣子……他趕緊又低下頭，不自在地咳了一聲。

這時，客廳裡藍衫的手機響了，她放下薛丁格，跑去客廳接電話。

「喂，老闆你找我？」

喬風正在切西瓜，聽到客廳裡傳來這句話，他輕輕放下水果刀，豎起了耳朵。

第四十二章

宋子誠聽到藍衫接電話，沒急著說明來意，而是先說道，「妳聽起來心情不錯。」

「嗯、是不錯，今天看到一群神經病吃癟了，」藍衫想了想，還是不要告訴老闆他女朋友就是神經病之一了，她只是仰頭笑，「哈哈哈哈哈！」

聽到他的笑聲，宋子誠的心情也好了一些，語氣變得輕快，「妳應該要尊重神經病患者。」

藍衫被他逗得又笑，她問道，「老闆，你找我有事？」

宋子誠反問，「沒事就不能找妳？」

「呃……呵呵。」她不知道他要做什麼，只好傻笑。

宋子誠說道，「是這樣的，一個朋友送了我許多巧克力，我吃不完也送不完，現在開車正好路過妳家，妳下來拿一些吧。」

巧克力？

藍衫舔了一下嘴角，緊接著又搖頭，「不行、不行，那怎麼好意思呢……不然你送給別人吧。」

宋子誠像是有些不耐，「說過了送不完，反正順路，妳不拿我只好扔了。」

「別別別，」藍衫知道這些有錢人不把東西當回事，反正老闆都下令了，人家肯定也不認為這算什麼人情，只是順手的事……想到這裡，她點頭道，「好哦，老闆你現在到哪裡了？」

「快到你們社區門口了。」

「啊，那我馬上下去！」

掛斷電話之後，藍衫拿著手機去玄關換鞋。喬風提著水果刀從廚房跑出來問道，「妳要做什麼？」

藍衫一邊換鞋一邊解釋道，「我們老闆帶了好多巧克力，要分我一些，現在人就在社區門口呢。」

喬風脫口而出道，「不要去。」

「沒事，」藍衫安慰他，「放心吧、他送不完才給我的，我不拿就浪費了。是他特地送過來的，幾塊巧克力而已，不算什麼人情債。」

換好了鞋，她拉開門走出去了。

喬風目光一閃，有些不悅，「是不是誰給妳吃的，妳就跟誰走啊？」

砰！回應他的是匆忙的關門聲。

藍衫到社區門口時，看到宋子誠的車已經停在那裡。她挺不好意思，拿人家東西還讓人家等，關鍵這個人還是她BOSS。她走過去時，宋子誠下車，打開了後車箱。

藍衫一看，有點傻眼，後車箱裡塞滿了鐵盒巧克力，五花八門、五顏六色，這也太多了吧？難怪老闆非要她拿走一些。

她嘆道，「老闆，你朋友是批發巧克力的嗎？」

「不是。」

她又嘆，「好想要一個這樣的朋友啊……」

宋子誠有些好笑，他指指那堆巧克力，「妳可以都拿走。」

怎麼可能，那樣也太貪心了。她站在後車箱前看了看，發現包裝盒上都是英文字母，連起來也不太像英文，總之看不懂。她憑藉著包裝盒上的圖畫，選了一盒看起來像是黑巧克力的。

選完之後朝宋子誠揚了揚，「一盒就夠啦，謝謝老闆！」

宋子誠又隨便撿了幾盒塞到她手裡，最後把一個主體為粉紅色的心形鐵盒子疊在最上層，「如果妳不想我把它們都扔掉，就多拿些。」

藍衫哭笑不得，「夠了、夠了，老闆我快拿不動了！」

宋子誠作罷，他拍了拍手關上後車箱，叮囑她道，「多吃點甜食沒關係，不過要注意牙齒的保養。」

「吃這麼多巧克力，我會胖死的！」

「胖點才可愛。」

藍衫眉角一跳，仔細看宋子誠，發現他剛剛拉開車門，並沒有看她，神態有些漫不經心。

嗯，應該是她太敏感了。

「我先走了。」宋子誠和她告別。

藍衫笑道，「老闆，要不要上去坐一坐，喝杯茶？」

宋子誠扶著車門，看了她一眼，他眉宇間又多了那麼一絲不耐，「不了，還有事。」

藍衫悄悄鬆了一口氣，接著又有些慚愧，真是想多了，BOSS 怎麼可能對她有企圖嘛。

她抱著巧克力，笑著和宋子誠告別，宋子誠坐在車裡，一踩油門，走了。

把藍衫的身影甩掉之後，宋子誠扶著方向盤，突然長長地吁了一口氣。

跟這個女人過招，分寸必須拿捏好，多了不行、少了也不行。說實話，他追蘇落的時候都沒費過這麼大的力氣，兩個女孩從表面上看一個清高、一個親和，其實不然。蘇落就算再清高，好歹有突破口，反觀這位……簡直可以用「油鹽不浸」來形容。

藍衫自從和楊小秀分手之後，這幾年一直沒男朋友，長這麼漂亮不可能沒人追，唯一的解釋就是人家看不上。宋子誠還旁敲側擊地問過她的主管，得知這位女孩這幾年接待過不少有錢的客戶，但人家就是從來不跟客戶曖昧，根本不往那方面考慮，也從來不給人希望。

不會是個彎的吧……

這個想法一冒出來，宋子誠臉黑了，胡思亂想什麼呢！

這一頭，藍衫抱著許多巧克力美滋滋地上樓，去敲喬風家的門。

喬風幫她開了門，沒理她。

藍衫把巧克力都堆在客廳裡的茶几上招呼喬風，「喬風，過來吃巧克力呀！」

喬風淡淡答道，「我不吃。」

「好吧，」藍衫嘟囔著，「我還以為只要是甜食你都喜歡呢。」

「我沒那麼幼稚。」

「好了、好了，你特別成熟、特別man。」嘴上這樣說，心中呵呵呵。吃棉花糖、玩變形金剛，這是成熟男人做的事情？

她自己拆開一個包裝盒，撿了顆巧克力剝開吃。

薛丁格看到有吃的，跳過來左聞聞、右聞聞，想要分享一點。

喬風走過去把牠抱走，「貓不能吃巧克力。」

藍衫默默地一個人享受美食，有點無聊了，她推了一下盒子，「你嘗一顆嘛。」

「巧克力的熱量是米飯的四倍多，妳吃兩顆巧克力就相當於吃一碗飯了。加油，爭取這個月體重再增加兩公斤。」

藍衫現學現賣，「胖點才可愛嘛。」

喬風輕飄飄一笑，「別天真了，肥胖是美麗的殺手。」

「你……」藍衫只好把盒子關上，「好了、好了，我一天只吃一顆，先放在你這裡。」

「拿走，我不想看到這些，也不想被薛丁格看到。」

「好好好、我拿走……真是的，你又抽什麼風。」藍衫發覺她總是不能理解喬風的腦迴路，這小天才的情緒就跟那個什麼……啊對，就跟那個布朗運動似的，無跡可尋，你不知道它下一步會跳到什麼位置上去。

喬風點頭，「嗯、妳可以先漱漱口，把剛才沒吃完的西瓜吃掉。」

他才不會告訴她，吃半個小西瓜也相當於吃掉了一碗飯。

第二天上班時，藍衫在員工餐廳又遇到了宋子誠。她和他也算有點熟了，現在坐在他對面吃飯便覺得很自然，她還幫他買了一份湯，以報答他昨天的美意。

宋子誠並不拒絕，淡淡地道了謝。

他話向來不多，但並不會使對方局促，藍衫跟他閒談了幾句，他都能自然地接上，只不過吐字簡單有力，絲毫不拖泥帶水。

快吃完飯時，宋子誠看了一下手機，對藍衫說道，「本月月底是牧夫座流星雨的活躍時期，我所在的天文協會舉辦了去密雲看流星雨的活動，妳要不要要來？」

藍衫眼睛一亮，「流星雨？能看到嗎？」

「不確定，不過水庫那邊的星空很漂亮，就算看不到流星雨，看看星星也不錯，」宋子誠說著，勾了勾唇角。他看著她，又問了一遍，「妳要不要要來？」

藍衫有點猶豫。跟著一群陌生人去看星星？好吧至少老闆是認識的，不過她跟老闆也不是很熟嘛……她寧願跟喬風一起去看。

宋子誠又道，「到時候還有天文學家跟我們講解，嗯、我自己也懂一些。」

這句話徹底打消了藍衫的猶豫，她決定不去了。開玩笑，作為一個優秀的科學家，喬風那小子什麼不知道？她只要把他帶在身邊就好，根本不用去聽天文學家講解。

再說了，天文協會舉辦的活動，多半是在週末，她可沒那個美國時間。喬風就好多了，他閒得很！

想到這裡，藍衫搖搖頭，「我月底還有別的安排，就先不去了，老闆你們好好玩，看到流星記得拍照給我們看，我要幫你點讚，嘿嘿。」

宋子誠點頭，斂了目光，他根本沒機會把精心安排的時間說出口。

晚上回到家，藍衫把這件事拿出來跟喬風得瑟，「喬風、喬風，你知道嗎？這個月月底是牧羊座流星雨的高峰期……」

「牧夫座。」

「啊？」

「妳說的是牧夫座流星雨，」喬風糾正道，「我希望妳能正視自己的智商，以後不要在我面前賣弄這些。」

「呿呿呿，」藍衫被鄙視了也不以為意，她問道，「那我們去看好不好？」

喬風抿了抿嘴，疑惑地看她，「妳確定？牧夫座流星雨的活躍度很不穩定，它的 **ZHR** 值在零到一百之間波動，爆發的時候很少。如果妳想看流星雨，我不認為牧夫座是一個明智的選擇。」

藍衫聽得頭大，她重重一拍桌子，瞪眼，「你到底去不去？」

「……去。」

第四十三章

喬風想不通。

藍衫為什麼一定要去看牧夫座流星雨？那是一個近一百年內只有四次爆發的奇葩，明明看到流星雨的希望很小。

難道是為了帶他去？為了和他約會？

如果她真的很想和他約會，為什麼一定要選擇爆發幾率很小的流星雨？看不到的話豈不是很影響約會心情？

如果不是為了約會，那麼她的目的到底是什麼？

百思不得其解，喬風只好去論壇諮詢了。

主題：如果一個女人堅持帶一個男人去看牧夫座流星雨，這意味著什麼？

喬風是論壇小紅人，他一出現就有許多人出來歡迎。前幾樓基本都是「大神！」「合影～」「男神，求簽名！」這一類。

這個論壇是一個很小眾的地方，裡面都是學術研究者，整天玻色子、費馬大定理、造血幹細胞的，突然看到這個帖子，大家自然而然地開始討論天文學話題了。

喬風適時提醒他們：『她不懂這些，她是文科生，專長是行政管理，只有本科學歷。』

眾人恍然。

一個ID叫「小星星」的說道：『她那是喜歡你啊大神！』

喬風得意地回覆他：『我知道。』

眾：『靠，秀恩愛者叉出去亂棍打死！』

這個小星星很有耐心，又說道：『她肯定是想跟你告白，只不過缺少勇氣，所以就讓流星雨來決定！豬都知道牧夫座流星雨有多蛋疼，如果你們剛好看到，那只能說是命中註定了！到時候她一定會鼓足勇氣向你說出口！……啊啊啊，好想談戀愛！好想被女人強上哦！』

不少人看到他的回覆都覺得有道理，本來想稱讚幾句，直到看到後面那句……只好假裝不認識。

喬風也覺得小星星說得很有道理。

所以藍衫這是要和他告白了？回想一下她這段時間的苦心經營、步步為營，嗯、也差不多是時候了。不管怎說，藍衫的努力挺讓喬風感動的。身為一個笨蛋，她能想到這樣的辦法，已經相當不錯了，他心想。

中午，吳文又跑來喬風這裡和他們的老爸共進午餐。吳教授還有一個月左右就能回國了，他的心情不錯，即使看到喬風他們飯桌上有許多他看得到、吃不著的菜，他依然很平靜。

一邊吃著飯，吳教授假裝很漫不經心地，問他的小兒子，「你和藍衫最近怎麼樣了？」

這就是說話的藝術，不會去追問你們的關係到底是怎樣，直接裝出一副很熟知的樣子，套你的話。

吳文偷偷地朝他爸豎了一下拇指，他停下筷子，想聽聽喬風會怎麼答。

喬風神態自若，「她要向我告白了。」

兩個姓吳的都很驚訝，也很高興，但是吳文想得比較多，「你怎麼那麼確定？」

喬風把牧夫座流星雨的事情說了，吳教授聽罷點頭道，「嗯、分析得很正確，看來藍衫真的要告白了。臭小子、你想好了沒，接受她還是拒絕她？警告，正確答案只有一個，答錯的話，回去我修理你！」

喬風看著碗中米飯，答道，「我還沒想好。」

「你們等一下，」吳文用筷子輕輕敲了一下盤子，吸引兩人的注意，「先別商量這個……我怎麼覺得不對勁啊？」

吳教授問，「哪裡不對勁？」

「也說不上哪裡不對，但是吧……就是不對。」而且，藍衫跟肖采薇那個神經病是好朋友，能跟肖采薇成為好朋友的人，會正常到哪裡去？

話說回來，他弟好像也不是什麼正常人……

想到這裡，吳文的表情有點糾結。

吳教授無奈地搖搖頭，對喬風說，「有時候我真沒辦法跟這些本科生交流。」

喬風點頭，「我也是。」

怎麼又被鄙視了！吳文捧著飯碗，欲哭無淚。他真的好委屈啊……

晚上，喬風失眠了。

他躺在床上，翻來覆去地想著那一件令他難以抉擇的事情。

藍衫要跟他告白了，他該怎麼辦呢？

接受她？可是她與他理想女朋友的標準嚴重不符，拒絕她？那樣會傷害她吧？

她會怎麼向他告白呢？

喬風閉上眼睛，像是看到了繁星漫天的夜空。流星似雨，在天幕上劃出一道道亮光，彷彿潔白色螢光筆的塗鴉，也像是精心拍攝的美麗星軌。藍衫站在流星雨下，迎著星光，對他笑。她的眼睛瑩亮，碎光點點，像是把滿天的星光都倒映進眸底深處。

她笑嘻嘻地對他說，「喬風啊，我喜歡你，你喜不喜歡我呀？」

喬風突然睜開眼睛，猛地坐起身。

他下了床，走進客廳，打開燈。

薛丁格躺在沙發上，睡得四仰八叉，露著白白的肚皮。牠被他的腳步驚動，睜開眼睛掃了他一眼，接著又睡著。

喬風走過去坐在牠身旁，他把牠抱起來放在腿上，心不在焉地揉著牠的腦袋。

薛丁格不滿意了，「喵！」

對於牠的抗議，喬風恍若未聞。他有些無聊，目光在客廳中四下裡掃，最後視線停留在落地窗前的那塊波斯地毯上。

薛丁格剛睡著，又被他的主人抱起來走動，牠快要煩死了。

「喵喵喵！」

喬風坐在地毯上，安撫地摸摸薛丁格的頭。牠以為牠終於能夠睡覺了，結果他又站起身，刷地一下把那個推拉門打開。

一瞬間，清涼的夜風爭先恐後地吹進屋子。

薛丁格：「……」幹！

風鼓動著米白色的窗簾獵獵作響，月光從窗簾敞開的縫隙投射進來，像是稀釋的牛奶在安靜傾瀉。

喬風就這樣坐在地毯上，就著夜風，沐著月光，懷抱肥貓，入定了。

薛丁格窩在主人的懷裡，雖然睡眠條件愈來愈惡劣，但牠不願委屈自己。漸漸的牠又迷迷糊糊地要睡著了，半睡半醒之間，牠聽到他的主人在說話。

「薛丁格，你喜歡她嗎？」

「薛丁格，你喜歡她嗎？」

「薛丁格，你喜歡她嗎？」

……老子聽不懂人話謝謝！

自家小弟要遭遇告白這種事情，鬧得吳文也挺心緒不寧的。他的直覺告訴他事情可能沒那麼簡單，但他主觀上又希望喬風的狗屁推理是正確的。

想來想去，他認為可以透過小油菜來瞭解情況。

小油菜中午幫總裁助理送外送給吳文，自從上次她不小心被吳總叫上車，公司裡的人就一致認為吳總和肖采薇的關係不一般，反正總裁助理抽不出身來就讓小油菜幫忙送東西給吳總，非常心安理得。

她把外送放下時，口袋裡手機突然響了。她不好意思當著吳總的面接電話，走出去時才掏出手機，「喂，藍衫？」

尚未關嚴的門縫裡漏出這幾個字，吳文一下子就來了精神，他起身悄悄地走出去跟上。

小油菜找了個沒人的角落，跟藍衫愉快地交談著，「什麼，妳要去密雲看星星？我也要去、我也要去！」

吳文背在牆角面，聽到這話時撇撇嘴，心想這女孩也太沒眼力了，人家二人世界，她跟著湊什麼熱鬧，藍衫一定不會答應她。

藍衫就知道小油菜會這麼說，這小妮子精力特別旺盛，看到什麼新鮮東西都想參與，她笑道，「可以，不過我和喬風定的時間是週四、週五我休息的那兩天，妳要來，勢必又得請假了。」

小油菜有點猶豫，「一定要請假嗎？多久，一天？」

吳文卻急得直想撓牆，操操操這什麼情況，怎麼就答應了？不是說要告白嗎？

藍衫想了想，答道，「不用，妳週四下午請兩個小時的假，早點下班。我們週五一早早點動身，早點回來。不過如果是那樣的話，妳可能會比較累。」

小油菜激動地表示，「我不怕累！」

喀擦、喀擦……她聽到了一些不太和諧的聲音。

小油菜好奇地左顧右盼，沒人啊，難道是老鼠？哎呀、好激動，可以抓老鼠玩了……她高興地四下裡張望著，終於在一個牆角後面看到了面色不怎麼可親的吳總。

小油菜呆掉了，「吳總？」

吳文放下撓牆的手，面無表情地看著她，「我也要去。」

她迷茫了，「你要去幹嘛？」

「看星星。」他真的沒想到這三個字會從自己嘴裡蹦出來，媽的，竟然有一種淡淡的羞澀感……

小油菜掩嘴吃吃而笑，「看不出吳總您還有一顆少女心耶！」

神經病，遲早會開除妳！吳文恨恨地想。

第四十四章

在喬風不知道的情況下，藍衫自作主張地在一起出行的隊伍裡塞進兩個人，答應了那一邊，她才把此事跟喬風說。

喬風理解藍衫告白時需要閨蜜助陣，但他不理解為什麼哥哥也要去。轉頭打電話給吳文問他，吳文的回答倒也簡單——人家能叫上閨蜜，他這個男方親友自然也要跟進！

如此，原計劃兩個人的觀星之旅擴展為四個人，就這麼愉快地決定了。

吳文很大方，給小油菜放了一天半的假，週四上午正常上班，吃過午飯他們就出發。四個人裡只有吳文有車，於是他當仁不讓地成為司機，開車帶著小油菜先去接喬風和藍衫。

這一舉動使得公司員工們議論紛紛，吳總出門沒帶助理，卻只帶了辦公室副主任？總裁助理會不會有危機感呢……

對此，總裁助理表示：一點也沒有。

吳總跟肖采薇到底是什麼關係，助理已經在大腦裡推演出一個非常詳細的版本了，所以嘛，他怎麼可能擔心未來的總裁夫人會取他而代之呢？

在車上，吳文勒令小油菜必須坐副駕駛，這樣一來等藍衫和喬風上車時就可以直接坐在後面了，給兩人留點隱密空間。

小油菜拉上車門狗腿道，「吳總，您的車真寬敞，我好像在坐地鐵。」

吳文一扯嘴角，「還是有空位的地鐵，對吧？」他掃她一眼，看到她傻兮兮地坐著，便提醒道，「自己把安全帶繫上。」

「哦，」小油菜點頭，伸手把帶子拉下來，「吳總你也怕罰款呀？」

怕你個頭！繫安全帶是為了躲避罰款嗎？吳文忍不住翻了個白眼，這女人的價值觀真獵奇。

小油菜繫好安全帶之後，扯了扯那寬大的黑色帶子。由於她身體纖瘦，帶子顯得很鬆，她憂愁道，「這麼鬆，我覺得一點也不安全呀。」

吳文被她的無知逗笑了，「妳是要捆大白菜呢，安全不安全看鬆緊？」說著，看了她一眼。他的車廂空間大，駕駛座位也稍大，對比之下，她就更顯得弱小了；臉也小，還留著齊瀏海，乍看之下像個高中生。

呿，都二十八了還裝什麼蘿莉！吳文有些鄙夷，目光向下移，掠過她安全帶下的胸部。

「呵……」他的笑聲裡透著無邊無際的鄙視。

小油菜一直在觀察他，所以知道他在鄙視什麼，她低著頭，臉不可抑制地紅了。

這個時間的路況很好，他們很快到了喬風家樓下。喬風把一堆東西搬上了吳文的車，各色零食、打發時間的紙牌遊戲、夜裡可能用到的衣物、防蚊噴霧、天文望遠鏡等等。

本來是打算帶上薛丁格的，但喬風怕牠搗亂，最後沒帶。

上車之後，藍衫禮貌性地問候了吳文，吳文對她前所未有的和藹可親，這讓她感覺心裡毛毛的。

小油菜的話也少，她還在糾結自己的胸部發育問題，她轉過頭跟藍衫說話，看到她傲人的胸部，登時兩眼發光。

真的好羨慕啊……

藍衫覺得更詭異了，她不動聲色地用手臂擋了一下，問小油菜，「妳想說什麼？」

「沒什麼。」小油菜伸直了脖子，想方設法地瞅她那裡，眼睛眨都不眨的。嘖嘖嘖，到底是怎麼長那麼大的……

喬風突然開口了，溫潤的聲線裡透著一絲冷硬，這表明他心情不是很好，他對小油菜說，「妳，轉過頭去。」

在小油菜的世界裡，喬大神說的話比吳總還要有權威，所以她趕緊轉過頭。

車廂內一陣詭異的安靜，吳文有點受不了，便逗小油菜，「來，唱首歌聽聽。」

小油菜遵命地張嘴要唱，吳文卻突然臉一黑，趕在她發聲之前說，「妳閉嘴！」

「……」小油菜很鬱悶，她不就是胸小了一點嗎，難道連唱歌的權利都沒有了？

吳文開了音樂，樂聲在車廂內流淌時，他們的沉默也不顯尷尬了。

那音樂曲調舒緩，藍衫聽得精神放鬆，漸漸有些犯睏，她打了個呵欠。

喬風見此，向後靠了靠，他輕輕抬了一下肩膀，表示了對某種行為的默許。

藍衫沒注意到他的反應，她睏得直點頭，只好用手托著臉，手肘撐在車窗前，迷迷糊糊的一不小心就睡著了。她歪歪地靠在車門上，腦袋直接抵在玻璃上。

轎車一個輕微的顛簸，便使她的腦袋往玻璃上一磕。

喬風挺奇怪的，明明車裡開著音樂，但他依然聽到了撞擊聲。眼看著她又磕了幾次腦袋，他忍無可忍，一伸手，把她拉起來。

「幹嘛呀？」藍衫不滿地嘟囔，眼睛不願睜開。

他突然把她拉進懷裡。

藍衫迷迷糊糊的，也沒什麼分析能力，她就覺得現在更舒服、更想睡覺了。她在喬風懷裡拱了幾下，安靜地睡著了。

喬風攬著她的肩頭，她的腦袋貼著他的鎖骨，側額抵著他的頸窩，兩人此刻的姿勢極為親密。她的呼吸平穩均勻，身體一起一伏，像是一根有力的弦，不停地在他懷中撩動。

他忍不住垂下眼睛看她。因為角度問題，他只能看到她潤澤的嘴唇和白皙的下巴，不知道她夢到了什麼，突然伸舌尖舔了舔嘴唇，喬風傻傻的，也跟著舔舔嘴唇。

視線再往下移，他突然渾身僵硬。

藍衫穿著普通的T恤，領口開得不大，可是這個姿勢、這個角度，使她領口下的春光毫無預警地洩漏了出來。白皙細膩鼓脹，有如兩個渾圓飽滿的純白色瓷碗，擠在一起形成一道天然的縫隙，他甚至能看到碗上覆蓋的淡藍色蕾絲內衣的邊緣……

停下、停下，不能看！

他心中這樣吶喊，視線卻不聽使喚，牢牢地黏在她身上。

藍衫突然夢囈，口齒不清的，也不知道在說什麼。喬風卻因她的胡言亂語而突然找回神智，他猛地扭過頭，拚命看著窗外。

吳文一邊開著車，一邊在後視鏡上偷窺後座兩人的情形。看到喬風主動抱著藍衫睡覺，吳文覺得這小子還算有救；看到喬風看著窗外、臉變得通紅之時，吳文一邊鄙視他沒出息，一邊暗暗欣慰，看來自家小弟脫處的日子不遠了……

幾人最終停在水庫附近的一個農家院外。這裡不給人露營，許多來此處遊玩的人都住農家院。他們把東西搬下來，分配好房間時，離晚餐還有一個多小時。

四個人湊在一起討論這一個多小時做什麼，喬風提議紙牌遊戲，遭到其他三人的鄙視；藍衫建議去釣魚，沒有人反對。

藍衫釣魚純粹是玩，她可沒有那個耐心，倒是喬風，雖然來的時候不太情願，但是一拋下魚餌，就坐在那裡八風吹不動了。

藍衫等了一會兒沒等到魚，她就扔下魚竿跟小油菜去旁邊玩了。吳文受不了小油菜如此沒眼力，趕快把她喊到身邊，勒令她不准移動。

藍衫以為吳總只是看不慣或者在懲罰小油菜，她便一個人在岸上的草叢裡找到好多野花，摘了一大把，自己戴了幾朵，就跑到喬風身邊搖頭晃腦，「喬風，好看嗎？」

喬風目不斜視，「好看！」

藍衫又捏著小野花往他耳畔插。

喬風很不樂意，抖了抖腦袋，「我不戴花。」

藍衫從兜裡摸了塊糖，剝開了包裝紙往他嘴巴裡一塞，「乖。」

喬風吃著糖，含含混混地抱怨，「妳都沒洗手。」

藍衫不說話，又往他腦袋上戴花，這次他沒有拒絕。

吳文在一旁看呆了。

藍衫和喬風最後一人頂著一頭野花，吳文真是不忍心再看下去了，這兩人根本就是一對智障兒童。

他轉過頭，突然看到不遠處有一個細長的物體在快速爬行。

我操，蛇！

吳文先是看一眼蛇，再看看蹲在他身邊的小油菜，他惡向膽邊生，起身走過去，用魚竿把那條蛇挑起來。

這種蛇學名叫「白條錦蛇」，是北方常見的一種無毒蛇。不過反正不管有毒、沒毒，看起來都很噁心就是了。那條蛇還沒長大，小指粗，長三十公分左右，牠被魚竿挑得突然離地時，驚慌地掙扎。

「肖采薇，妳看這是什麼？」他拿著魚竿，笑瞇瞇地伸到小油菜面前。

小油菜驚訝，「啊、蛇！」

小油菜一聲尖叫，把另一邊兩人的目光也吸引了過來。

吳文很高興，他總算可以治一治肖采薇了，看她以後還敢不敢在他面前招搖。他抖了一下魚竿壞笑道，「不要怕，妳摸一摸牠，很可愛的！」

「好哦。」小油菜說著，果然摸了摸那小蛇的腦袋。

吳文：「！」

你媽啊，讓妳摸妳還真的摸？不是應該尖叫著跑開嗎？

小油菜捏著小蛇的尾巴尖，把牠倒提起來。

眼看著小蛇在她的魔掌之下艱難地扭動，吳文驚得頭皮發麻，「妳傻呀？趕快扔了，那是蛇！」

小油菜提著小蛇，奇怪地看一眼吳文，「你怕蛇？」

「怎麼可能！」

「太好了，」她站起身，提著小蛇走向他，「吳總我們來玩呀——」

「妳別過來！」

「吳總你不要怕，你摸一摸牠，牠很可愛的！」

「我操、妳別過來！走開、走開！」

吳文扔下魚竿跑了，小油菜提著蛇在後面追。

他跑到岸上的高地，她追過去，他只好再跑下來。如此轉了幾圈，吳文怒吼，「喬風！藍衫！你們能不能阻止這個神經病！」

喊完這句話，他看到那兩個智障兒童正頂著一腦袋野花笑嘻嘻地看著他。

吳文真的好絕望，他覺得這個星球已經被神經病人統治了。

第四十五章

在水邊玩耍了一會兒，農家院的院長過來喊他們回去，看看時間也快到吃飯時間了，他們晚上要吃烤肉，院長說已經把東西準備好了。

小油菜還有點意猶未盡，「我們能不能就在岸邊烤肉呀，反正離得也不遠。」

院長果決地搖頭，「不行！我把你們帶過來已經違反規定了……別人都來不了呢！」

「為什麼呀？」

吳文推了一把她的腦袋，「無知！這裡是水源，妳在水裡撒泡尿，全首都的人民都能喝到！」

院長困窘地點頭。道理是沒錯，可是不要說得這麼糟糕呀……

幾人只好動身回去。藍衫有點糾結，「那我們在你家院子裡烤肉時，能看到水庫邊的夕陽嗎？」

院長呵呵一笑，「如果妳有透視眼的話，就沒問題。」

喬風卻點頭，「可以的，」他看向院長，「我們能不能在你家屋頂烤肉？」

「不能。」

「錢不是問題。」

「好的，我馬上去準備。」

院長家有個二樓的小空間，這個高度放在城市裡只能算是侏儒，不過現在置身於一片農家院裡，可以稱得上魁梧。

他把烤肉的烤爐、木碳、食物都搬上去，還貼心地幫他們準備了飲料，又留下一臺收音機。收音機不知道是什麼年代生產的，有半個磚頭那麼大，用塑膠膠帶纏著，藍衫打開之後調了幾個頻道，裡面鋪天蓋地的全都是治病話題，一個治糖尿病的、一個治不孕跟不育的、一個治風濕的，還有一個治陽痿、早洩的……在兩個男人的微妙表情中，她冷靜地把收音機關了。

喬風下樓，沒過多久便端上來一個托盤，裡面是新殺的鯽魚，已經都處理乾淨，還加了各種調料醃製。這些鯽魚都是他剛才釣的，非常新鮮——剛才四個人總共釣上來六條魚，全都是他一個人釣的。

烤爐已經點好火，吳文正在指揮小油菜用一個破蒲扇拚命搧風，藍衫看到喬風把各種食材擺到架子上，她吞著口水湊過去，想幫忙。

喬風有點嫌棄，「妳洗手了嗎？」

「洗了，」藍衫捏起一個用鐵籤串好的鯽魚片放在架子上，「什麼時候能熟呀？」

喬風低頭笑，笑容清淺，眉梢染著淡淡的溫柔，像是令人沉醉的春風。他答道，「妳不要急，等一下就好了。」

說著，他看了她一眼，見她兩眼發直一臉的渴望，莫名的他就想起了薛丁格。他心想，他既然能養一個薛丁格，就可以再養一個薛丁格，對吧？

肉烤好之後，幾個人坐在屋頂上，吃肉喝酒看夕陽。

密雲水庫很大，簡直像海一樣寬闊，波平如鏡，周遭有山林環繞，蒼山如一條盤踞的長龍拱衛中央明珠。

今天天氣很好，下午時天空蔚藍澄淨如寶石，現在傍晚時分，隨著陽光的折射，天空變了個色調，染上了詭譎的色彩。夕陽橙赤，如熊熊爐火中一顆燒紅的鐵球，又像是連接天界的一把壺嘴，向人間傾倒出萬道霞光。

蒼山與碧水都沐浴在這霞光之下，整個世界像是跌進了一幅濃墨重彩的油畫之中。

藍衫微微閉目，深吸一口氣嘆道，「我覺得這裡的空氣好棒。」

喬風說道，「這裡空氣中負氧離子的含量比市區高四十倍。」

藍衫狠狠地咬了一口魚肉，「聽不懂！」

喬風還想跟她解釋負氧離子是什麼東西，吳文卻及時制止了他。吳文問藍衫，「藍衫，妳覺得我弟這人怎麼樣？」

藍衫一豎大拇指，「沒得說。」

「智商是沒得說，妳覺得他情商怎麼樣？」

藍衫斜視吳文一眼，送去了一個「你懂得」的眼神。

吳文笑道，「妳覺得他情商低，對吧？其實妳把他想得太簡單了，他也有情商高的時候，他的這個情商吧……在零和一百之間跳動，沒有中間值。」

藍衫眨眨眼，「這麼神奇？」聽起來好像精神分裂，而且她實在難以想像喬風情商變成一百會是什麼德性。

吳文點點頭，「以後妳就知道了。」

兩人公然在喬風面前討論他，喬風本人也沒表示反感或者反對，反而是靜靜地聽著，還看了藍衫一眼。藍衫覺得現在這個情況說不出的詭異，就好像爹娘要把女兒託付給某個小夥子時進行的談話……真是太可怕了。

吃吃喝喝了一會兒，藍衫跟小油菜結伴下樓去廁所，然後她們兩個沒急著回來，就在院子外聊天。吳文和喬風在屋頂看看時間，覺得是時候該動身出發了——晚上看星星的地點選在了國家天文觀測基地，離這裡不遠，但是要過盤山公路，所以儘量不要太晚。

兄弟二人從樓上下來，聽院長說兩個女孩在外面玩，他們便走到院子門口，聽到她們的談話聲。

兩人各懷心思，沒有繼續前進。

此刻藍衫正在跟小油菜說，「妳說他是不是在故意試探我呀？」

小油菜答道，「誰知道呢。不過說實話，我也覺得妳跟喬大神之間的粉紅泡泡比較多，現在我都有點動搖了。」她的思維很跳脫，說到吳文，又想起另外一件事，「而且妳說吳總吧，他竟然怕蛇？哎哈哈哈、還能不能好好地當一個小攻攻了！」

這一頭，吳文疑惑地扭過頭問喬風，「這丫頭為什麼叫我公公？」

「公公有兩種解釋，一種是丈夫的父親，另一種是……太監，」喬風同情地看著他，「你自己選一種吧。」

吳文臉一黑，「憑什麼罵我是太監！我明明……」明明在她面前硬起來過！

喬風安慰他，「其實藍衫還幫我取個外號叫『獸獸』，也很不好聽。不過好像比你好？至少我的器官是健全的。」說著說著，不免有些得意，安慰就變成炫耀了。

公公？獸獸？

那一刻，吳文的腦袋像是突然被五彩神雷給劈亮了，他仰天怒吼，「操！」

一聲咆哮，把外面兩個女孩都引進來了。

看到剛才的八卦對象立刻出現在眼前，藍衫和小油菜都有點心虛。喬風還在狀況之外，他抄著褲兜，一派雲淡風輕，「走吧。」

「什麼誤會？」

走什麼走！吳文趕緊拉住他，鬼鬼祟祟地躲挺遠，他焦急道，「喬風，這可能是一場誤會！」

「這個……不好解釋，總之藍衫今天應該不是來跟你告白的。」

喬風皺眉，「我知道你不能理解，但是請不要執意說服我。」

「不是這個意思——我能理解那個狗屁牧夫座流星雨！但是你不理解的是……」吳文咬牙，乾脆直說了，「她好像誤會我們兩個的關係了！」

喬風更覺莫名其妙，「我跟你的關係能有什麼好誤會的？你不是我哥，難道是我爸？」

「聽我說，你知道『公公』跟『獸獸』到底是什麼意思嗎？」

「知道。」

「知道個屁！」

接著吳文就跟喬風解釋了，吳文從來沒想過自己一個直男竟然會跟另外一個直男解釋這種東西，他真的好蛋疼。

聽罷，喬風板起臉，面如寒霜，「你胡說什麼！」

「不是我胡說，」吳文很委屈，指著那兩罪魁禍首，「是她們胡說！」

「你想太多了。」喬風說著，轉身走開。

吳文跟上，問道，「那你以為這真的是巧合嗎？『攻』和『受』？」

喬風反問，「她見我第一面就想脫我褲子，這個你怎麼解釋？」

「我怎麼知道，說不定人家把你當充氣娃娃了呢！」吳文胡謅道。

喬風的臉黑得很徹底。他不打算理吳文，而是直接走到藍衫面前向她微微一笑，「我們今晚一定能看到流星雨。」

藍衫從來沒見過這種笑容，感覺像是把緊繃的肌肉硬扯開，笑的人痛，看的人也不舒服。他的眼睛特別亮，但是目光寒冷……很難想像這樣的神情會出現在喬風臉上，給人一種一秒鐘M變S的錯覺。藍衫忍不住抖了一下，疑惑地看向吳文。

吳文的臉色也很不好。

她摸了摸鼻子，很奇怪。明明剛才還好好的，她好像也沒做錯什麼吧？

喬風的手放在她的肩頭，「走吧。」

藍衫玩笑道，「怎麼了？你不會打算把我騙過去弄死拋屍吧？呵呵……」

他勾唇一笑，「不好說。」

藍衫現在很確定，這個人是被什麼妖怪附身了。說實話她有點怕，大晚上的，天文觀測基地在荒郊野外，要是真的出了點什麼事，肯定是叫天天不應、叫地地不靈。她不怕喬風，可是眼前這個人很明顯不是那個喬風，誰知道這傢伙是什麼妖怪啊，萬一是白天被他們戲弄的那條小蛇呢……

她打了個寒顫，拉開他的手，「我不去了！」

喬風點頭，「也好，在屋頂上同樣能看到，走吧。」說著就要帶她去屋頂。

藍衫求助地看著吳文，吳文卻瞪著小油菜，「妳，跟我走！」

小油菜嚇一跳，躲在藍衫身後，「幹嘛呀？」

吳文捉著小油菜的衣領把她拖走了，走之前告訴藍衫，「放心吧，我不會把她怎麼樣——這種貨色吃起來硌牙！」

藍衫：「……」大爺的，這到底是什麼情況？

她最後還是被喬風拖到屋頂上去了，院長把他們的東西都搬上屋頂，他和她並肩坐在一條毯子上，一隻手緊緊地抓著她的手腕，生怕她逃走似的。

他的力氣太大了，藍衫掙扎了一下，小聲說道，「你弄痛我了。」

喬風沉著臉，不予理會。

「你到底怎麼了？」

他還是不說話。

藍衫從身上摸了摸，「吃糖嗎？」

「妳閉嘴。」

連糖都沒用了，這是多大的事情啊！藍衫小心地打量他，夜色中他的側臉依舊完美迷人，但是由於生氣，臉部線條顯得清冷疏離，有種拒人於千里之外的感覺。她神色怔怔，委屈道，「到底怎麼了嘛！」

「閉嘴，再說話就親妳。」

她只好果斷閉嘴。

夜幕已降，萬千星辰如粒粒璀璨的鑽石，點亮整個夜空。這樣漂亮的星空是她期待很久的，但此時此刻她實在沒心情欣賞。她情緒焦躁，一直側著臉觀察他，可惜他已經成了一座冷硬的雕像。

可以確定的是，他生氣了，但不知道他在氣什麼，還不能問……

夜風吹來，她有些冷，郊區的溫度比市區低好幾度。

喬風根本沒看她，卻知道她的感覺，他脫了自己的外套，裹在她身上。

藍衫裹著他的外套，看到他的神情並沒有絲毫鬆動，她難過地低下頭，現在是真的不知道該說什麼才好了。

沉默了一會兒，她有些睏了，試探性地把頭靠在他肩上，他沒有拒絕。

她就這樣靠著他睡著了，直到被他搖醒。

喬風在寧靜幽黑的夜裡枯坐了四個小時，終於等來了流星雨。

他搖醒她，指著天空，「藍衫，快看！」

藍衫揉揉眼睛，睜眼時恰好看到天際有一顆閃亮的流星劃過。就一顆，沒有電視上演的那樣震撼，她點點頭敷衍道，「好看。」可是她更想睡覺。

喬風推起她的肩膀，「看，又一顆。」

她被迫坐起來，只好睜開眼睛看看，一邊評價道，「好棒哦。」

「這是流星雨。」

「是哦。」說著又要倒。

他再一次推起她，「所以妳現在有什麼想對我說的？」

「恭喜發財。」再倒。

再推。

藍衫只好坐直身體，瞪大眼睛看著他，「你到底要幹嘛？」

他的面色突然疲憊了很多，他看著她問道，「那麼妳現在有沒有想對我和我哥說的？」

「情比金堅，天長地久。」

說完這句，藍衫看到他面色驟寒，如六月飛霜，夜風吹來，她只覺周身寒冷，忍不住緊了緊衣服。

第四十六章

喬風突然站起身，居高臨下地看著藍衫。

他背對著滿天星斗，面容俊美有如從銀河上走下來的天神。他板著臉，神情冷如刀鋒，沉黑的目中卻又似燃起了烈火。

由於憤怒，他呼吸不穩，胸膛大幅度地起伏著，這使得他整個人像是個即將一觸即發，隨時準備爆炸的爆竹。

藍衫從來沒看過他這麼生氣，她怕怕的，手撐著身下的毯子仰頭看他，眼神特別特別真誠，「那個什麼，有話好好說呀……」

他冷冷地開口了，「我和吳文是親兄弟，同一個父親，同一個母親。」

「啊……啊？」藍衫驚得下巴差點掉下來，「可是你們——」

「沒有可是，」他打斷她，「無論妳透過什麼樣的方式錯誤地推測我們的關係，那都是極其愚蠢的行為。」

藍衫覺得很震驚，震驚之後又很羞愧。

她竟然一直誤會一對兄弟為戀人，真的很失禮很不道德！沒什麼好說的，趕緊道歉吧，「對不起對不起對不起……我那個，我真的不是有意的，對不起啊、你別放在心上。」

「不好意思，我就是放在心上了，」他說著，突然抬手指了指自己左胸膛心臟的位置，神態悲傷，「這裡，很難過。」

「對不起……」藍衫都快哭了。喬風說他難過的時候，她就非常不好受，就好像那個地方也長著她一塊肉似的。

「道歉也沒有用，我不會原諒妳，我現在也不想看到妳，請妳立刻離開這裡。」

藍衫點點頭，現在兩人確實太尷尬了，還是各自先冷靜一下好。她起身走下屋頂，下去之後才發現自己還披著他的外套，她擔心他感冒，於是又爬上去，「喬風，我——」

喬風正背對著她坐在毯子上，聽到她的聲音，他頭也不回，冷冷地打斷她，「閉嘴，走開。」

「哦。」她看著他的身影，總覺得那背影不似平時挺拔，在黑夜中尤其顯得蕭瑟和落寞。

她只好下去了，走的時候心想，如果他冷了，完全可以把毯子裹在身上。

屋頂上只剩下喬風一個人。他坐在毯子上，雙腿折起，手臂環膝，軀幹微微前傾，整個人幾乎蜷成一團，像是一條在寒夜裡被饑餓折磨的流浪犬。

喬風仰著頭，獨自一人欣賞這難得的夜景。星光爛漫，天河微傾，流星還在一顆一顆地滑落，彷彿有一隻大手在天幕背後不緊不慢、一根一根地劃著火柴。水庫被夜映成了湛藍色，倒盛著漫天星光，一望無垠，水天一色。

一切景色都和夢裡的一樣。

只是人不一樣。

有些事情不能想，一想就心酸又心疼。喬風不願回憶藍衫，他只是自嘲地笑了笑，心想，總是說別人笨，其實他自己才是最笨的笨蛋。

與此同時，藍衫正在樓下一籌莫展。找不到小油菜和吳文，不知道他們去了哪裡，打電話也沒人接。她很擔心，想出去找，但是黑燈瞎火的，萬一找不到人她再迷路了怎麼辦？

她又打了幾通電話，那邊總算接了，只不過一接起來就一陣怪叫，藍衫聽得頭皮發麻，「小油菜，妳怎麼了？」

「沒、沒什麼……啊！」

藍衫快急死了，「到底怎麼回事？你們在哪裡？」

這時，手機裡傳來吳文的聲音，「沒什麼，我們一會兒就回去。」

「一會兒是多大會兒？吳總你到底把她怎麼了？」

「妳放心，她死不了。」

「喂？喂？」

他已經掛了電話。

藍衫焦急地在院子裡團團轉，她很擔心吳文把小油菜生吞活剝了，畢竟他的脾氣不像樓頂上那位那麼好。喬風剛才得知那個誤會之後，沒有直接把她從樓頂上扔下來，可見其大度。

想到這裡，藍衫仰頭，希望在下面能看到喬風的影子，結果是沒有。

她莫名有些惆悵，喬風估計會認為她是一個很噁心的人吧？唉……

好脾氣的人發起火來才是最可怕的，因為難哄。藍衫現在也不知道該怎麼哄喬風，重點是他以前根本就沒有真的對她生過氣，導致她不具備這方面的經驗。

這時，外面有人說話，還隱隱有哭聲。啊，是小油菜！

藍衫趕緊跑到門口，正好看到小油菜和吳文一起走進院中，小油菜眼眶紅紅的，一手捣著臀部。

藍衫心頭火氣，「吳文，你把她怎麼了！」

吳文「嘶」地吸了一口氣，答道，「打了幾下而已，就她幹的那些傻事，值得這一頓打。」

吳文不愧是吳文，直覺一向很準，他總覺得這麼大的誤會很可能是小油菜這個神經病從中瞎起鬨的，仔細一番誘導和盤問，果不其然，他也是氣急了，才拉過來打了一頓屁股。

小油菜捣著屁股低著頭，她哭倒不是因為疼，而是覺得屈辱。都二十八了還被人打屁股，對方還是個大男人！

看到藍衫，小油菜感覺有人給撐腰了，膽氣足了一些，她怒斥吳文，「你懂不懂男女有別啊！」

吳文嗤笑，「喲呵，現在跟妳穿比基尼把我按在地上啃的時候不一樣了？我被妳輕薄了，我說過什麼了嗎？做人怎麼一點肚量都沒有！」

小油菜說不過他，悲憤地別過臉去。

藍衫覺得某些事情不是她能攙和進去的，她告訴吳文喬風在樓頂上，然後把小油菜扶進房間，檢查了一下她的屁股。嗯，完好無損……

藍衫不知道這四個多小時小油菜和吳文經歷了什麼，好像不會只是打屁股那麼簡單……小油菜不說，她也就沒問。今天的事情太亂了，她也沒心情盤問別的。

夜已經深了，大家折騰了一天簡直心力交瘁，藍衫和小油菜都睡著了。

藍衫睡得很不安穩，一閉上眼就好像看到喬風指著自己的心口對她說，他很難過。睡了不知道多久，她聽到外面有車喇叭的聲音，就驚醒了。

她披衣走到院子裡，看到夜色下一個男人正站在院中，仰著頭往樓頂上看。她好奇地走過去，也跟著仰頭看。

男人發現了她，問道，「請問，喬風是不是在這上面？」

「應該是吧。」如果直到現在他都沒下來的話……藍衫嘆了口氣。

男人點頭，「好，謝謝，」他掏出手機，想要打電話，想了想還是不要怠慢這位幫忙的美女，於是說道，「我叫謝風生。」

「我叫藍衫，你就是謝先生？我打電話給你過。」

謝風生有些奇怪，「真的嗎？抱歉我竟然一點印象都沒有。」

「是，喬風給了我你的名片，後來我打電話想請你幫忙理財，你說五百萬以下的免談。」然後就沒有然後了……

他掩嘴，「咳、不好意思。」

「沒事，我理解，你趕快叫他下來吧。」

謝風生便撥了個號碼，接通之後，他對著手機抱怨，「小祖宗，你能下來說話嗎？不然我隔空跟你喊話，把別人都吵起來？走啊、走啊當然要走，我來不就是為了接你走的！行行行，立刻馬上走！什麼？藍衫？好好好、我知道了。」

他掛了電話，藍衫好奇地問他，「喬風說我什麼了？」

「他說他不想看到妳，希望妳能迴避一下，那樣他才好離開。」

藍衫一陣鬱悶，只好回屋了。

她關掉屋子的燈，開著窗戶偷偷往院中看。她看到他頎長的身影出現，立在院中與謝風生交談了幾句，然後兩人就離開了。走之前，他回了一下頭，向她房間的方向望了望，像是看到了她。

藍衫趕緊放下窗簾。

她背過身去，突然一陣難過。

兩個人好好的，怎麼就鬧成現在這個樣子了呢……

第四十七章

因為昨天夜裡折騰，第二天一早，三人起晚了。

吳文已經知道他弟被謝風生接走了，估計臭小子又要鬧彆扭，不知道什麼時候才能好。

三人早餐吃得心不在焉，吳文看到兩個女孩垂頭喪氣的，像霜打過後的茄子一樣，他心想——活該！

回去的路上，吳文用後視鏡觀察後面兩個女孩的表情，看了一會兒，他對藍衫說道，「藍衫，這件事不怪妳，妳純粹是被朋友坑了。我弟那個人吧，很執拗，一旦鑽牛角尖那必須鑽個頭破血流才甘休。妳呀、回去跟他好好解釋一下，他這個人吃軟不吃硬，妳別放在心上，他生氣也是因為在乎，如果路邊一個乞丐指著他叫他『基佬』，他肯定不會生氣。」

他一邊說，藍衫一邊點頭，「嗯」了幾聲。

吳文想了想，最終沒有把喬風那個瞎說的誤會告訴她。現在不適合讓事情複雜化，先把這件事理順了再說吧。

藍衫回去的時候心情還是相當慘澹，走路低頭，失魂落魄的。到自家樓下，她不經意往垃圾筒裡瞟了一眼，看到裡面散布著一些碎瓷片，那顏色、那圖案都相當眼熟。

啊、這不是喬風家的那個碗嗎？淡藍色，碗壁上有寵物小精靈的圖案，一直擺在電視櫃旁，用來放鑰匙這些小東西的。

怎麼會摔壞了呢？

她走過去，在垃圾筒裡仔仔細細地翻過一遍，此時有個大叔走過來，他推著一輛自行車，車籃裡放了好多壓扁的礦泉水瓶，這是翻了兩個小時垃圾筒的成果。看到藍衫翻垃圾筒，他以為遇到了競爭者，虎視眈眈地看著她。

藍衫把一個可樂罐子遞給他，她晃晃自己手中的瓷片，「我要這個。」

大叔神色緩和，便過來和她一起翻，翻到瓶子和紙箱歸他，翻到瓷片歸她。

這樣一來效率提高了不少，藍衫很快把整個垃圾筒裡的瓷片都找到了，用一個髒兮兮的塑膠袋裝著，她提著碎瓷片，向大叔道謝。

大叔好心地提醒她，「這種東西資源回收站不收。」

「我知道。」

回到家，藍衫把碎瓷片都洗乾淨，找出膠水想把它們黏起來。瓷片摔得稀巴爛的，她簡直像是在玩一個立體拼圖遊戲，玩了一個多小時，拚出一個面目全非的異形奇葩，於是她只好重新把它掰成一堆碎片。

時間不知不覺地過去，要吃午餐了。一到吃飯時間，藍衫就想到喬風，這都快變成條件反射了。她撓了撓頭心想，他昨晚半夜奔波，估計現在還沒睡醒呢，算了，再等等吧。

於是她一個人下樓找了間餐廳吃午餐，工作日的中午，住宅區附近的小餐廳人不是很多，點菜的小哥是個話多的人，坐在藍衫旁邊的桌子跟她搭訕，「姊，新搬來的吧？之前沒看過妳。」

藍衫一邊吃一邊答道，「是啊，搬來兩個多月了。」

「那時間也不短了，我怎麼一次都沒看過妳呢。」

「你應該是看過，看過之後就忘了。」

「那怎麼可能，妳長得這麼漂亮，見過的都忘不了。」

藍衫早就已經被人誇出免疫力來了，完全不以為意，該吃就吃、該喝就喝。小哥又道，「妳也是第一次來我們店……妳是不是不常在外面吃呀？」

她點頭，「對呀。」

「看來妳是一個會做飯的人了，又漂亮又會做飯，姊呀、以後誰娶了妳可是幾輩子修來的福氣。」

藍衫噗嗤一樂，抽衛生紙擦擦嘴角說道，「我不會做飯，我認識一個會做飯的人，所以經常去他家蹭飯。」

小哥一臉的不可思議，「妳在人家家裡一連蹭兩個月的飯？」

「對啊。」

「人家沒有不高興？」

「沒有啊，他還蠻高興的，我想吃什麼他就做什麼給我吃。」不過今天確實很不高興……

小哥八卦地看著她，「姊啊、您就沒想過，那個人為什麼能容忍妳的白吃白喝？」

藍衫聽了就不高興了，「怎麼這樣說呢？我可沒白吃白喝，菜都是我買的，我還一直幫他買東西，前兩天還幫他們家的貓買了個飲水機呢！啊、對了，誰要是欺負他，我也會衝上去當打手。」

「她是個女的？」

「男的。」

小哥恍然，「我的姊姊哎，妳一定是想偏了。一個男人天天幫一個大美女做飯，圖的肯定不是妳買的那點東西。說實話，在這個社區住的人，十之八九都不缺錢。」

藍衫呆了呆，「什、什麼意思？」

小哥端起茶杯，仰脖喝了一口，頗有神祕神祕高手的風範，他放下茶杯笑道，「再多的話我不適合說，您自己慢慢想吧！」

藍衫心不在焉地又吃了兩口飯，結帳離開了。

回去之後她果然認真地想了想，然後就想得有點多了。

喬風既然宣稱自己不是gay，可是為什麼對於一個異性朋友親暱的舉止卻從來不反對、不阻止？而且還想吃什麼就做什麼，想要什麼就買什麼，這媽的根本就是二十四孝好男友的終極表現好不好！

那小天才到底是什麼意思？

若是以常理推之，這個人必定是看上她了。不過喬風不是正常人啊，誰知道那奇葩的腦袋在想些什麼？他天生脾氣好，如果只是因為脾氣好有禮貌不願意拒絕她和傷害她呢？亦或者真是把她當朋友看待，對一個朋友有求必應只能說明人家仗義……

想來想去，藍衫發現自己還是不夠瞭解喬風。

一個下午，她也沒心情做別的事，探索了一會兒喬風的內心世界，又對著那堆碎瓷片發了會兒呆，最後決定晚餐時分再去厚著臉皮蹭頓飯，把話說開然後道個歉。不管怎樣，她確實有不妥之處。

雖然他昨晚的表現其實挺傷人的……

好不容易捱到晚餐，藍衫終於鼓足勇氣去敲喬風家的門了。

喬風今天食欲不振，午餐沒吃，晚餐清炒了兩個素菜，煮了一鍋白粥。

嗯，菜還是炒多了。

聽到敲門聲，他精神一震，走到門口，對著貓眼，看到藍衫在外面。

他扶著門把手，心跳竟然微微加快了一些。

他心想，只要她認錯態度良好，他可以讓她再來蹭一頓飯。

這樣想著，他拉開了門。

藍衫沒想到一夜之間喬風竟然憔悴了這麼多，平常白皙水嫩的臉現在隱隱發暗，神態也有些疲憊，她愣住了，問道，「你是不是生病了呀？」

喬風反問，「妳想要做什麼？」說話聲帶著淡淡的鼻音。

「你感冒了？」

「妳有話直說。」

「我，那個……」藍衫撓撓頭賠笑，「我錯了還不行嗎？你大少爺大人不記小人過，別跟我一般見識行不行？」

喬風深吸一口氣，定定看著她，他說道，「藍衫，不管妳有什麼疑問都可以直接問我，哪怕再艱難的話題我也不會迴避，但是妳為什麼問都不問就妄加揣測？」

藍衫好無辜，「我問了呀！」

「妳問了什麼？」

「我問你有沒有撿過肥皂，你說有！」說到這裡，藍衫突然覺得很奇怪，對啊、他明明親口回答過的！

喬風莫名其妙地看著她，「我撿過肥皂跟我是不是同性戀有什麼必然關係？」

「……」終於明白問題出在哪裡了，藍衫驚得瞪大眼睛，尷尬地搗著嘴巴，「你該不會不知道『撿肥皂』是什麼意思吧？」

「我當然知道，『撿』是意外拾取的意思，『肥皂』是一種化工產品，有清潔去汙的作用，水溶液呈弱鹼性。」

藍衫拍著腦袋，「誤會、誤會，一場誤會！我跟你說，這個詞呢，它現在已經是一個典故了，不信的話你自己上網查，不過就算不查你也應該知道它到底是什麼意思了。總之我真的不是有意的，也並非惡意揣測，誰知道你竟然不知道這個詞的意思呢！」

喬風皺眉，「我為什麼一定要知道它的意思？」

藍衫質問道，「可是我把你當男閨蜜，我跟你勾肩搭背，你也從來沒有反對過呀！你是什麼意思，該不會是喜歡上我了吧？」嘴上說著這樣的話，她也有點心虛，眼神亂飄。

喬風心口一窒，衝口而出道，「我喜歡妳？妳先把大腦整整容，再來跟我討論這個問題吧。」

「你！」莫名其妙的，藍衫的火氣被他這一句話給點燃了，她雙手叉腰，「你這是人身攻擊！智商高就可以隨便鄙視別人嗎？行行行、我知道我笨，我不配跟你做朋友！行了吧！」說完轉身走開，自回自家，進門之後，為發洩怒氣，她重重把門一撞。

砰！

喬風身體一震，呆呆地看著那暗紅色的木門。

他突然有些難過。為什麼會說出那樣的話呢？他明明不是這個意思……情緒一點也不受控制，難道是下午吃的藥有問題？可是那也只是普通的感冒藥啊。

嗯，會不會過期了？

他回到家，找出那些藥看了看，沒有過期。

大概是因為生病了，所以情緒不好吧。他深吸一口氣，也不知道現在這個局面該怎麼收拾，腦子裡亂亂的，也理不清楚。

他只好去餐廳，先享受自己的晚餐。

晚餐清炒的兩個菜，喬風只分別吃了一筷子，就不願意動了，白粥也只是喝了小半碗——他生病了，食欲實在不佳。

吃過晚飯，他量了一下體溫，三十八度。

睡前，他吃了退燒藥。

雖然早早地躺在床上，卻始終睡不著。高燒使他的身體像個小火爐，皮膚表面散發著熱量，那感覺像是小宇宙在無限燃燒。他的頭很沉重，像是被一把緊箍咒牢牢地扣著，又悶又疼。

大熱天的，他還蓋了一床被子，雖然熱得要命，卻總是不出汗。

他起床，自己擰了濕毛巾，蓋在額上降溫。

額上清涼的觸感使他的感受稍微好了一些，他瞪大眼睛，在晦暗的床頭燈下看著空蕩蕩的房間。

人生病的時候很容易情緒脆弱，也很容易感到孤單。喬風呆呆地躺在床上，雖然渾身都熱，但是心口涼涼的。他覺得他的床太大、太空了，這麼空怎麼能睡好呢。

他又下床，把薛丁格抱過來跟他一起睡。

薛丁格臥在他身邊，打著小呼嚕，單調而重複的低音使他漸漸有了些睡意。

後半夜，喬風又醒了。

他太難受了，渾身綿軟無力，腦袋昏沉疼痛，喉嚨乾得要命，還很痛。他咳了一下，從床頭摸到溫度計，量量體溫，三十九度七。

燒成這樣，必須馬上去醫院。他拿過手機本能地撥了藍衫的電話，看到手機上「笨笨」那兩個字，他不等電話接通，突然又掛斷了，然後他打電話給計程車行預約叫車。

半夜裡一個人去醫院掛號看醫生，他燒得神智都有些模糊了，走路踉踉蹌蹌。醫生幫他量了體溫，又問了幾個問題，最後說，「幹嘛這麼急著來呀？你再等一會兒，把器官燒糊了再來唄。」

喬風安靜地坐著，把醫生所有的責備照單全收。

醫生看起來約四、五十歲的年紀，在他眼中喬風也只是個孩子。他一邊開藥一邊問，「病成這樣，自己一個人來的？」

「嗯。」他垂眸，蓋住眼中的落寞。

醫生沒再說別的。這樣一個漂亮又乖巧的孩子，生病了都沒人照顧，太可憐了。

然後喬風開了病床打點滴。值班的護士是個新手，在他手背上扎了好多洞，才終於找對血管。她滿臉歉意，「對不起啊，疼嗎？」

喬風神情呆滯，搖了搖頭，他的眼睛水潤又乾淨，但可能是由於生病的原因，看起來有些空洞。長得好看的人太容易博取同情，護士看到他那麼乖，她的心都要化了。

早上六點鐘時，喬風打了個電話給他哥。

吳文並沒有早起的習慣，他接起電話，語氣很不好，「喬風你是不是有病啊？」

「是。」

「……」

手機那頭的吳文深吸一口氣，刷地一下拉開窗簾，迎著初晨的陽光，他腦子清醒了一些，問道，「到底怎麼回事？」

「我現在不在家，麻煩你幫忙照顧一下薛丁格。」

「就你那隻肥貓？牠看不起我，我才不理牠……等等，你說話的聲音怎麼怪怪的，你生病了？」

喬風的聲音雖帶著病中的粗糲，卻是平靜無比，「我說過了，是。」

「……操！你現在在哪裡？」

「醫院。」

吳文有些暴躁，「我知道是醫院，在哪家醫院！」

喬風報了醫院和病房號碼，吳文很快風風火火地趕來了。其實現在喬風已經沒什麼事了，打點滴也讓體溫降了下來。值班的幾個護士非常喜歡他，有空就來看一眼，他安安靜靜地躺在病床上，神態寧靜，不睡覺、不說話，也不吃東西，像個陶瓷做的娃娃，一碰就碎。

吳文幫喬風帶了早餐，喬風給面子地吃了幾口，然後又要求吳文照顧薛丁格。

吳文問道，「你自己一個人來的？」

「對。」

「怎麼不打電話給我？」

「感冒而已，不用那麼麻煩。」

「你怎麼不燒成白癡呢！」吳文瞪了他弟一眼，又問，「藍衫知道嗎？」

喬風搖頭，「不知道。」

吳文掏手機，「我打電話給她。」

喬風攔住他，「不用。」

吳文恨鐵不成鋼地瞪他，搖頭嘆道，「喬風，你到底知不知道怎麼跟女孩子打交道？」

「不知道。」

「……」夠直接！吳文放緩語氣，勸他，「其實這件事不能怪藍衫，真的，是肖采薇那個傢伙從中作梗。」

喬風淡淡答道，「我知道，一切都只是一個誤會。」

「那你現在還矯情個屁呀？」

喬風低著頭，「她在生我的氣。」

「她怎麼又反過來生你的氣了？到底怎回事，還有什麼劇情是我錯過的？」

喬風搖了搖頭，神態疲憊，「這些事情你不要管了。」

「行、我不管，我才懶得管！」

吳文又囑咐了喬風幾句這才離開，走之前答應喬風，會把他那個肥貓送去寵物店。

吳文走後，喬風想了一下，掏出手機發了條微博。

喬幫主：『我生病了，在醫院，很難受。』

發完這條微博，他心想，不知道她會不會看到這條微博，也不知道她看到之後會是什麼反應。

然後他就睡著了，期間醒了幾次，直到吳文派助理來送午餐給他。喬風找到手機，看到他的微博裡塞滿了留言，他有些激動，認真地一條一條查看，許多人都在安慰他，但是不包括藍衫。

仔細又看了一遍，確實沒有。

他眼中的光彩暗淡了幾分，來來回回地用手指拖著捲軸，最後點進了藍衫的微博。

就在剛剛，幾分鐘前，她發了一條微博：『今天中午老闆請吃大餐，哦啦啦啦！』

下面的配圖是一整桌豐盛的菜。

喬風點開大圖，看著那圖片上的菜品，神色怔怔。

助理湊腦袋過來看了一眼，安慰他道，「不要急，等你病好了就可以吃這些了。」

他卻不聽他的話，執拗地盯著那張圖片看，像是能從中刨出金子來。

助理無奈地搖了搖頭。

第四十八章

藍衫發完一條微博，放下手機，看看宋子誠，發現這位BOSS終於滿意了。她摸了摸鼻子，覺得這件事有點奇葩。

是這樣的，今天上午她一下子談成了兩筆單子，正好宋子誠也在公司，這位大老闆知道之後龍心大悅，提議要請銷售部的員工吃午飯。

老闆請客誰敢不去，於是除了值班的那一個，剩下的一起跟隨宋子誠去了附近的一家餐廳。

坐下來點菜時，宋子誠讓藍衫先點，理由是今天她為公司發光發熱了。藍衫也不扭捏，她知道宋子誠很有錢，把餐廳包了都沒問題，所以翻開菜單點了個貴的，其他人見狀，也就不操心幫老闆省錢了，紛紛選好又貴的點。

菜陸續上來，在場的幾個女同事掏出手機劈哩啪啦地照相，嚷嚷著要發微博、微信炫耀，幾個男同事抱著奉承老闆的想法也拍了照片。藍衫舉著筷子坐等他們拍好，這時，坐在她身邊的宋子誠突然扭頭奇怪地看著她，「妳怎麼不拍？」

我為什麼要拍啊……

有時候團體就是這麼奇怪，別人都做某一件事情，妳不做妳就是另類，無論理由是什麼。藍衫只好也舉著手機拍了幾張，拍完之後給宋子誠看，確定老闆是否滿意。

宋子誠點頭，淡淡提醒她，「他們都在發微博。」

藍衫只好也發了一條微博。她其實不怎麼在社交平臺上曬吃的東西，主要是看到吃的就把這件事給忘了，快吃完了才想起來。

宋子誠眼看著藍衫發完微博，心情有些異樣。

怎麼說呢，她在公共場合發的私人訊息裡面提到了他，那感覺就像是在宣稱他和她認識、有關係、關係非比尋常……彷彿玩具市場的娃娃，兩個娃娃擺在同一層貨架上，緊緊地相依在一起，路過的人總是能一眼看到這兩個。

他一邊為此感到滿足一邊又暗暗嘆息，真是愈來愈沒出息了，這麼容易就滿足了……

至少也要等到秀恩愛的時候再高興吧？

拍完照，可以開吃了。藍衫面前擺了一盤大蝦，她也不客氣，夾了個大的自己剝著吃。她剝蝦的水準不是很高超，總是把蝦殼扯得爛爛的，尤其是難對付的那個結結實實的蝦尾，她又是個急性子，有時候剝到一半就扔進嘴裡咬。

她把大蝦剝得七零八落時，聽到頭頂上一聲淡笑，「笨。」

這個字，她曾經無數次從喬風嘴裡聽到。

藍衫突然覺得心裡酸酸的，有點難受。她跟喬風還在吵架呢，也不知道那臭小子在幹嘛。想到昨天喬風所謂「把大腦整整容再來談喜歡他」，藍衫又覺得心裡無比心塞。她也不是沒被他鄙視過智商，但這次就是特別不好受，總覺得在他面前抬不起頭來，兩個人差得好遠好遠……

媽了個蛋，心更塞了。

她吸了一口氣，突然眼前一晃，定睛一看，面前的餐盤裡多出一粒蝦仁。蝦仁剝得乾淨又完整，弓著脊背，背部覆蓋著淡淡的石榴紅，蝦肉緊致又晶瑩，像是純淨的冰種玉髓。藍衫訝異地抬頭，看到身邊的宋子誠擦了擦手，側臉面無表情。

「咳、謝謝老闆……」

他勾了勾唇角，依然並不看她，「不客氣。」

藍衫環視一周，發現大家的目光中都有一種心照不宣的深意，看來他們的誤會更徹底了，對此，她深表蛋疼。

正因為大家的誤會，吃完飯出來時，許多人結伴走在前面，獨留藍衫和宋子誠兩人在後，與他們拉開了一段距離。藍衫好想追上去，但宋子誠有話和她說。

宋子誠說，「藍衫，我知道蘇落找過妳。」

藍衫呵呵一笑，「老闆真是神機妙算。」

宋子誠看著她一臉的歉然，「我不知道她對妳說過什麼，總之希望妳不要放在心上。」

藍衫想到蘇落那天的落魄狼狽，其實她也不用把她當根蔥，兩人井水不犯河水。藍衫擺擺手，「沒事、沒事，老闆你放心吧，我不會理她的。」

看到她如此坦蕩地說著這樣的話，宋子誠有些失望。

他活了三十年，第一次遇到如此無法掌控的事情。但愈是困難，愈是吸引他去挑戰，一開始還抱著一點玩玩的心態，現在卻像是在籌備某個大事業，他不由自主地被她吸引著前進，去接近她和挑戰她。那過程很艱難，也很讓人沉迷。

吳文的助理帶去醫院的飯，喬風吃了幾口就放下筷子不吃了。護士姊姊走進來巡視，看到他愁眉不展、眼神呆滯，她覺得很奇怪，「燒已經降下來了，怎麼反而沒什麼精神？是不是哪裡還難受不舒服？」

喬風默默地答，「心裡難受。」

護士聽到這話可心疼了，看向助理，助理解釋道，「熊孩子惦記著吃大餐呢，謝謝您，他沒事的。」

護士笑了笑，安慰了喬風幾句便走了。

然後助理又催促喬風吃東西，喬風一口也吃不下去，助理只好打電話給吳文，吳文讓他把電話給喬風。

喬風把手機拿到耳邊，聽到他哥在電話裡咆哮，「喬風你再敢不吃飯，我就把你那隻肥貓紅燒了端給你，不信你試試！」

在霸道總裁的淫威之下，喬風只好強迫自己吃光了午餐。

助理圓滿完成任務，提著空飯盒離開了。喬風摸了摸鼓鼓的肚皮，拿過手機刷微博，刷了一會兒，他終於絕望了，扔開手機。

這時，病房裡走進來一個女人，穿職業套裝，披著大卷髮，個子高䠷。喬風眼前一亮，卻發現不是藍衫……他的神色又迅速暗淡下去。

那女孩愣了愣，一進病房就發現這麼帥的一個大帥哥在盯著他看，她當然會不好意思，低著頭走到另一張病床前。

她是來給男朋友送飯的。

喬風隔壁病床的男人看到女朋友來，終於有了精神。一整個上午，護士們對他愛理不理，對旁邊那個小白臉呵護備至，同樣是病人，人跟人的差距就這麼大！他只好躺在床上一直挺屍，假裝什麼都看不到。

現在，揚眉吐氣的時刻終於來了——哥有女朋友，你有嗎！

為了炫耀自己的女朋友，那位病友肉麻兮兮地張嘴，要求女朋友餵他吃飯。

那女孩是個溫柔好脾氣的人，笑著夾飯菜餵他，時不時地用小湯匙勺一口湯吹涼了餵他喝，讓他吃得特別開心。

喬風覺得非常刺眼，特別、特別刺眼。他咬著牙，手指不自覺地捏著雪白的被子撕扯。

病友得意地掃了喬風一眼。

喬風自言自語道，「自己沒長手嗎？」

雖然聲音很小，但是在安靜的病房裡，還是被人家聽到了。

對方脾氣挺大，一記眼刀飛過來，「你說什麼！」

他女朋友急忙按住他的肩，「好了、好了，吃飯呢！」

喬風不想看到他們，他低著頭又刷起微博。他也是太無聊了，把藍衫的微博從頭到尾翻看了一遍，手機提示電量不足，他也沒理會，繼續玩。

等手機再次提示電量不足時，他看到微信的訊息提示，心情激動地打開來看，竟然是蘇落。

Carina：『你在哪裡？』

喬風回道：『在醫院。』

Carina：『我知道是醫院，哪家醫院？』

喬風反問：『妳要過來嗎？』

Carina：『我可以過去嗎？』

喬風想了想，回道：『妳的好意思我心領了，不過妳還是不要過來了。』

他心情那麼差，實在不想應付不相干的人等。

『……』蘇樓傳給他一串刪節號。

喬風想起上次的烏龍，還是感到有些歉疚，於是對她說：『上次的事情，我很抱歉，如果我能補償妳，請直說。』

Carina：『你唯一要做的就是不要再提那件事。』

喬風：『好。』

跟蘇落聊完，喬風的手機電量就還剩一層血皮，他眼睛都不眨一下地盯著手機螢幕，想像著藍衫突然來電的情形。

這種情況沒有出現，手機關機了。

關了就關了吧。他躺回到病床上，背對著那對秀恩愛的情侶，挺屍！

打完了今天的各種點滴，喬風的燒完全退了。醫生稱讚他身體底子好，囑咐他為防反覆發作，還要再來兩次。

喬風回去，把薛丁格接回家。他在家裡對著一隻肥貓無所事事，做什麼都心不在焉，拿著手機幾次想打電話給藍衫，到最後也沒打出去。

他是很想賭氣不想理她，可是一想到真的不去理她了……他做不到。今天一天她沒理他，他就特別難過。

如果真的不理她，他能撐多久呢？算了，等她下班回來，他去找她邀請她吃飯吧。她既然是個飯桶，給她好吃的應該很容易講和吧？

晚上，喬風做了一桌子菜，都是藍衫愛吃的。他雖然燒退了，四肢還是有些疲軟，做這麼多東西，出了一頭汗。

然後他掐著時間去樓下等藍衫。

結果沒等到。

喬風又跑到樓上去敲藍衫家的門，毫無意外地沒人應。他靠在她家門口發呆，想著昨天她生氣時狠狠的摔門聲，想著她今天發的那張刺眼的圖片……他突然想到一個可怕的可能性。

——如果藍衫再也不理他了呢？

他的心口突然疼了起來，微微抽痛著，像是哪根筋被扯到了。

他摸著心口，失魂落魄地回了自己家。

第四十九章

藍衫下班之後沒有直接回家，而是去了一趟古董店。她當著店員的面把塑膠袋抖開，嘩啦啦地一堆碎瓷片堆在桌子上，然後問店員，「我想把這東西修好，你們能幫我修好嗎？」

店員看呆了，「我第一次看到有人把寵物小精靈的碗當古董。」

藍衫不好意思地撓頭，「不是，我就是想修好它。」

「妳不如再買一個。」

「買不到。」

店員解釋道，「說實話，妳在我們這裡修太貴了，得不償失，而且我們的工藝師傅應該不願意幫妳修復寵物小精靈。」

「呃……那怎麼辦？抱歉我也不是很懂，我在網路上搜尋，看到你們的店就過來了。」

「出門右轉這條街走到底，有一家手工陶瓷店，妳去那裡問問。」

藍衫把瓷片都收好道了聲謝，出門去找手工陶瓷店了。她也說不清楚自己為什麼如此執著，一定要把這個本來並不值多少錢的破碗修好。

陶瓷店主答應了，開的價格也是可以接受的，藍衫把瓷片留在他那裡，這才回家。

回到家時已經快九點了，她晚餐沒吃，也不想吃，換了鞋、放下包，直接坐在電腦前想要打兩局遊戲放鬆一下。

開機之後，她去倒了杯水，回來看到電腦已經很爭氣地開機載入完畢了，固態硬碟就是這麼棒，她心想。

她端著水杯，突然發現液晶螢幕的一角有個蒼蠅，還在爬，不過爬得很慢。她轉過頭找到蒼蠅拍，輕輕地走過去，揮著蒼蠅拍「啪」地一拍，毫無意外地命中。

然後她拿衛生紙想把蒼蠅的屍體擦掉，結果奇跡出現了，她怎麼擦都擦不掉。

奇哉怪也，她拿開衛生紙，發現那蒼蠅竟然還在緩慢地移動。

我操！

天底下竟然有生命力如此頑強的蒼蠅？藍衫好奇地伸手去捏它，結果只能碰觸到平平的、一按就微微凹下去一點的顯示器螢幕，蒼蠅是怎麼抓都抓不到。

牠還在爬行，悠然無比，也瀟灑無比。

藍衫湊過去貼著螢幕仔細看，最後確定，這個蒼蠅牠長在了螢幕顯示器的內部。

她百思不得其解，牠到底是怎麼鑽進去的呢？

她不瞭解顯示器的構造，有一個人瞭解，但是她現在不想去找他——她還在心塞，塞得很！

這電腦是在淘寶上買的組裝機，藍衫只好去淘寶店找他們客服，客服的服務態度也很好。

客服 002：『您好，請問小的有什麼可以幫您？』

藍衫：『你好，我的電腦螢幕裡跑進去一隻蒼蠅。』

客服002：『……』

藍衫：『請問，我該怎麼把牠趕出來？』

客服002：『親，小店生意火爆，工作繁忙，恕我不能陪您講笑話哦親～』

藍衫：『我說的是實話，是真的！』

客服002：『親，您再這樣下去我們真的不能好好玩耍了！』

藍衫：『請你相信我……』

藍衫：『喂？』

藍衫：『那個，你還在不在？』

藍衫：『你聽我說……』

然後那位親切的客服就再也沒理她了。

藍衫看了一眼那蒼蠅，牠竟然還在爬，爬得不慌不忙，就像公園裡那些悠閒的遛鳥老大叔似的，她用筆敲了敲螢幕牠也不怕。

她關掉淘寶，正要在百度上搜尋看看，看看別人的螢幕裡爬進蒼蠅都怎麼辦，突然她發現螢幕的左下角，那一片繚亂的圖示之間，也出現了一隻蒼蠅。

大爺的，又進去一個！

藍衫不知道她的螢幕怎麼就突然漏風了，她托著螢幕找了好半天，也沒找到那該死的漏洞。無奈之下，她找到附近社區修電腦的電話，撥過去。

這次她學聰明了，沒說螢幕裡進蒼蠅，怕人家不來，所以直接說電腦壞了。

修電腦的小哥來時，螢幕裡的蒼蠅已經由兩個變成四個了。藍衫指著電腦螢幕跟他解釋，他一下就斯巴達了……

他摸著螢幕義正詞嚴，「姊姊，我用我的貞操發誓，除非妳把電腦螢幕拆了，否則蒼蠅是進不去的。妳這個……這應該是中毒了吧？」

藍衫不信，「你當我沒見過世面？病毒不都是盜號改程式嗎，哪有這樣的？圖我什麼呀？這一定是哪個不要臉的母蒼蠅，在裡面生了一窩小的。」

小哥讓她開了QQ，他用截圖工具把螢幕截圖，然後指著圖說道，「妳看，蒼蠅的影子被截圖進去了，表示牠不是活的，妳把電腦關了，牠肯定就不見了！」

藍衫這才信了，媽蛋這年頭編病毒的人也真是拚……她摸著下巴憂愁道，「那怎麼辦？我也不能不用電腦了呀。」

「殺病毒唄，妳有防毒軟體嗎？」

「有。」

「殺。」

本來殺毒就不用他幫忙了，不過小哥願意跟美女多待一會兒，所以親自用防毒軟體幫藍衫掃描了一遍電腦。

結果，刪了幾個奇怪的程式，但是蒼蠅依舊自由自在地爬，而且又變了一次，這次是八個了。

八個蒼蠅滿螢幕爬，那感覺，就像是有個毛毛蟲在心臟上拱來拱去，別提多噁心了，藍衫真的好想把螢幕砸了。

小哥搖頭嘆道，「不行，寫病毒的這個人道行太高，防毒軟體的法力不夠。」

「那怎麼辦？」

「只能重裝系統了。」

「那就重裝吧。」反正她電腦裡也沒什麼太重要的東西。

重裝系統這一招，修電腦的練得最熟，過了一會兒就弄好了，總算把該死的蒼蠅都趕走了。藍衫很高興，都沒跟他殺價，直接給了錢。

然而，修電腦的前腳剛走，她後腳就看到螢幕上再次出現一隻蒼蠅。還是那個地方，還是那個大小，同樣在緩慢地爬行。

簡直要瘋了！

她又打電話給修電腦的小哥，小哥不來了，「重裝系統都沒效的話，我真沒辦法了。您要是想一遍一遍重裝系統，我也樂意一遍一遍收錢。」

藍衫本來白天忙了一天，下班又奔波，現在是一身疲憊，還對著無比鬧心的蒼蠅，實在沒什麼心情管牠了，於是關了電腦睡覺。

第二天是週日，她忙得腳不沾地，把昨天晚上的事情拋諸腦後。下班後回到家，先叫了份外送，然後習慣性地開了電腦。

電腦螢幕上爬滿了蒼蠅，黑壓壓的一片，每一個都在移動，藍衫看得一陣作嘔，伸手快速地把電源線拔了。

她撕心裂肺地吶喊，「喬、風！！！」

喊完之後站在屋中，由於大腦缺氧，她有那麼幾秒鐘的失神。

咚咚咚，有人在敲門。

喬風的聲音在門外響起，「藍衫，妳叫我？」

竟然聽到了……

藍衫走到門口幫他開門，她低著頭，不好意思看他。

喬風問道，「什麼事？」

她小聲說道，「那個，你能幫我看看電腦嗎？」

「好。」

藍衫帶他走進去，她把電源重新插好，開機。然後她扭過臉去，用手擋著視線，實在不想看到那些蒼蠅。

她跟他解釋道，「我電腦中毒了，防毒軟體殺不掉，重裝系統也不行。」

「嗯，妳這個病毒寫進了系統保護檔，病毒資料庫裡面沒有，防毒軟體不能識別，所以被跳過去了。」

「那我的電腦到底是怎麼中毒的？」

「妳的電腦雖然重裝系統了，但是依然有漏洞，等一下我先幫妳殺毒，然後幫妳修復漏洞。」

「我的防毒軟體明明可以補漏洞的。」

喬風眼睛盯著螢幕，平靜回應，「我補得比它好。」

……夠自信！

自信的喬小天才在電腦前一陣劈哩啪啦地亂敲，然後對藍衫說，「妳可以轉過頭來了。」

藍衫便轉過頭去，看到乾乾淨淨的螢幕，頓時神清氣爽。她拍了一下喬風的肩膀，「幹得好！」

喬風低頭，看著肩頭她的手，一動不動。

藍衫有點尷尬，抽回手摸了摸臉，「我、我幫你倒杯水。」

喬風便又開始敲鍵盤，他要幫藍衫補漏洞。

藍衫把裝著溫水的杯子端過去，本來想放在桌上，喬風卻伸手去接。他眼睛盯著螢幕，伸手去拿杯子。杯子不高，藍衫一手握著側壁，他托住杯子底部時，手指自然而然地去扣住杯壁，結果扣在了她的手上。

藍衫的心臟像是被人彈了一下。

短暫的接觸很快分開，喬風托著杯子喝了口水，張口時，嘴角終於忍不住微微彎了一下，卻被玻璃杯沿的弧度遮掩。

藍衫忍不住撓了幾下剛才被他觸碰的地方，動作神似孫悟空。

喬風一邊補漏洞，一邊跟藍衫解釋了幾句，在藍衫聽來他說的話簡直純屬亂碼了，也就仗著聲音好聽，可以賺點印象分數。

終於把電腦搞定，喬風重新開機了一下，然後喝光了杯中的水，「好了。」

藍衫摸著下巴，目光幽幽地看著他，「我還有一個問題。」

「什麼問題？」

「重裝系統之後那個病毒明明都不在了，為什麼後來又出現了？」

「一般這個時候如果出現這種情況，說明妳硬碟的其他分區也被感染了，不過這一次，」他說著說著，低下頭不敢看她，只把黑黑的頭頂留給她，「因為妳的病毒是我投的。」

「你……」藍衫叉腰指著他，氣得手指哆嗦，「你是不是有病啊！」

「是。」感冒還沒好呢。

藍衫撓了撓頭，她覺得她和他不能再吵下去了，於是深吸一口氣問道，「你到底想幹嘛呀？」

喬風低著頭答道，「我怕妳不理我了。」

「……」藍衫一肚子氣又被他一句話說沒了。她搬過一張椅子坐在他面前說道，「你抬起頭來。」

喬風便抬頭看她，不知道是不是錯覺，她總感覺他的臉色有些蒼白，面容比往時清瘦了一些，這才幾天不見？

她放軟語氣，「是我不理你了嗎？明明是你不理我了。」

他看著她的眼睛，小聲說道，「對不起。」

「哼。」藍衫故意癟嘴。

他突然笑了，笑容溫柔，帶著幾分討好，「藍衫，我們和好吧。」

藍衫點頭，「好吧。」

「以後都不吵了。」

「嗯。」

喬風很高興，眉宇間神采飛揚。

喬風笑看著藍衫，藍衫反而有些不好意思，連忙扭頭看自己的電腦。看著乾乾淨淨的螢幕，她問喬風，「你投的那個病毒，一共是多少隻蒼蠅？」

「一千零二十四隻。」

「太噁心了，」她拍了拍胸口，「還有比這更噁心的嗎？」

「還有蟑螂的，也是一千零二十四隻。」

藍衫腦補了滿螢幕鋪滿蟑螂的畫面，蟑螂還各種亂爬……不行了，太重口味了！

她又拍拍胸口，然後朝喬風一拱手，誠懇道，「多謝！」

喬風不解，「謝我什麼？」

「謝少俠不投蟑螂之恩。」

第五十章

藍衫家客廳的燈是白色的，和喬風家的不一樣。在白色燈光的映襯下，喬風面色蒼白，全無血色，連嘴唇都發白，五官在這樣的冷光下更顯立體、也更消瘦，燈光透過濃長的睫毛在臉上投下陰影，像是振不起來的兩片薄翅，憑添了幾分瘦弱。

藍衫托著下巴看他，疑惑地問，「喬風啊，你最近是不是被什麼女妖怪採陽補陰了？」

「啊？」喬風張了張嘴，待反應過來所謂「採陽補陰」的意思，他不自在地低頭，「不是……」

「那你臉色怎麼那麼差？」

「我——」

剛說了一個字，那邊又有人敲門了：「有人嗎？外送！」

藍衫跑過去開門，數了錢給那送外送的小哥。喬風看到她拎著一個紙袋和一杯可樂走回來，他接過可樂，摸著冰涼的紙質杯壁，然後晃了一下，聽到裡面冰塊碰撞的細微響聲。

喬風皺眉道，「我不是說過不能喝這種東西嗎？垃圾食品，妳還加了這麼多冰塊，對胃的傷害很大。」

「你怎麼跟我媽一樣。」藍衫把紙袋放在書桌上，從裡面拿出一個紙盒裝的漢堡。

一個漢堡、一杯可樂，這就是她的晚餐，喬風突然從心底油然生出一種感慨——他不幫她做飯，她過的這都是什麼日子！

對於這一點，雖然他的同情居多，但是同情之外，他又有那麼一點點很微妙、不可言說的得意。

藍衫打開漢堡的紙盒，看到喬風直勾勾地盯著她的晚餐看，她挺不好意思，「你要不要來一點？啊、這個時間你應該是已經吃過晚飯了，我忘了。」

喬風抿了抿嘴說道，「我確實吃過晚飯了，不過我現在又餓了。」

哪有剛吃完飯就餓的，藍衫有點窘。她把漢堡推給他，「分你一半？反正我也不太愛吃這些。」

喬風站起身，拿起漢堡，「走吧。」

「幹嘛？喂、你要都拿走嗎？不留給我一點？太殘忍了……」

喬風低頭笑，「去我那裡，我再做點別的給妳吃。」

「好哦。」藍衫起身跟上。

喬風又道，「把可樂也帶上。」

「你不是說不能喝嗎？」

「可以做可樂雞翅。」

就這樣，藍衫再次進入了喬風的家。短短幾天沒進這個門，她就有一種離開了很久的錯覺，此刻看著那熟悉的客廳，竟有些唏噓。

喬風接過她手中的可樂，「妳先休息一下，我去廚房，等一下就好。」

藍衫坐在沙發上，然後她看到薛丁格走進了客廳。

薛丁格是一隻驕傲的小太監，以前除了玩老鼠那一次，牠看到藍衫基本上都會直接無視。不過今天，興許是幾天沒見，牠正眼瞧了她一下。

藍衫朝牠揚了揚手，「嗨。」

薛丁格直接走過來，在她腳邊嗅了幾下，然後蹭地一下，跳進她的懷裡。

藍衫簡直不敢相信，她伸手小心地摸牠的頭，牠仰躺著，伸著兩隻前爪追逐她的手與她嬉戲。

藍衫受寵若驚。難道這就是小別勝新婚嗎？啊、不對……反正就差不多是那個意思啦。

高興地和薛丁格玩了一會兒，她心情大好，然後她一抬頭，不經意間看到茶几下的透明塑膠盒裡面有個藥盒。

藍衫好奇地又去翻垃圾筒，她扔開薛丁格，拿著藥盒跑到廚房找喬風，「喬風，你生病了？」

喬風已經把可樂雞翅下鍋煮了，此刻鍋裡的可樂與雞翅翻滾著，咕嘟咕嘟，滿廚房都是糖漿和雞肉組合起來的甜香味道。他低著頭在切菜，聽到藍衫如此問，莫名的心中一暖，不過並不抬頭，「嗯，只是感冒而已。」

就算是感冒，應該也挺嚴重的吧？怪不得他臉色那麼差。

藍衫想到這兩天他生病了她卻沒理他，一陣愧疚。她走到洗手台邊洗手，洗完手站到他旁邊說，「你都生病了，就不要做飯了嘛。」

喬風搖了一下頭，「沒事，快好了，妳不要站在這裡。」

藍衫一甩頭髮，「來吧，今天我來做飯。」

他的目光落在砧板上潔白如玉的藕片上，極近溫柔繾綣，像是看情人一般，他低聲道，「我可捨不得。」

藍衫如遭雷擊，呆愣愣地看著他。

喬風也覺得自己下意識的一句話說得似乎有些怪異，他終於扭過臉來看藍衫，看到她瞪大眼睛一副「求解釋」的表情，他只好說道，「這些食材都是動植物經過新陳代謝辛辛苦苦長出來的，妳不能浪費。」

大爺的，敢情是捨不得藕！可是你用得著對一截藕那麼溫柔嘛！

藍衫覺得窘迫，心虛地摸著鼻梁說道，「可是喬風呀，我總是在你這裡白吃白喝，挺過意不去的。你說我能做點什麼報答你呢？」

「妳什麼都不用做。」

「那我會不好意思的呀……」

喬風想了想說道，「如果妳堅持認為需要償還，可以先在我這裡放著，等我有需要時，再向妳討。」

好吧，也只能先這樣了，藍衫點點頭，「那你一定要記得討，只要我能拿出來，一定不會拒絕。」

「好。」

在藍衫看來，這樣的約定，還是她占便宜一些。喬風什麼都不缺，就算缺了什麼東西，也多半是她力不從心的。短期之內，她依然會在他這裡白吃白喝。

雖然有些慚愧，但是她根本停不下來……

吃飯的時候，藍衫問了喬風這兩天生病的情況，聽說他明天還要去醫院吊點滴，她非常仗義，「不然我陪你吧？」

喬風自然希望她能夠陪他，不過他有些猶豫，「不太好吧？妳要上班。」

「沒事，我看可不可以找人調休，真的不行我就找老王請假。反正明天週一，不會特別忙。」

「還是算了，妳的主管會不高興的。」

藍衫拍拍胸脯，大言不慚，「放心吧。姊在我們部門是扛業績的主力，老王不敢把我怎麼樣。」

喬風勾了勾唇角，眸中帶笑，「真能幹。」

其實藍衫這句話雖然囂張，倒也不算吹牛。她是老王最得力的幹將，銷售部兩個主管，藍衫是其中之一，她業績好，每個月能比另外一個主管多拿三、四成的薪水。當然了，這麼好的業績不排除有看臉的因素，但是藍衫這個人從來不信那一套，別人也沒得說，最多就是嫉妒一下她的美貌。

這一頓飯，喬風胃口大開，他吃了半個漢堡，還把剛才沒喝完的一鍋白粥全吃了，雞翅和藕片都吃了不少。藍衫看得嘖嘖稱奇，「你餓了幾天了？你還是不是個病人了？不要告訴我你這一臉的病容都是餓出來的……」

喬風笑而不答。

吃過晚飯，藍衫打了個電話給郝敏，知道她明天休假沒安排事情，請求跟她調休。郝敏是藍姊的下屬，還往藍姊身上潑過菜湯，現在有機會獻殷勤，哪敢不從。

事情就這麼定了，這一個夜晚兩人言歸於好，過得相當愉快。

晚上，藍衫做了一個夢，夢到她在一片粉紅色的花雨之中，把一個男人按在地上脫他衣服。男人一開始喊「不要！不要！」，喊著喊著就變成「不要停！不要停！」，藍衫就一直沒停，脫了一晚上的衣服。

隔天一早醒來累得要死。她也不知道自己為什麼會夢到脫人家衣服，更不明白為什麼那個人的衣服永遠脫不光。她閉眼回憶了一番，想不起來那倒楣男人的長相，只記得他穿一身黑，身材不錯，腿很長。

嗯，聲線很溫潤。

早上她和喬風一起吃了早餐，又一起玩了一會兒才去醫院。週一的上午，看病的人不多，藍衫幫喬風開了張病床。好巧不巧，這病床又是他第一次來時的那一張，旁邊的病友還在呢，看到這次小白臉帶來一個超級大美女，頓時看他更不順眼了。

喬風吊點滴時，藍衫怕他無聊，開著 pad 兩個人一起玩遊戲。

其實跟喬風一起玩遊戲特別無聊，這傢伙智商高、手速快，不用特別用大腦就能把大多數遊戲玩得非常好，陪他玩的那個人往往會深感蛋疼。

最後，藍衫開了某個策略對戰模式的遊戲，讓喬風用她的帳號上線跟人廝殺，把別人殺得片甲不留、鬼哭狼嚎，她與有榮焉得瑟無限。

喬風玩得興致缺缺，幾乎是在機械性地動手指，可是即使是如此敷衍，他依然在大殺四方。

藍衫問喬風平常都玩什麼，結果人家回答，「如果第一次去某個地方，我可能會先玩一玩他們的監控系統。」

還能再無恥一點嗎……

藍衫搖頭，「你這樣是不道德的吧？」

「我不會搞破壞，只是看看，而且如果他們的系統有漏洞，我還會幫忙修復，或者留下提醒。」

真是個助人為樂的好孩子……

午餐依然是吳文的助理送來的，因為喬風在電話裡跟他哥溝通過了，要送兩個人的飯，藍衫也在。

助理來時，吳文的電話正好打過來，不是找喬風的，而是找藍衫的。

藍衫接過電話，「吳總？」

「藍衫，謝謝妳。」

藍衫知道他說的是照顧喬風這件事，她笑道，「不用客氣，我也沒別的事。」

「這幾天讓妳受氣了吧？」

「啊？」

吳文說道，「我知道，我弟這個人吧，看著脾氣好，一旦發起神經就很難哄。妳讓他低個頭、道個歉，比砍他腦袋都難。還執拗不聽話，讓他去東偏往西走……總之謝謝妳能包容他。」

藍衫有點奇怪，「吳總我認識的喬風和您認識的那個是同一個人嗎？我覺得喬風挺聽話的呀，他昨天跟我道歉了，我們已經說開了，你放心吧。」

「……」吳文突然意識到，哥哥和女人的待遇是不能比的，他很悲憤，仰頭怒吼，「喬風你大爺的！」

聲音太大，喬風聽到了，他對著手機喊，「我大爺就是你大爺。」

吳文很快掛了電話。

助理特別有眼色，收起電話就走了。

藍衫打開那兩個巨大的保溫飯盒，兩眼放光，搓搓手，「還挺豐盛的呀。」

喬風的病好得差不多了，今天可以吃得好一些。藍衫擺開菜，幫他盛了米飯，遞給他時，他卻不接，而是張開嘴巴。

藍衫傻掉了，「你想讓我餵你？」

他保持著張嘴的姿勢，點了點頭。

正常情況下她是不會幹這種傻事的，但是現在……算了，反正人家是病人，於是藍衫夾了米飯和菜餵他。

喬風吃得津津有味時，突然聽到旁邊一道不友善的聲音，「自己沒長手嗎？」

啊，原來是病友同志。今天週一，他女朋友要上班不能過來探望他，導致他現在孤零零的一個人，無人問津。看到對面的俊男美女秀恩愛，病友被深深地刺激到了，把喬風那天說的話原話奉還。

喬風賤兮兮地挑眉，「沒長啊。」

病友沒想到他這樣明目張膽的不要臉，氣呼呼地哼了一聲。

藍衫扭頭莫名其妙地看病友一眼，「我就不懂了，我們兩個吃飯你那麼矯情幹什麼？」

喬風說道，「不要理他，我們繼續。」

於是兩人繼續愉快地餵食。

病友恨恨地扯著被子，喬風吃飯時不忘掃他一眼，那眼神，極盡蔑視。

他眉飛色舞的，就差在額頭上貼四個大字——人生贏家。

病友躺到床上，翻身背對著他們，默默地咬被角了。

——未完待續

高寶書版集團
gobooks.com.tw

YH 015
隔壁那個飯桶（上）
作　　者　酒小七
責任編輯　高如玫
封面設計　Ancy Pi
內頁排版　賴姵均
企　　劃　鍾惠鈞

發 行 人　朱凱蕾
出　　版　英屬維京群島商高寶國際有限公司台灣分公司
　　　　　Global Group Holdings, Ltd.
地　　址　台北市內湖區洲子街88號3樓
網　　址　gobooks.com.tw
電　　話　(02) 27992788
電　　郵　readers@gobooks.com.tw（讀者服務部）
　　　　　pr@gobooks.com.tw（公關諮詢部）
傳　　真　出版部(02) 27990909　行銷部 (02) 27993088
郵政劃撥　19394552
戶　　名　英屬維京群島商高寶國際有限公司台灣分公司
發　　行　英屬維京群島商高寶國際有限公司台灣分公司
初　　版　2020年8月

國家圖書館出版品預行編目(CIP)資料

隔壁那個飯桶（上）／酒小七作; -- 初版. -- 臺北市：高寶國際出版：高寶國際發行, 2020.08
面；　公分. --

ISBN 978-986-361-878-2（平裝）

857.7　　109008757

GOBOOKS
& SITAK
GROUP ©